돈 까밀로와
못생긴 마돈나

*신부님 우리들의 신부님 2

돈 까밀로와 못생긴 마돈나

2

G. 과레스키 연작소설

이승수 옮김

서교출판사

차례

COOPERATIVA SOCIALISTA

자전거 도둑

뽀강과 국도 사이에 놓여 있는 이 작은 마을에서 자전거가 없었던 시절을 상상하기란 참으로 어려운 일이다. 이곳 바싸 마을에서는 여든 살 먹은 노인네건 다섯 살이 된 꼬마건 모두 자전거를 타고 다닌다. 어린애들은 자전거 사이에 발을 끼워넣고 자전거를 비스듬히 기울인 채 타고 다닌다. 자전거가 온통 옆으로 쏠려 비틀거리기는 하지만 용하게 넘어지지 않고 잘도 타고 다닌다.

나이 든 농부들은 대개 부인용 자전거를 타고 다니고, 배불뚝이 지주들은 아직도 안장이 높은 구식 자전거를 즐겨 탄다.

도시 사람들의 자전거는 정말이지 웃기게 생겨먹었다. 특수

강철로 만들어 번쩍거리는 데다 깜박등, 변속기와 바구니, 체인 커버, 속도계 등 자질구레한 것들이 다닥다닥 붙어 있다. 그래서 이런 것은 자전거가 아니라 무슨 하체 단련용 기구처럼 보인다.

진짜 자전거는 적어도 무게가 30킬로그램은 나가야 한다. 게다가 페인트칠이 거의 다 벗겨지고, 한쪽 페달은 쇠만 남아 있어 그 쇠가 닳고 닳아 반짝반짝 윤이 나야 한다. 그러나 반짝이는 건 그것뿐이어야 한다. 핸들 손잡이도 고무가 벗겨져 있어야 하고, 바퀴도 위에서 볼 때 일직선이 아니라 왼쪽이나 오른쪽으로 조금 기울어져 있어야 한다. 그래서 전반적으로 엉성하고 불안해 보이는 자전거가 제격이다.

또 진짜 자전거는 진흙받이가 앞바퀴에만 달려 있어야 한다. 그것도 될 수 있으면 붉은색이어야 한다. 간혹 진흙받이가 뒷바퀴에 있는 경우도 있으나 그것은 오로지 비 오는 날 흙탕물이 튀어 자전거를 타고 가는 사람의 등이 더러워지는 것을 방지하기 위한 것이라야 한다.

이러한 경우에는 '미국식' 으로 자전거를 멈춰 세우려면 진흙받이를 약간 헐렁하게 해둘 필요가 있다. '미국식' 이란 뒷바퀴를 엉덩이로 눌러서, 즉 흙받이와 타이어의 마찰을 이용해 자전거를 세우는 방법이다.

이 고장에서 타는 자전거에는 브레이크 따위가 붙어 있지 않다. 사람들은 대충 발바닥으로 땅바닥을 긁으면서 자전거를 세운다. 그렇지 않고 좀 멋을 부리는 사람들은 앞바퀴의 진흙받이를 발로 세게 누르거나 뒷바퀴의 진흙받이를 엉덩이로 누른다. 그러다 보니 이 시골 구석을 굴러다니는 자전거 타이어는 하나같이 엉망진창이다. 여기저기 고무로 땜질을 더덕더덕 해 놓았기 때문이다. 그래서 바퀴가 한 번 회전할 때마다 자전거는 껑충껑충 튀어오른다.

바싸 마을의 풍경에는 그런 자전거가 어울린다. 날씬하고 멋들어진 경주용 자전거를 이런 곳에서 타 보았자 어깨가 떡 벌어진 시골 아낙네 옆에서 도시의 삼류 댄서가 까불대는 꼴밖에 안 된다. 도시 사람들은 돈벌이나 유행에서는 앞서 가는지 몰라도 이런 멋을 도무지 이해하지 못하는 것 같다.

바싸 마을에서 자전거는 구두와 똑같은 생활 필수품이다. 아니 그 정도가 아니라 태어날 때부터 몸에 달고 나오는 팔다리 같은 것이었다. 마을 사람들은 자전거가 없는 생활을 상상조차 할 수 없었다. 사람들은 자전거를 구두보다 더 중요한 필수품으로 생각했다. 왜냐하면 구두를 신지 않은 사람도 자전거를 꼭 타고 다니기 때문이다. 하지만 구두가 있어도 자전거가 없는 사람은 걸어다닐 수밖에 없다. 물론 이런 일은 도시에서도 가능한 일이다. 하지만 도시에는 자동차라는 편리한 교통 수단이 있다.

뽀 강 저지대인 이 마을에는 자동차 같은 사치품은 눈을 씻고 보아도 없다. 도로에는 오직 자전거나 짐마차 또는 오토바이 바퀴 자국뿐이다. 그것도 뱀처럼 이쪽저쪽으로 꾸불꾸불 이

어져 있는 그런 자국 말이다.

돈 까밀로는 지금까지 한 번도 쇼핑다운 쇼핑을 해본 적이 없었다. 기껏해야 쇠고기 한 덩이나 시가 두 갑 그리고 사람들이 '딱성냥'이라고 부르는 성냥 한 갑을 사는 정도다. 그런데 이 딱성냥이란 게 매우 걸작이다. 나뭇개비 끝에 누런 유황을 더덕더덕 붙인 것으로 바지 밑단이나 구두 밑창에 대고 문지르면 금세 불이 붙는다.

돈 까밀로는 물건은 거의 사지 않았지만 물건을 구경하는 걸 무척 좋아했다. 그래서 날씨가 좋은 토요일마다 자전거를 타고 시장이 서는 인근 읍내로 구경을 가곤 했다. 그는 가축이나 농기계, 비료나 분무기 따위를 흥미롭게 바라보곤 했다. 어쩌다가 사제관 뒤뜰 포도나무에 뿌릴 인산 비료나 유황을 한 봉지 사는 날이면, 그는 마치 거대한 농지를 소유한 농부라도 된 것처럼 흐뭇해했다. 게다가 장터에는 여러 가지 재미난 오락 기구도 있었다. 그렇게 넘쳐나는 물건들과 장날의 그 떠들썩한 분위기가 돈 까밀로를 항상 유쾌하게 해주는 것이었다.

바로 문제의 사건이 터진 토요일도 마찬가지였다. 돈 까밀로는 여느 때처럼 낡은 자전거를 타고 읍내까지 12킬로미터나 되는 길을 단숨에 달려갔다. 장터에는 전에 본 적이 없을 정도로 많은 사람이 북적거려 마치 밀라노의 큰 시장에 온 것 같은 기분이 들었다.

11시 반이 되자 돈 까밀로는 맡겨놓은 자전거를 찾으러 자전거 보관소로 갔다. 그러고는 인파를 뚫고 간신히 바싸로 통하는 골목길을 빠져나왔다. 그런데 여기서 문제가 생겼다. 어느 가게 앞을 지나치던 그는 깜박 잊고, 사야 할 물건을 사지 않았다는 것이 생각났다. 돈 까밀로는 다시 장터로 가서 길가에 자전거를 세워놓고 가게 안으로 들어갔다. 그런데 물건을 사 가지고 밖으로 나와 보니 자전거가 없었다.

돈 까밀로는 몸집이 거대한 사람이었다. 발끝에서 머리끝까지의 길이가 보통 사람이 의자 위에 올라선 정도로 키가 컸다. 아니, 그것보다도 손바닥 절반만큼은 더 클 것이다.

누가 돈 까밀로를 쳐다보면 자기 위에 한 사람이 더 올라서 있는 것처럼 느낀다. 게다가 담력은 그 키보다 훨씬 커서, 누군가 갑자기 총을 들이대도 눈 하나 깜박하지 않을 사람이었다. 그러나 길에서 돌부리에 걸려 넘어지거나 누가 짓궂게 장난을 친다면 부끄러워서 금세 귀밑까지 새빨개지는 순진한 면도 있었다.

자전거를 도둑맞았다는 사실을 알아차린 순간 돈 까밀로는 자신의 처지가 한없이 불쌍하고 우울해서 견딜 수가 없었다. 하지만 그는 아무런 내색도 하지 않았다. 단지 무관심한 얼굴로 근처에 서 있던 노인에게 초록색 바구니가 달린 자전거를 보지 못했느냐고 물었을 뿐이다. 노인은 모르겠다고 대답하고 모자에 손을 대어 인사한 후 그 자리를 떠났다. 주변의 서너 사람에게 물어봐도 한결같이 고개를 저었을 뿐이다.

돈 까밀로는 파출소 앞을 지나면서도 거기 들어갈 생각은 하지 않았다. 주머니에 겨우 25리라밖에 없는 가난한 신부가 자전거를 도둑맞은 일은 하느님을 원망할 문제라면 몰라도, 세속적으로 문제삼을 일은 결코 아니다. 만일 부자가 도둑을 맞았다면 얼른 경찰에 신고했을 것이다. 왜냐하면 부자에게는 모든 일이 돈과 관련되어 있기 때문이다. 하지만 가난뱅이에게는 똑같은 일도 마땅히 하소연할 곳조차 없는 억울한 일이 된다. 그건 마치 절름발이가 어떤 미치광이에게 지팡이를 빼앗기고 발로 차여도 어디 가서 항변 한 번 못하는 것과 마찬가지다.

돈 까밀로는 모자를 눈 아래까지 푹 눌러쓰고는 집을 향해 터벅터벅 걷기 시작했다. 그는 뒤에서 짐마차가 오는 소리가 들리자 얼른 길 밖으로 나가 몸을 숨겼다. 자기에게 함께 타고 가자고 할까 봐 마음이 조마조마했기 때문이다. 그는 누구하고도 이야기를 나누지 않고 혼자 걸어가고 싶었다.

12킬로미터나 되는 먼 길을 걸어가고 있자니 점점 울화통이 치밀어올랐다. 그뿐만 아니라 모욕당했다는 느낌 때문에 견딜 수가 없었다. 먼지가 풀풀 날리고 햇볕이 따가운 길을 따라 한 시간쯤 걸으니 영락없이 미친 강아지꼴이었다. 자전거를 훔쳐 간 자가 지금쯤 자신을 비웃고 있을 거라고 생각하니 더욱 비참했다.

그는 한 시간하고도 십 분을 꼬박 걸었다. 그러나 지나치는 사람은 아무도 없었다. 돈 까밀로는 마을 어귀에 다다르자 걸음을 멈추고 조그만 돌다리 난간에 기대앉아 잠시 쉬었다. 그런데 다리 모퉁이에 낯익은 자전거가 보였다. 가까이 다가가 자세히 살펴보니 도둑맞은 자신의 자전거였다. 어느 한 군데를 살펴보아도 의문의 여지가 없었다. 주위를 둘러보았으나 아무도 없었다.

돈 까밀로는 자전거를 만지고 손가락으로 핸들을 두들겨 보았다. 쇠로 만들어진 단단한 자전거였다. 헛것을 본 것이 아니었다. 그는 다시 한 번 근처를 둘러보았다. 아무도 없었다. 거기서 가장 가까운 집이라 해도 1킬로미터쯤 더 걸어가야 나온다. 돈 까밀로는 다리 난간으로 고개를 내밀고 아래를 바라보았다. 말라붙은 개울 바닥에 한 사내가 쭈그리고 앉아 있었다. 그 사내는 다리 위로 돈 까밀로를 빤히 올려다보았다. 그러더니 무슨 영문인지 모르겠다는 표정으로 고개를 흔들었다.

"이거 내 자전거일세."

돈 까밀로가 더듬거리며 말했다.

"어느 자전거 말입니까?"

"다리 옆에 세워둔 이 자전거 말이네."

"그래요?"

사내가 무표정하게 말했다.

"그 자전거가 신부님 거란 말이지요? 그런데 그게 나랑 무슨 상관이람."

사내의 말에 돈 까밀로는 난처한 표정을 지었다.

"실수하고 싶지 않아 한번 물어 보았네."

"신부님 자전거가 확실합니까?"

"두말하면 잔소리지. 한 시간쯤 전에 장터 어느 가게 앞에서 도둑맞았던 걸세. 그런데 그게 왜 여기 놓여 있는지는 통 모르겠네."

사내는 피식 웃었다.

"아마 자전거가 혼자 기다리는 게 싫증나 먼저 와 기다리고 있는 게지요."

사내의 농담에 돈 까밀로도 피식 웃고 말았다.

"신부님은 사제로서 비밀을 지킬 수 있으시지요?"

사내가 이번엔 진지한 음성으로 물었다.

"물론…."

"좋아요. 그럼 자전거가 왜 여기 있는지 말씀드리도록 하지요. 사실은 제가 여기까지 갖다놓았습니다."

돈 까밀로의 눈이 보름달만큼 커졌다.

"자전거를 어디서 보았나?"

"신부님이 물건을 사러 들어가신 가게 앞에서요. 그때 제가… 슬쩍한 겁니다."

돈 까밀로는 멍하니 서 있었다.

"농담하는 건가?"

"원, 천만에요!"

사내가 오히려 화를 냈다.

"제가 이 나이에 신부님한테 농담을 하겠습니까? 정말 제가 여기까지 가져왔다고요. 그러나 자전거 주인이 신부님인 것을 알고 생각을 바꾸었습니다. 그래서 신부님의 뒤를 따라 왔답니다. 여기서 2킬로미터 떨어진 곳까지 뒤를 따르다가 바싸로 가는 지름길로 달려와 다리 난간에 자전거를 세워둔 겁니다."

돈 까밀로는 다리 난간에 걸터앉아 개천 바닥에 앉아 있는 사내를 찬찬히 뜯어보았다.

"그래, 남의 자전거를 훔친 까닭이 뭔가?"

"사람에게는 누구나 각자 직업이 있지 않습니까? 신부님은 사람의 영혼을 취급하지만 전 자전거를 취급하는 거죠."

"자네는 지금까지 계속 그런 일을 하며 살아왔단 말인가?"

"아뇨, 일을 시작한 지 두세 달밖에 안됐습니다. 저는 시장을 다니면서 조용히 일을 하고 있지요. 도시 부자들은 집집마다 천 리라짜리 지폐가 가득 든 금고를 두고 있거든요. 그런데 오늘 아침에는 한 건도 하지 못한 터라 신부님의 자전거를 슬쩍 했습죠. 저는 멀리서 신부님이 가게에서 나오는 걸 보았습니다. 신부님은 아무 말도 없이 그냥 걸어가시더군요. 그러자 왠지 딱하고 측은한 마음이 들어 뒤를 쫓았습니다. 왜 그런 생각이 들었는지 지금도 알 수가 없어요. 그런데 신부님은 왜 마차가 올 때마다 몸을 숨기셨습니까? 제가 뒤따라온다는 걸 알고 계셨던 건가요?"

"아니…."

"그래도 저는 계속해서 뒤를 따라왔습니다. 만일 신부님이 마차에 올라탔다면 전 그대로 뺑소니칠 생각이었습니다. 하지만 신부님이 어깨를 축 늘어뜨리고 걸어가시는 바람에 일이 이렇게 꼬여버린 겁니다."

돈 까밀로는 고개를 끄덕였다.

"이제부터 어디로 갈 생각인가?"

"읍내로 가서 또 일거리를 찾아야지요."

"다른 자전거를 말인가?"

"네."

"그럼, 이 자전거를 가져가게."

사내가 돈 까밀로를 올려다보았다.

"신부님, 그 자전거가 황금으로 만들어졌다 해도 난 싫습니다! 이 세상에 태어나서 처음으로 양심이라는 걸 느꼈습니다. 잘못하다간 이 일도 끝장나겠어요. 그러니 얼른 신부님한테서 도망쳐야 하겠습니다."

돈 까밀로가 식사를 했느냐고 묻자 사내는 못 했다고 대답하였다.

"그럼 내 집에 가서 식사라도 하고 가게."

그때 마차 한 대가 다가왔다. 농부 브렐리가 끄는 마차였다.

"이 불쌍한 친구야, 자전거를 타고 나를 따라오게나. 나는 마차를 타고 갈 테니까!"

돈 까밀로는 다리가 아파 죽겠다고 중얼거리면서 마차에 올라탔다. 사내는 개울에서 나와 길로 올라왔다. 그는 모자를 길바닥에 집어던진 다음, 입에서 나오는 대로 아무렇게나 덩치 큰 신부에게 욕설을 퍼부어댔다. 그러고는 자전거에 뛰어올랐다.

사내가 자전거를 타고 사제관에 도착했을 때, 돈 까밀로는 이미 식사 준비를 끝내놓고 그를 기다리고 있었다.

"음식이 마음에 들지 모르겠네. 빵하고 소시지, 치즈와 포도주가 조금 있을 뿐이라…."

"걱정하지 마십시오, 신부님."

사내가 대답하였다.

"그러실 줄 알고 제가 따로 준비한 게 있습니다."

사내는 닭 한 마리를 식탁 위에 올려 놓았다.

"사실, 제가 자전거를 타고 오는데 이놈이 길을 건너고 있더군요. 그런데 저도 모르는 사이에 그만 자전거 바퀴가 닭의 목을 밟고 말았지 뭡니까. 길바닥에 쓰러져 괴로워하는 꼴이 가여워 제가 고통의 시간을 줄여 주었지요. 신부님, 그렇게 무서운 눈으로 쳐다보지 마세요. 이걸 통째로 구워 먹는다 해도 하느님께서는 틀림없이 신부님을 용서해 주실 겁니다."

돈 까밀로는 닭을 굽고 특별히 고급 포도주를 꺼냈다. 몇 시간 뒤 사내는 다시 일을 시작하기 위해 돌아갈 채비를 했다. 그러나 어딘가 모르게 무척 근심스러운 표정이었다.

"이제는 자전거를 슬쩍하러 가도 잘 될 것 같지 않은데요. 신부님 때문에 그런 마음이 모두 사라져버렸습니다."

사내는 한숨을 쉬었다.

"가족은 있나?"

"아뇨. 홀몸입니다."

"좋아. 자넬 우리 성당의 종지기로 채용하겠네. 마침 그 일을 하던 사람이 이틀 전에 그만두었거든."

"하지만 전 종을 칠 줄 모르는걸요?"

"자전거를 슬쩍할 줄 아는 기술이라면 종 치는 것쯤이야 식은 죽 먹기 아닐까?"

사내는 고개를 끄덕이며 양팔을 벌렸다.

"도대체 신부님을 만난 게 큰 실수였지 뭡니까?"

그리하여 도둑은 그날부터 성당의 종지기가 되었다.

피는 물보다 진하다

지지노는 어머니와 두 누나가 노려보는 눈길을 의식하고 계속해서 접시에 고개를 박은 채 얼굴을 들지 않았다. 하녀가 부엌으로 나가자 어머니는 아버지에게 다시 물었다.

"그래서요?"

"선생님들 전부와 교장 선생님을 만나서 이야기를 했지. 이 아이가 작년보다 성적이 더 떨어졌다는 거야."

아버지가 힘없이 말했다. 지지노는 올해 열네 살로, 중학교 2학년이었다. 1학년을 두 번씩이나 다녔고, 2학년 때도 낙제를 해서 한 번 유급을 했다.

"바보 같은 놈!"

어머니는 지지노를 흘겨보면서 말했다.

"라틴어 과외에다 수학 과외까지 시켰어. 이렇게 큰돈을 들였는데도 이 정도 성적밖에 안 나오다니…."

지지노는 고개를 숙이고 눈물을 뚝뚝 흘렸다. 어머니는 식탁 위로 손을 쭉 뻗더니 지지노의 머리를 움켜잡고 위로 치켜들었다.

"이 바보 멍청이야!"

하녀가 신발을 끌며 다가오는 소리가 들리자 어머니는 표정을 바꾸고 교양 있게 자리에 앉았다. 그러나 하녀가 돌아가자 또다시 도끼눈을 뜨고 아버지에게 물었다.

"그래서, 당신은 무슨 말을 하셨수?"

"글쎄, 할 말이 있어야지."

아버지는 양팔을 벌리면서 말했다.

"수업 태도는 나쁘지 않으니까 아무도 불평하는 사람은 없었어. 그런데 질문을 하면 대답을 못 하고, 문제 풀이를 시키면 단 한 문제도 못 푼다는 거야. 정말 미치고 환장할 노릇이지. 선생들이 대놓고 말하진 않았지만 마치 이 아이를 저능아로 보는 것 같았어."

"애는 저능아가 아니에요!"

어머니가 소리쳤다.

"노력을 안 해서 그래요. 하지만 이제는 용서 없어요. 무슨 수를 써서라도 공부시킬 방법을 찾아야 해요. 난 무슨 짓이라도 할 각오가 되어 있어요. 기숙사 학교에 보내서라도 공부를 시키겠어요!"

누나 둘은 경멸에 찬 눈으로 동생을 바라보았다.

"너 때문에 왜 우리까지 창피를 당해야 하니?"

대학생 큰누나가 소리쳤다.

"아무 잘못도 없는 우리가 왜 이 괴로움을 받아야 하느냐고?"

고등학교에서 제일 성적이 좋은 우등생인 작은누나 역시 볼멘소리를 했다.

"가족 모두가 고생이다."

아버지가 한숨을 내쉬며 말했다.

"집안에 골칫덩이가 있으면 모두가 그 영향을 받게 되는 법이다. 어쨌든 내가 죽는 한이 있더라도 저 녀석을 꼭 기숙사에 집어넣을 작정이다."

지지노는 말수가 적고 내성적인 아이였다. 하지만 이때만은 절망감에 사로잡혀 입을 열었다.

"전 공부하기 싫어요! 공장에 다니고 싶어요!"

어머니가 용수철처럼 튕겨 일어나 아들의 따귀를 갈겼다. 그렇지만 지지노는 고개를 빳빳이 들고 소리쳤다.

"나는 공장에서 기술을 배우고 싶단 말이에요!"

아버지가 끼어들었다.

"그만 진정하구려, 여보. 이렇듯 법석을 떨 필요는 없어. 말하게 내버려 두구려. 제놈이 뭐라고 말하든 기숙사가 있는 학교에 보내겠소. 그러면 선생들이 알아서 공부시키겠지."

"공부하기 싫어요!"

지지노는 뺨이 붉게 달아오른 채 버텼다.

"나는 공장에서 일할 거라고요!"

"네 방으로 들어가거라."

아버지가 노기 띤 얼굴로 말했다. 지지노가 제 방으로 들어가자 가족 회의가 시작되었다.

"저 애를 기숙사에 집어넣는 것 말고는 다른 방도가 없어요."

어머니가 말했다.

"오늘 저 애는 반항까지 했어요. 만일 이대로 집에 둔다면 앞으로 큰 불화가 계속될 거예요."

"내 얼른 알아 보리다."

아버지가 잘라 말했다.

"오늘은 내가 화를 참았지만 앞으로는 어떻게 될지 나도 모르겠소."

"저 애 때문에 우리 모두 제 명에 못 살 거예요."

어머니가 푸념하듯 말했다.

"그렇지 않아도 자꾸만 낙제를 해서 사람들의 웃음거리가 되고 있는데 집안의 명예를 위해서도 무슨 수를 써야 하지 않겠어요?"

"물론이지…."

아버지가 고개를 끄덕이며 말했다.

"지지노와 중학교 1학년 때 같은 반이었던 우리 집 경비 아들은 벌써 2년이나 앞서 갔잖아."

어머니는 자칫하면 소리를 내어 울 기세였다. 그러자 두 딸은 책망하는 얼굴로 아버지를 흘겨보았다. 실상 그런 얘기는 하지 않는 편이 나았다. 그러나 그것을 워낙 오래전부터 가슴에 품고 있다 보니 자기도 모르는 사이에 불쑥 그 말이 튀어나오고 말았다.

지지노는 석간 신문을 든 채 바싸 마을에 도착했다. 마을을 이리저리 돌아다니다 보니 어느덧 저녁때가 되었다. 보슬비가 내리기 시작했으므로 소년은 광장 끝에 있는 건물의 추녀 끝으로 가서 비를 피했다. 그 건물 끝에는 잡화점이 있었다. 그는 가게 진열장을 힐끗 쳐다보았다. 주머니에는 아직 200리라가 남았기 때문에 우유라도 한 잔 마시고 싶었다. 하지만 선뜻 용기를 내지 못했다. 잠시 망설이던 그는 광장을 가로질러 성당 안으로 들어가 가장 으슥한 구석에 몸을 숨겼다. 그러고는 피로에 지쳐 자신도 모르게 잠이 들고 말았다.

10시 무렵, 예수님에게 저녁 인사를 하기 위해 성당에 들어간 돈 까밀로는 의자 위에서 자고 있는 아이를 발견했다. 돈 까밀로의 호통소리에 잠이 깬 지지노는 어둠 속에 서 있는 검은 옷의 거인을 발견하고 깜짝 놀라 두 눈을 크게 떴다.

"무엇을 하고 있느냐?"

돈 까밀로가 무섭게 쏘아붙였다.

"용서하세요, 아저씨."

소년은 더듬거리며 말했다.

"저도 모르는 사이에 잠이 들고 말았어요."

"뭐, 아저씨라고?"

돈 까밀로가 눈을 커다랗게 뜨고 말했다.

"너는 내가 신부라는 것을 모르느냐?"

"죄송해요, 신부님."

소년의 목소리는 더욱 작아졌다.

"얼른 나갈게요."

소년의 두 눈에 눈물이 가득 고인 것을 본 돈 까밀로는 밖으로 나가는 지지노를 불러 세웠다.

"어딜 가느냐?"

"몰라요."

성당 안이 몹시 어두워서 아이의 모습이 잘 보이지 않았으므로 돈 까밀로는 불이 켜져 있는 제단 앞으로 아이를 데리고 갔다. 밝은 곳에서 아이를 자세히 살펴본 돈 까밀로는 조용히 말문을 열었다.

"꼬마 신사로구나. 너 도시에서 왔구나?"

"네."

"도시에서 왔는데 갈 곳이 없단 말이야? 돈은 있느냐?"

"네."

소년은 100리라짜리 지폐 두 장을 보여주면서 대답했다. 돈 까밀로는 지지노를 데리고 사제관으로 갔다. 사제관에 도착한 돈 까밀로는 외투와 모자를 집어들었다.

"날 따라오너라."

돈 까밀로의 목소리는 다소 딱딱했다.

"경찰서장이 너를 보고 무슨 말을 할지 같이 가서 들어 보자."

경찰이라는 말에 깜짝 놀란 소년이 돈 까밀로를 쳐다보았다.

"저, 저는 나쁜 짓을 하지 않았는데요."

지지노가 더듬거리며 말했다.

"그럼 여긴 왜 왔느냐?"

돈 까밀로는 목소리를 높였다.

아이는 고개를 푹 숙였다.

"전… 가출했어요."

"가출? 그래 이유가 무엇이냐?"

"가족이 강제로 공부를 시키려고 해요. 그런데 저는 도대체 공부가 되지 않아요. 전 공장에서 기술을 배우고 싶어요."

"공장에서?"

"네, 신부님. 공장에 다니는 애들도 많잖아요? 모두 자기 일에 만족하고…. 저도 제가 하고 싶은 일을 하고 싶어요."

돈 까밀로는 외투와 모자를 옷걸이에 다시 걸었다. 식탁에는 아직 치우지 않은 음식이 남아 있었다. 돈 까밀로는 찬장을 뒤져 약간의 치즈와 고기를 찾아냈다. 그리고 아이를 식탁에 앉히고는 식사를 권했다. 소년은 무척 배가 고팠는지 아주 맛있게 음식을 먹었다. 돈 까밀로는 처음부터 끝까지 흠잡을 데 없는 지지노의 예절 바른 식사 모습을 지켜보며 고개를 끄덕였다.

"공장 노동자가 되는 것이 소원이라고 그랬지?"

"네, 신부님."

돈 까밀로는 껄껄 웃었다. 그러자 소년의 얼굴이 빨개졌다. 사제관에는 방문객을 위한 침대가 항상 준비되어 있었으므로 아이를 재우는 데는 어려움이 없었다. 소년을 침실로 안내하고 돌아오면서 돈 까밀로는 혼자 중얼거렸다.

'공장 노동자라?'

그날 밤, 돈 까밀로는 몇 번이나 이불 속에서 몸을 뒤척이며 좀처럼 잠을 이루지 못했다.

다음 날 아침 돈 까밀로는 여느 때와 마찬가지로 미사를 드리기 위해 어스름한 새벽에 일어났다. 그는 옆방에서 자고 있을 꼬마 신사를 생각해 조용히 일어나 미사 준비를 했다. 사제관을 나가기 전에 그는 지지노가 편안히 자고 있는지 보기 위해 조심스럽게 문을 열어 보았다. 그런데 침대가 말끔히 정리되어 있었고 아이는 침대 옆 의자에 앉아 있었다. 돈 까밀로는 그 모습을 보고 깜짝 놀랐다.

"왜 잠을 자지 않고 있니?"

"다 잤어요."

그날 아침에는 비도 내리고 날씨도 지독하게 추워 미사에 참석한 사람은 지지노뿐이었다. 돈 까밀로는 멋들어진 강론을 했다. 자식들이 해야 할 의무에 대해 말했고, 부모님 말씀에 순종해야 한다는 걸 길게 이야기했다. 그것은 한 달에 한 번 할까 말까 한 열정적인 강론이었다.

불쌍한 지지노는 어둠침침하고 쓸쓸한 성당 안에 혼자 동그마니 앉아 있었다. 아이는 거인 신부 목소리가 쩌렁쩌렁 울려 퍼지는 성당 안에서 '너희들 어린이…' 운운하는 강론을 들으며, 자기 혼자 온 세상 아이들의 죄를 대신 짊어진 듯한 기분에 사로잡혔다.

"네 이름과 아버지 성함, 그리고 집 주소와 전화 번호를 말해 보거라."

아침 식사를 끝낸 뒤 돈 까밀로가 아이에게 말했다. 지지노는 겁먹은 눈으로 돈 까밀로를 응시하다가 사실대로 말하지 않으면 뼈도 못 추릴 것 같은 불안감에 모든 것을 털어놓았다. 돈 까밀로는 읍사무소로 가서 아이의 집에 전화를 했다. 부인이 전화를 받았다.

"댁의 아드님은 지금 내 집에 있소이다. 여긴 성당이니 너무 걱정하지 마십시오."

돈 까밀로는 신분을 밝힌 후 이렇게 말했다. 잠시 후 아버지가 전화를 받자 돈 까밀로는 그를 안심시킨 후 '아이가 약간의 충격을 받은 것 같다'며 나름대로의 소견을 덧붙였다. 그러고는 지지노가 자신의 잘못을 반성하고 깊이 후회하고 있다고 전했다. 게다가 자신의 집에 며칠만 조용히 머물도록 해준다면 부모님 생각대로 열심히 공부할 수 있는 방법을 찾아보겠다고 장담했다. 돈 까밀로는 자신의 신분이 의심스럽다면 주교님에게 연락해서 확인해 보라는 말까지 했다.

"부모님께서는 당분간 네가 나와 함께 있어도 좋다고 허락하셨다."

돈 까밀로가 지지노에게 말했다. 그제서야 아이의 얼굴에 미소가 번졌다. 돈 까밀로는 외투를 입은 다음 지지노를 데리고 외출을 했다.

두 사람은 뻬뽀네의 정비소 앞에서 걸음을 멈추었다. 뻬뽀네는 돈 까밀로를 발견하자, 자동차 엔진을 낱낱이 분해하다 말고 벌떡 일어나 멍키스패너를 땅바닥에 던진 뒤, 두 주먹을 허리에 대고 떡 버텨 섰다.

"정치에 대한 이야기는 하지 맙시다."

뻬뽀네가 돈 까밀로를 바라보며 말했다.

"여기는 신성한 작업장이니까."

"좋네."

돈 까밀로는 특유의 토스카나 지방 사투리를 쓰면서 대답했다. 그는 지지노를 앞으로 떠다 밀었다.

"이 아이는 도시의 부잣집 아들인데 집에서 가출을 했다네. 부모님은 공부하라고 난리인데, 이 녀석은 공장에서 기술을 배우고 싶다는 거야. 그래서 집을 나왔다는군. 어때, 흥미가 생기지 않나?"

빼뽀네는 연약하고 우아한 소년의 모습을 보더니 킬킬거리며 웃었다.

"공장에서 일하고 싶단 말이냐?"

"네, 선생님."

지지노가 대답했다.

"여긴 선생님 같은 건 없다!"

빼뽀네가 버럭 소리쳤다. 지지노의 눈에서 금방이라도 눈물이 흘러내릴 것만 같았다.

"네, 대장…."

지지노가 기어들어가는 목소리로 우물거리며 말했다. 빼뽀네는 무엇인가 중얼거리더니 몸을 홱 돌리면서 멍키스패너를 들고 다시 엔진을 수리하기 시작했다. 지지노는 돈 까밀로를 쳐다보았다. 돈 까밀로는 그에게 고개를 끄덕여 보였다. 그러자 지지노는 작은 망토를 벗었다. 그 속에서 꼬마 신사가 소중히 여기는 파란색 작업복이 나타났다. 빼뽀네는 멍키스패너를 던지더니 16번 스패너를 들고 일을 하기 시작했다. 그리고 16번 너트 네 개를 풀어냈다. 이제 14번 너트를 돌릴 스패너가 필요했다. 빼뽀네는 이리저리 눈을 돌려 14번 스패너를 찾았다.

그런데 지지노가 14번 스패너를 손에 쥔 채 바들바들 떨며 자신에게 내밀고 있는 것이 아닌가.

'저 녀석이 어떻게 14번 스패너가 필요한지 알았지?'

뻬뽀네는 고개를 갸웃거리면서도 소년의 손에서 스패너를 우악스럽게 낚아챘다. 그것을 본 돈 까밀로는 싱긋 웃으면서 그곳을 나왔다. 문 앞에 이르렀을 때 돈 까밀로는 큰 소리로 아이에게 말했다.

"지지노야, 여기는 작업장이지 정치를 논하는 곳이 아니란다. 혹시라도 정치 이야기를 하거든 다 집어치우고 나한테로 돌아오너라."

뻬뽀네는 고개를 들어 무서운 표정으로 돈 까밀로를 노려보았다.

열흘 정도 지난 뒤 지지노의 아버지가 도착했다. 돈 까밀로는 매우 정중하게 그를 맞았다.

"제 아들놈이 정신을 좀 차렸는지요?"

아버지가 물었다.

"훌륭한 자제분을 두셨더군요."

돈 까밀로가 대답했다.

"지금 어디 있습니까?"

"공부하는 중입니다."

돈 까밀로는 자신 있게 대답했다.

"가서 만나 보시지요."

빼뽀네의 정비소에 도착하자 돈 까밀로는 문을 열고 안으로 들어갔다. 지지노는 뭔가를 쇠줄로 열심히 갈고 있었다. 빼뽀네가 앞으로 다가오자 지지노의 아버지는 입을 쩍 벌렸다.

"저 애의 아버지 되시네."

돈 까밀로가 소개했다.

"아, 그러세요?"

빼뽀네는 어깨에 잔뜩 힘이 들어간 신사를 흘끔 쳐다보면서 못마땅한 표정으로 말했다.

"어떻습니까?"

신사가 더듬거리며 물었다.

"이 아인 천재입니다. 1년만 지나면 나는 더 이상 가르칠 게 없을 겁니다. 그때는 도시로 나가 더 큰 공장에서 일을 하게 해야 될 거요."

빼뽀네가 큰 소리로 대답했다.

돈 까밀로와 지지노의 아버지는 말없이 사제관으로 돌아왔다.

"아내에게는 뭐라고 해야 할까요, 신부님?"

지지노의 아버지는 딱한 표정으로 물었다. 돈 까밀로는 진지한 표정으로 그를 바라보며 대꾸했다.

"사실대로 말씀하시지요. 부인께서도 아들이 대학 졸업장을 따서 고작 과장급 공무원으로 끝나는 걸 원하진 않을 거 아닙니까?"

"사실… 어린 시절 저의 꿈은 오토바이 경주자가 되는 것이었습니다."

지지노의 아버지가 한숨을 쉬면서 말했다.

돈 까밀로는 양팔을 벌렸다.

"그 사실도 부인께 말씀드리시지요."

그는 슬픈 표정으로 미소를 지었다.

"신부님, 부디 저를 위해 기도해 주십시오. 저는 주말마다 지지노를 만나러 오겠습니다. 혹시 필요한 게 있으시면 제게 연락 주십시오. 집으로 말고 사무실로 말입니다."

돈 까밀로는 지지노가 어떻게 해서 뻬뽀네의 심사에 통과했는지 말해 주었다. 14번 스패너에 대한 얘기를 듣자 지지노 아버지의 두 눈이 반짝거렸다.

"녀석의 할아버지는…."

그는 감격으로 목이 메어 말을 제대로 하지 못했다.

"당시 우리 공장, 최고의 선반공이었습니다. 역시 피는 속이지 못하는 법이군요!"

화가와 엉덩이

클라라는 40대의 여자였다. 그야말로 극렬한 여자였다. 극렬이란 단어는 꼭 그녀를 위해 만들어진 말 같았다. 클라라는 사람들이 거리에 모여 있는 걸 보기만 하면 당장 머리를 비집고 들어가 '때려 죽여라! 총살하라! 교수형을 시켜라!' 하고 악을 써댔다. 그녀는 사람들이 죄인을 구경하기 위해 광장에 모여 있는 건지 아니면 단순히 약장수의 재담을 듣기 위해 모여 있는 건지 확인도 하지 않고 소리부터 질러 대는 그런 스타일이었다.

클라라는 파업이 일어나기만 하면 언제나 붉은 옷을 입고 대열의 선두에 서서 우렁차게 노래를 불렀다. 가끔은 파업 지도 자가 연설하는 중간에 벌떡 일어나 '멋지다, 잘한다.' 하고 추임새를 넣기도 했다. 클라라의 그런 목소리에는 어딘지 모르게 짙은 슬픔이 배어 있었다.

그녀는 바싸 마을에서 몸소 노동자 투쟁을 주도한 여자였다. 클라라는 노동자들과 사용자 사이에 크든 작든 불상사가 터졌다는 소리가 들리면 사람들을 선동하기 위해 맨 먼저 달려갔다. 싸움이 벌어진 농장이 멀리 떨어져 있을 경우에는 남편의 경주용 자전거를 집어타고 달려갔다. 그럴 때면 바람이 불어 허벅지가 보이기도 했다. 길을 가던 사람이 허연 허벅지를 보고 농담을 할라치면, 클라라는 더 기승을 부리며 악을 써댔다.

"돼지 같은 당신들 부르주아는 속이 더러우니까 꽁꽁 감추고 다니죠. 우리 같은 서민들은 엉덩이를 내 놓아도 천하에 부끄러울 게 없다고요. 안 그래요?"

노동자 파업이 일어나자 클라라는 자전거를 타거나, 아니면 감시반의 트럭을 타고 대활약을 했다. 그렇게 보름이 지나고 파업의 열기가 수그러들 즈음이었다. 누군가 어둠을 틈타 클라라의 머리에 자루를 씌워 울타리 뒤로 끌고 갔다. 그리고 그녀의 치마를 걷어올린 다음 엉덩이에 붉은 페인트를 칠했다. 그런 뒤 머리에 자루를 씌운 채 그 자리에 세워두고는 낄낄대며 사라졌다.

중대한 사건이었다. 클라라는 수치스런 그림을 지워버리느라 휘발유를 부은 대야에 3일 동안이나 엉덩이를 대고 앉아 있어야 했다. 무엇보다 삐뽀네가 펄쩍 뛰었다. 그것은 신성한 프롤레타리아 인민에 대한 정면 도전이었기 때문이다. 그는 화가 머리끝까지 치밀어올라 있었다. 대책 회의가 시작되었다. 삐뽀네는 부하들을 모아놓고 그 반동분자를 맹렬히 비난하며 이 사건에 대한 항의로서 총파업을 선언했다.

"모든 일이 정지될 것이다. 경찰이 범인을 체포할 때까지 모든 곳을 폐쇄하고, 봉쇄하고, 출입금지한다!"

경찰서장과 순경 네 명이 수사를 시작했다. 하지만 한밤중에, 그것도 한적한 시골마을에서 여자의 머리에 자루를 씌워놓고 엉덩이에 붉은 칠을 한 사람을 찾아낸다는 것은 마치 짚더미에서 바늘 찾기나 마찬가지였다.

"읍장님, 진정하십시오. 이런 일로 총파업까지 할 거야 없지 않습니까? 파업을 안 해도 수사는 계속 진행될 텐데요."

수사 첫날을 아무 소득 없이 보낸 경찰서장이 삐뽀네에게 사정했다.

삐뽀네는 단호하게 고개를 저었다.

"경찰이 범인을 잡을 때까지 모든 것이 정지될 것이오! 절대로 변경할 수 없소!"

다음 날 아침 일찍부터 다시 수사가 시작됐다. 클라라는 머리에 자루를 뒤집어쓴 상태였던 탓에 아무것도 보지 못했으므로 별다른 도움이 되지 못했다. 그러니 사건의 단서가 될 유일한 증거품은 자루와 엉덩이 그림뿐이었다. 경찰서장은 자루를 꼼

꼼히 살피기도 하고, 무게를 달아 보기도 하고, 크기를 재보고 냄새를 맡아 보기도 하다가 발로 확 차버렸다. 그 자루는 아무데서나 볼 수 있는 매우 흔한 자루일 뿐, 아무 도움도 주지 못했다.

마침내 경찰서장은 보건소 의사를 불러왔다.

"그 여자를 찾아가 진찰 좀 해주시오."

보건소 의사는 고개를 갸우뚱거리며 서장과 순경을 번갈아 바라보았다.

"뭘 진찰합니까? 피해자 엉덩이에 칠해진 페인트는 휘발유로 다 닦아냈다면서요. 그리고 화가들은 그림을 완성하고 나서 서명을 하기 마련인데 그것도 없지 않습니까?"

경찰서장은 의사를 바라보며 굳은 표정으로 말했다.

"의사 양반, 지금 한가하게 농담할 때가 아니오. 물론 상식적으로 보면 배꼽을 잡고 웃어대야 할 일이오. 하지만 여기 사람들은 이 사건을 단순한 장난으로 생각하지 않소. 지금 그들은 이 일을 굉장한 모욕으로 여기고 있소이다."

의사는 클라라를 진찰하러 갔다가 한 시간 뒤에 돌아왔다.

"위산 과다 증세와 편도선에 약간의 염증이 있더군요."

의사가 양팔을 벌리며 설명했다.

"그리고 그녀의 혈압 수치를 재 왔는데, 진찰 결과는 이게 전부요."

저녁 무렵 경찰 네 사람 역시 지문도 증거도 아무것도 찾지 못한 채 돌아왔다.

"좋아!"

결과를 듣고 난 뻬뽀네가 화를 내며 사납게 말했다.

"내일부터 모든 빵집을 폐쇄한다. 사람들에게 밀가루를 배급하라. 모두 집에서 직접 빵을 구워 먹어야 할 것이다!"

돈 까밀로는 사제관 앞 벤치에 앉아 바람을 쐬고 있었다. 그때 느닷없이 뻬뽀네가 나타났다.

"신부님, 종지기를 불러 종탑의 시계를 세우라고 명령하시오. 이 마을 모든 것이 멈춰야 하오. 시계까지도 말이오. 어떤 놈인지 모르지만 그 악당에게 총파업이 얼마나 무서운가를 보여줄 작정이오. 모든 것이 멈춰야 하오!"

뻬뽀네가 굳은 표정으로 명령하듯 말했다.

돈 까밀로가 머리를 흔들었다.

"모든 것이 멈춰 섰구먼, 읍장 동지 머리통까지…."

"내 머리는 아주 잘 돌아가고 있소!"

뻬뽀네가 신경질적으로 소리쳤다.

돈 까밀로는 시가에 불을 붙이고 나서 부드럽게 말했다.

"뻬뽀네! 자네는, 자네 머리가 잘 돌아가고 있다고 생각하고 있는 모양인데, 사실은 그렇지 않다네. 공산당 이념이라는 것이 자네 머리를 꽉 막아놔서 남의 웃음거리가 되고 있다는 것을 깨닫지 못하고 있어. 정말 유감스러운 일이야. 차라리 자네가 남들한테 죽도록 매를 맞는 것이 훨씬 나을 거야. 남의 웃음거리가 된다는 건 참으로 마음이 아픈 일일세. 암 그렇고말고…."

"신부님의 충고에 귀를 기울일 만한 여유가 지금 내게는 없소. 시계를 멈추시오. 아니면 내가 총을 쏴서 시계를 세워버릴 테니까 말이오!"

"종지기는 지금 없네. 우리 둘이 올라가세."

돈 까밀로가 몸을 일으키며 말했다. 두 사람은 종탑의 사다리를 타고 시계가 있는 쪽으로 올라갔다. 잠시 후 두 사람은 시계 속의 낡고 거대한 기계 장치를 바라보고 마주섰다.

"이걸세. 여기에 나무못을 하나 끼우면 지금 당장 시계가 멈출 걸세."

돈 까밀로는 똑딱 소리를 내며 돌고 있는 시계의 톱니바퀴를 가리키며 말했다. 그리고 들판 쪽으로 난 작은 종탑 창문에 기대어 섰다.

"뻬뽀네."

돈 까밀로가 입을 열었다.

"어느 평범한 사내한테 병든 아들이 있었네. 아이는 밤마다 고열에 시달렸지. 체온계로 재면 열은 항상 40도 가까이 오르고 있었어. 그 사내는 아들을 끔찍이 사랑했지만 열을 내리게 하는 방법을 몰랐네. 마침내 그 사내는 체온계를 마룻바닥에 집어던져 버렸네."

빼뽀네는 여전히 시계의 톱니바퀴만 바라보고 있었다.

"읍장 동무, 지금 자네가 시계를 멈추고 싶어하는데도 난 조금도 우습지 않네. 바보들은 비웃겠지. 하지만 나는, 체온계를 깨뜨린 사내처럼 바보 같은 짓을 하려는 자네가 안쓰러울 뿐이야. 어서 말해 보게, 빼뽀네. 무엇 때문에 이 시계를 멈춰 세우려는 겐가?"

빼뽀네는 대답하지 않았다.

돈 까밀로는 진지한 목소리로 말했다.

"그건 아마도, 이 시계가 종탑 위에 높이 있어 하루에도 수십 번씩 쳐다보게 하기 때문일 거야. 어디를 가든 종탑의 시계가 자네를 빤히 내려다보고 있겠지. 마치 교도소 감시탑 보초병의 눈길처럼 말일세. 고개를 돌려서 외면해도 목덜미를 간질이는 느낌을 받지. 집에 틀어박혀 있어도 시계소리는 끝까지 자네를 쫓아가서 종소리와 함께 시간을 알려줄 거야. 그 소리가 바로 양심의 소리이기 때문이지. 자네가 죄를 지어 하느님을 두려워하게 된다면 제아무리 침대 머리맡에 있는 십자가를 치워봤자 소용이 없어. 하느님은 한평생 자네를 따라다니며 양심의 소리를 속삭여줄 테니까 말이야. 빼뽀네, 종탑 시계를 멈추게 해 보았자 아무 소용없는 일이네. 그렇다고 해서 시간이 멈추는 건 아니니까. 자네가 제아무리 모든 날짜와 시간을 정지시킨다 해도 그것들은 여전히 흘러가고 있지 않나, 지금처럼 말이야."

빼뽀네는 머리를 들어 가슴 가득 숨을 들이마셨다.

"이 사람아, 내 말을 잘 들어 보게…."

돈 까밀로가 말을 계속했다.

"시계를 멈추게 할 수는 있지만 시간을 멈추게 할 수는 없어. 그래, 파업을 계속해 보게. 논밭의 곡식은 시들어가고, 암소들은 축사에서 죽어나가겠지. 빵은 점점 사람들의 식탁에서 줄어들 테고 말야. 전쟁은 아주 끔찍한 재난이야. 만일 악당들이 자네 땅에 침입해서, 물건과 자유를 빼앗아 간다면 그때는 당연히 싸워야겠지. 파업이란 오로지 자기의 신성한 권리와 빵과 자유 그리고 자식들의 미래를 지키기 위해서 해야 하는 것이네. 그런데 자네는 그 쓸데없는 자존심 때문에 형제에게 싸움을 걸고 있어. 그건 체면을 위한 싸움일 뿐이야. 세상의 온갖 싸움 중에서도 제일 반동적이고 저주받을 짓이란 말일세."

"법의 심판은…."

"법이란 머리끝부터 발끝까지, 안팎으로 철저하게 읍민 모두를 보호하기 위한 도구이네. 자네도 그걸 인정하지? 열성 당원한 사람의 엉덩이를 보호하기 위해 꼭 당이 개입해야 하겠나? 시계를 멎게 하는 대신 파업을 멈추게."

두 사람은 종탑에서 내려왔다. 밑으로 내려오자 뻬뽀네는 돈 까밀로 앞에 버티고 섰다.

"신부님, 우리 솔직히 말해 봅시다. 신부님이 저지른 짓 아니오?"

돈 까밀로는 한숨을 쉬었다.

"아니네, 뻬뽀네. 난 신부야. 신부가 어떻게 여자의 엉덩이에 손을 댈 수 있겠나. 얼굴이라면 몰라도. 하지만 얼굴에 붉은 칠을 했다가는 단박에 탄로가 날 테니까 못 하지."

뻬뽀네는 돈 까밀로의 눈을 똑바로 쳐다보았다.

"난 다만 머리에 자루를 씌우고 꽁꽁 묶어 울타리 뒤로 끌고 가는 일까지만 했네. 그러고 나서 내 일을 보러 갔지."

돈 까밀로가 웃음을 터뜨렸다.

"그럼, 울타리 뒤에 누가 있었소?"

뻬뽀네가 정색을 하고 물었다.

"전부터, 목숨을 걸고 싸워야 할 만큼 큰 문제가 생기면 난 신부님을 믿었소. 그건 신부님도 마찬가지일 거요. 이 문제 또한 그에 못지 않게 중요하다고 난 생각해요. 그러니 말해 봅시다. 자, 누구요? 뒤에 있던 자가?"

돈 까밀로는 양팔을 벌리며 말했다.

"뻬뽀네, 수년 동안 혼자서 괴로워하던 사람이 본당 신부에게 도움을 청해 왔네. 어찌 내가 그의 간절한 소망을 저버릴 수 있었겠나? 울타리 뒤에는 클라라의 남편이 있었네."

뻬뽀네는 클라라의 남편을 생각하자 그만 풀이 죽어버렸다. 그는 마르고 병약한 남자로 아내가 대중을 선동하기 위해 싸돌아다니는 동안 구멍난 속옷을 기워 입고 홀로 밥을 지어 먹어야 했다. 그러나 갑자기 클라라의 남편이 기독교민주당에 가입한 것에 생각이 미치자 저절로 이맛살이 찌푸려졌다.

빼뽀네가 엄숙한 목소리로 물었다.

"신부님, 이거 하나만 물어 봅시다. 그가 기독교민주당 당원으로서 그 짓을 했던 거요?"

"아닐세, 남편으로서. 단지 남편으로서 그랬던 것이네."

빼뽀네는 파업 중지 명령을 내리기 위해 다시 종탑 쪽으로 발걸음을 옮겼다.

"그럼, 신부님은?"

종탑 문에 이르자 빼뽀네는 손가락으로 돈 까밀로를 가리키며 소리쳤다.

"나야 그림을 그리는 데 약간의 도움을 주었을 뿐이지."

돈 까밀로가 양팔을 벌리며 대답했다. 그러자 빼뽀네가 어이없다는 듯, 피식 웃었다.

돈 까밀로와 못생긴 마돈나

오래전부터 돈 까밀로를 은근히 괴롭혀 온 물건이 하나 있었다. 그 물건은 다른 어느 때보다도, 8월에 있는 성모승천대축일에 그를 심하게 괴롭혔다.

"못생긴 마돈나!"

사람들은 그 성모상을 이렇게 불렀다. 정말 듣기만 해도 머리카락이 곤두설 정도로 모욕적인 말이었다. 물론 사람들이 그렇게 부른다고 해서 성모님에 대한 존경심을 버린 건 아니다. 하지만 돈 까밀로는 그 말을 들을 때마다 마음이 괴로웠다.

키가 2미터쯤 되는 그 성모상은 흙으로 만든 것이었는데 납으로 만든 것처럼 무거웠다. 그리고 또 어찌나 조잡하게 칠했는지 차마 눈 뜨고 못 볼 지경이었다. 조각의 '조' 자도 모르는 엉터리 조각가가 만들었더라도 그것보다는 추하지 않았을 것이다.

물론 못생겼다고 해서 그 의미가 훼손되는 것은 아니다. 중요한 건 마음이지 기교적인 능력 따위가 아니기 때문이다. 오히려 이 성모상을 만든 사람은 틀림없이 솜씨가 뛰어난 예술가였을 것이다. 그는 자기가 가진 재주를 발휘해서 일부러 못생긴 마돈나를 만들려고 노력했을 게 분명하다.

아주 오래전, 바싸 마을의 본당 신부가 되어 처음으로 이 성모상을 보았을 때, 돈 까밀로는 이렇게 못생긴 마돈나도 있구나 하고는 깜짝 놀랐다.

그래서 곧 아름다운 성모상으로 바꾸기로 마음먹었다. 그는 곧바로 신자들에게 자신의 뜻을 알렸다. 그러자 그들은 천만의 말씀이라며 단번에 거절했다. 그 성모상은 1693년 작품이었다. 그것을 입증하는 제작 연도가 분명히 대좌에 새겨져 있었다.

"언제 만들어졌느냐는 중요하지 않소. 문제는 너무 못생겼다는 것이지!"

돈 까밀로가 신자들의 말을 반박했다.

"못생기긴 했지만, 아주 오래된 귀한 물건이라오, 신부님."

신자들이 주장했다.

"그렇긴 하지만 너무 못생겼단 말이오!"

돈 까밀로도 물러서지 않았다.

"역사적인 유물입니다, 신부님!"

그들의 주장은 더욱 강경해졌다. 돈 까밀로는 그 후 몇 년 동안 계속 신자들과 다투었지만 번번이 지고 말았다. 정말 역사적인 유물이라면 박물관으로 보내고, 좀 더 아름다운 성모상을 가져다 놓아야 할 게 아닌가. 그게 안 된다면 '못생긴 마돈나'는 구석으로 옮겨놓고 새로운 성모상을 성당에 모시자, 이것이 돈 까밀로의 생각이었다.

문제는 돈이었다. 그런데 돈 까밀로가 모금하러 돌아다니며 그 이유를 설명하자 사람들은 모두 놀란 얼굴로 쳐다보았다.

"못생긴 성모상을 바꾸다니요? 그건 역사적 유물입니다! 그럴 수야 없지요. 역사적인 유물을 함부로 움직였다간 벌 받습니다."

돈 까밀로는 마침내 그 계획을 포기하고 말았다. 그러나 마음 한구석이 늘 씁쓸했다. 그래서 틈만 나면 제단의 예수님에게 가서 불평을 늘어놓았다.

"예수님, 왜 저를 안 도와주십니까? 그렇게 못생긴 성모상을 보고도 마음이 편안하십니까? 사람들이 '못생긴 마돈나'라고 하는데도 잠자코 계실 건가요?"

"돈 까밀로, 진정한 아름다움은 겉모습에 있는 것이 아니다. 사람이 죽으면 육신은 흙이 된다는 것쯤이야 너도 잘 알고 있는 사실 아니더냐? 하지만 진정한 아름다움은 영원한 것이다. 결코 육신처럼 허무하게 사라지지 않는다. 성모의 아름다움은 그 영혼의 아름다움에 있다. 그건 영원히 썩지 않는 것이다. 누군가 못생긴 성모상을 빚어 제단에 세워놓았다고 내가 왜 화를 내겠느냐? 그 앞에 무릎을 꿇고 앉은 사람들은 석고로 만든 조각품에 기도하는 것이 아니니라. 하늘에 계신 성모님께 기도하는 것이다."

"아멘."

돈 까밀로는 고개 숙여 응답했다.

그렇지만 여전히 '못생긴 마돈나' 라는 말을 들을 때마다 기분이 안 좋은 것은 변함이 없었다. 평소에는 그런 대로 견딜 수 있었다.

하지만 해마다 8월 15일, 성모승천대축일이 오면 '못생긴 마돈나' 를 마차에 태우고 마을 구석구석을 돌아다녀야 했다.

그날만 오면 돈 까밀로는 너무 괴로워서 미칠 지경이었다.

어두컴컴한 성당 안에서 밖으로 나와 한여름의 밝은 햇살을 받고 있는 성모의 모습은 더욱 못생겨 보였다. 아니, 못생긴 정도가 아니라 사악해 보이기까지 했다. 눈은 치켜 올라갔고 얼굴 선은 천박했다. 게다가 팔에 안긴 아기 예수는 누더기를 입은 인형처럼 불쑥 튀어나와 있었다.

돈 까밀로는 베일이나 목걸이, 모자 따위로 장식해 못생긴 얼굴을 감추려고 노력했다. 그러나 아무리 애를 써도 효과는 없고 더욱 못생겨 보이기만 할 뿐이었다. 그래서 차라리 장식을 모두 치워보았다. 그랬더니 그 조잡한 색깔로 인해 더더욱 촌스럽게 보이는 것이었다.

전쟁이 일어나자 뽀 강 유역의 외딴 마을에도 파괴와 약탈이 빈번히 일어났다. 그뿐만 아니라 성상 모독도 서슴지 않고 저질러졌다. 비 오듯 떨어지는 폭탄에 종탑과 성당이 파괴되었다.

돈 까밀로는 감히 겉으로 드러내고 말하진 않았지만 '못생긴 마돈나' 로부터 해방될 수 있기를 은근히 바랐다. 외국 군대가 마을에 나타났을 때 그는 맨 먼저 달려가 담당 장교에게 말했다.

"저 '못생긴 마돈나' 는 1693년에 만들어진 예술품이오. 역사적인 유물이랍니다. 어디든 안전한 장소로 옮겨놓아야 하지 않을까요?"

그러나 장교는 염려하지 말라고 대답했다. 역사적인 예술품이지만 못생겼으니 걱정하지 말라는 뜻이었다. 얼굴이 무기인 셈이었다. 그렇게 못생기지 않았다면 벌써 누군가 훔쳐갔지, 지금까지 남아 있지 않았을 거라는 얘기였다.

전쟁이 끝나고 몇 해가 더 흘렀다. 마침내 돈 까밀로가 더 이상 참지 못할 만큼 괴로운 순간이 다가왔다. 그는 성당을 개축했다. 벽을 새로 칠하고 벽돌로 기둥을 세웠으며 난간도 수리하고 제단의 촛대와 램프에도 도금을 했다.

성당 안이 우아하고 휘황찬란하게 바뀌었다. 그러다 보니 성당 안에는 유일하게 '못생긴 마돈나' 하나만이 어울리지 않는 것이 되고 말았다. 성당이 어두컴컴했을 때는 구석에 있어 별로 눈에 띄지 않았다. 그러나 벽을 하얗게 칠하고 나니 시커먼 성모상의 모습은 차마 눈 뜨고 볼 수가 없었다.

"예수님."

돈 까밀로는 예수님 앞에 무릎을 꿇으며 말했다.

"이번에는 무슨 일이 있어도 저 좀 도와주십시오. 저는 성당을 개축하기 위해 조금 가지고 있던 돈을 몽땅 다 썼습니다. 게다가 빚까지 졌습니다. 세 끼 식사량도 줄였고 좋아하는 담배도 끊었습니다. 이렇게 고생해서 수리한 성당입니다. 이 성당을 바라보기만 해도 저는 기뻐집니다. 이 모두가 그동안 희생을 아끼지 않은 결과 아니겠습니까? 제발 그 '못생긴 성모상' 때문에 제가 다시 괴로움에 빠지게 않게 해주십시오. 두 번 다시 아무한테도 그런 말을 듣지 않게 해 주십시오."

예수님이 미소를 지으셨다.

"돈 까밀로, 몇 번이나 같은 말을 해야 알아듣겠느냐? 진정한 아름다움은 얼굴에 있는 것이 아니라고 말이다. 진정한 아름다움은 마음속에 있어서 눈으로 볼 수 없느니라. 육신의 아름다움은 세월이 흘러 죽으면 흙이 되지만 마음의 아름다움은 영원히 없어지지 않는다."

돈 까밀로는 아무 대답도 하지 않고 고개를 떨어뜨렸다. 그가 예수님의 말씀에 불만이 있을 때 하는 버릇이었다.

성모승천대축일이 가까워졌다. 어느 날 아침, 돈 까밀로는 성모상을 메고 행진할 사람들을 불러모아 이렇게 말했다.

"올해는 다른 해보다 행렬 코스를 더 연장해야 하겠소. 저 남쪽 길에 들어선 집들 앞을 지나가야 하기 때문이오."

그해 8월은 몹시 더웠다. 아무리 힘센 장정일지라도 그 무거운 성모상을 어깨에 메고 2킬로미터나 되는 자갈길을 걷는다는 건 무리였다.

"2개 조로 나누어 교대로 운반하는 것이 좋지 않을까요?"

행렬대의 조장인 지아롤라 영감이 말했다.

"그건 위험하오."

돈 까밀로가 반대했다.

"해가 쨍쨍 내리쬐고 두 손은 땀투성이가 될 텐데, 잘못해서 손이 미끄러지기라도 하면 큰일 아니오? 그리고 교대할 때 자칫 잘못하면 성모상을 떨어뜨릴 수도 있소. 차라리 소형 트럭을 빌려 모시고 가도록 합시다. 꽃으로 장식한 다음 그 위에 싣고 가면 보기에도 좋을 거요."

사람들은 별로 마음 내켜 하지 않았다. 그러나 뜨거운 햇볕 아래서 그 먼 길을 걸을 생각을 해보고는 돈 까밀로의 뜻에 찬성하고 말았다.

돈 까밀로는 자기 손으로 직접 트럭을 장식했다. 그래서 마을 사람들은 꼬박 일주일 동안 돈 까밀로의 망치소리를 들어야 했다. 토요일 저녁이 되자 모든 것이 완벽히 준비되었다. 트럭

뒤에는 튼튼한 제단을 마련하고 깃발과 꽃으로 장식했다. 이렇게 장식된 트럭은 두 배 이상으로 커 보였다.

일요일이 되었다. 사람들은 적당한 순간에 '못생긴 마돈나'를 성당 밖으로 끌고 나와 트럭에 옮겨 실었다. 대좌에는 단단한 밧줄을 연결하고 그 사이에는 여러 가지 아름다운 꽃들로 장식했다.

"걱정하지 말고 운전에나 신경을 쓰게. 시속 90킬로미터로 달려도 끄떡없을 걸세. 내가 장담하지."

돈 까밀로가 운전수에게 말했다.

"이렇게 꽃으로 장식을 하니 '못생긴 마돈나'도 무척 예뻐 보이는걸!"

트럭이 출발하자 사람들이 한 말이었다.

행렬은 남쪽 바싸 거리의 주택가로 향했다. 사람들이 걸으면서 따라올 수 있도록 트럭은 천천히 움직였다. 그런데 자갈길에 이르자 트럭이 갑자기 덜컹대며 차체가 심하게 흔들렸다. 만일 돈 까밀로가, '못생긴 마돈나'를 밧줄로 그렇게 튼튼하게 묶어놓지 않았다면 성모상은 금방 박살이 났을 터였다. 돈 까밀로는 클러치가 고장이 나서 운전수가 쩔쩔매고 있음을 눈치챘다. 그래서 새로 지은 남쪽 주택가에 도착하자 계획을 변경하기로 결정했다.

"차에 문제가 생겨서 더 이상 자갈길로 가기가 힘들 것 같소. 그러니 좀 돌더라도 들판으로 해서 갑시다. 10분만 가면 국도가 나올 테니까. 기사 양반 자네는 트럭을 몰고 다리 옆에서 우리를 기다려주게. 거기서 다시 만나 행렬을 재정비할 테니까 말이야. 그러고 나서 포장된 국도를 따라 행진하자고….”

운전사는 성모상을 싣고 출발했다. ‘못생긴 마돈나’는 기나긴 일생을 통해 그렇게 불편한 여행은 처음이었을 것이다. 다리 옆에서 행렬이 재정비되자 일동은 마을을 향해 행진했다. 거기는 국도라 그런지 길이 평평해서 모두 유쾌한 기분이었다. 클러치가 말썽을 일으켜서 트럭이 행렬 앞에서 덜컥거리며 가끔씩 요동을 치긴 했지만 말이다.

마을은 깨끗하게 단장되어 있었다. 가장 인상 깊은 것은 끝없이 펼쳐진 도로와 그 옆으로 가지런히 늘어선 현관들이었다. 집집마다 창문에 깃발과 꽃으로 장식이 돼 있었다. 그리고 어떤 아낙네들은 창문에서 ‘못생긴 마돈나’ 행렬에 꽃을 던지기도 했다. 그런데 불행하게도 그 도로는 포장상태가 좋지 않았다. 그리하여 트럭은 마치 춤을 추는 것처럼 차체가 덜컹덜컹 흔들거렸다. 그러나 ‘못생긴 마돈나’는 꿈쩍도 하지 않았다. 그것은 순전히 돈 까밀로의 공적이었다.

그러다가 하수도 공사로 인해 군데군데 웅덩이가 파인 곳을 지나게 되었다.

“여기만 무사히 지나가면 큰 문제는 없을 거요.”

사람들이 웅덩이를 보면서 말했다. 그러나 정작 그렇게 말한 당사자들마저 트럭 아래를 슬슬 피하기 시작했다. 사람들의 예상대로 '성모상' 은 위험 지대를 무사히 통과하지 못했다. 트럭이 어찌나 맹렬하게 요동을 쳤는지 그만 성모상이 밧줄에 매달린 채 산산조각이 나버렸던 것이다.

원래 이 성모상은 주물로 만들어진 것이 아니라 벽돌 가루와 석고, 석회를 한데 섞어 만든 거였다. 그런데 갑자기 사람들이 환성을 질렀다. '못생긴 마돈나' 가 부서졌기 때문이 아니었다. 놀랍게도, 그 성모상 안에서 '아름다운 마돈나' 가 나타났기 때문이었다.

'못생긴 마돈나' 의 조각들이 떨어져 나가면서 온몸이 은으로 제작된, 번쩍번쩍 빛나는 성모상이 기적처럼 나타났다. 마치 꺼칠꺼칠한 껍질을 까고 나온 은 열매 같았다.

돈 까밀로는 깜짝 놀라 입을 쩍 벌렸다. 그러자 그의 마음에 예수님의 말씀이 떠올랐다.

'진정한 아름다움은 얼굴에 있는 것이 아니다. 진정한 아름다움은 눈으로 볼 수 없는 것이다. 그것은 내면에 간직되어 있어 세월이 아무리 흘러도 흙으로 변하지 않느니라.'

별안간 할머니 한 명이 고함을 치면서 호들갑을 떨었다.

"기적이다! 기적이다!"

돈 까밀로는 몸을 돌려 할머니의 입을 다물게 했다. 그런 다음 무릎을 꿇고 '못생긴 마돈나' 조각 하나를 집어들었다. 얼굴

부분이었는데, 그동안 그가 수없이 증오의 눈길을 보냈던 그 못생긴 얼굴의 조각 가운데 하나였다.

"이 성모상 조각을 다시 맞추어 놓겠소. 1년이 걸리든 10년이 걸리든 나는 이 '못생긴 마돈나'를 복원시킬 작정이오."

돈 까밀로가 큰 소리로 말했다.

"성모님, 당신은 1600년 어느 날부터 어제까지 약탈자의 손에서 저 은으로 된 성모상을 지켜주셨습니다. 예술가가 당신을 이렇게 추하게 만들었던 것은 이 마을을 침입하는 도적들의 손에서 '은 성모님'을 지키기 위해서였습니다. 이제 당신을 조각조각 다시 붙여 '은 성모님'과 함께 제단에 모셔두겠습니다. '오, 못생긴 마돈나여!' 당신은 놀랍게도 저 야만스런 침략자들의 손에서 '은 성모상'을 구해 주셨소. 이제 당신이 없다면 저 새로운 야만인들로부터 누가 '은 성모상'을 지켜줄 겁니까? 당신이 이렇게 부서져 버린 것은 무엇을 의미하는 겁니까? 이 야만인들이 다시는 우리 마을을 침입하지 않는다는 뜻인가요? 아니면 비록 그자들이 침입한다 해도 우리의 믿음과 능력으로 당신을 충분히 지킬 수 있다는 뜻인가요?"

돈 까밀로는 행렬의 맨 앞줄에 서서 '못생긴 마돈나'의 파편을 주우며 중얼거렸다. 이 진기한 광경을 쳐다보고 있던 뻬뽀네가 스미르초에게 물었다.

"누굴 두고 야만인이라는 거지?"

"글쎄요!"

스미르초는 어깨를 으쓱하면서 대답했다.

"신부들이 지어낸 뜬구름 같은 이야기겠죠, 뭐."

잠시동안 침묵이 흘렀다.

그러고 나서 행렬이 계속되었다.

전격 결혼 작전

돈 까밀로는 로키 영감이 성당이나 사제관에 올 때마다 '감시원이 또 왔구나.' 하고 투덜댔다. 로키는 실제로 신부들의 행위를 감시하는 일을 하는 자들의 우두머리였다. 그는 신부들의 비행이나 부도덕한 행위를 발견하면 즉각 주교에게 일러바쳤다. 그러니 로키와 그의 가족은 성당의 어떤 행사에도 빠지지 않았다.

미사 때에도 맨 앞좌석을 차지해 돈 까밀로의 일거수일투족을 살폈다. 게다가 로키 영감은 미사 도중 마누라에게 '신부님이 뭘 빼먹었어.' 라거나 '오늘은 조심성이 부족한 것 같군.' 또는 '예전의 신부님이 아니야.' 라는 말까지 했다.

물론, 돈 까밀로가 그런 일에 신경을 쓰는 사람은 아니었다.

하지만 늘 누군가로부터 관찰을 당한다는 것은 기분 좋은 일이 아니었다.

미사 도중 코를 풀 때마다, 그는 십자가 위의 예수님에게 조용히 기도했다.

'예수님, 제발 제 코 푸는 소리가 들리지 않게 해주십시오!'

로키 영감은 형식에 매우 까다로운 사람이었기 때문에 여러 차례 돈 까밀로에게 얘기했다.

"트레빌레 신부님이 미사 도중에 코를 풀 때에는 아무도 눈치채지 못했는데, 신부님이 코 푸는 소리는 어찌나 큰지 최후의 심판을 알리는 트럼펫 소리처럼 커 분심이 듭니다."

로키 영감은 이렇게 생겨먹은 사람들이었다. 하지만 하느님께서 그런 사람을 세상에 두신 것도 나름대로 충분한 이유가 있다.

로키 영감에게는 아들 셋과 파올리나라는 딸이 하나 있었다. 파올리나는 그 마을에서 가장 순진하고 아름다운 처녀였다. 어느 날 저녁, 그녀는 고해소에서 돈 까밀로에게 깜짝 놀랄 만한 이야기를 털어놓았다.

"네 참회를 받아들일 수 없다."

돈 까밀로가 그녀에게 말했다.

"그러실 줄 알았어요."

파올리나가 한숨을 쉬며 말했다.

사실 이런 일은 어느 마을에서나 일어날 수 있는 일이다. 하지만 이런 일을 이해할 수 있으려면 강을 따라 늘어선 오두막집에도 살아 봐야 하고, 뜨거운 7월의 태양도 느껴 보고, 강둑 너머로 떠오르는 8월의 붉은 보름달을 지켜본 적도 있어야 한다.

이 시골구석에는 눈에 띌 만한 움직임이 없어, 낯선 이방인이 볼 때 그 적막한 강둑에서는 아무 일도 일어나지 않을 것 같다. 그리고 작은 창문이 달린, 빨갛고 파란 지붕의 그저 그런 집 안에서는 무슨 일도 일어날 수 없다고 생각할지도 모른다. 하지만 사실은 그 반대다. 산이나 큰 도시보다 이 같은 작은 마을에서 훨씬 더 많은 일이 일어나는 법이다.

타오르는 한여름의 태양은 사람들의 혈관 속으로 들어가고, 초저녁부터 떠오르는 커다랗고 밝은 달은 사람들의 마음을 들뜨게 한다. 그렇다. 이 시골구석이 눈과 안개로 뒤덮이는 겨울조차도, 한여름 동안 저장된 열기가 너무 뜨거워서 사람들은 달만 뜨면 마음이 들떠서 한없는 감상에 잠기곤 한다.

그런 자연환경 때문에 가끔씩 처녀들이 해서는 안 될 어떤 일들이 꼬리에 꼬리를 물고 일어났다. 파올리나가 집으로 돌아왔을 때, 가족은 저녁기도를 마친 후였다. 그녀는 아버지에게 다가갔다.

"아버지, 드릴 말씀이 있어요."

파올리나가 말했다.

다른 가족은 각자 자기 방으로 들어가고 딸과 아버지만 벽난로 앞에 남았다.

"무슨 일이냐?"

아버지가 무표정한 얼굴로 물었다.

"제 결혼 문제에 대해 말씀드리려고요."

"그건 신경 쓰지 마라. 때가 되면 괜찮은 신랑감을 찾아 줄 테니까."

"아버지…, 이미 때는 왔어요, 저는 신랑감을 발견했어요."

"당장 가서 자거라. 그 이야기라면 더 이상 듣고 싶지 않다!"

아버지가 명령했다.

"좋아요!"

딸이 말했다.

"그럼, 아버지는 다른 사람들한테서 우리 얘기를 듣게 될 거예요."

"벌써 소문날 일을 저질렀단 말이냐?"

무섭게 충격을 받은 아버지가 물었다.

"아니에요. 하지만 곧 소문이 날 거예요. 이건 숨겨질 수 있는 문제가 아니에요."

로키는 눈에 띄는 물건을 하나 집어 들었다. 그것은 부러진 막대기였다,

파올리나는 한쪽 구석에 쭈그리고 앉아서 머리를 처박고 등에 억수 같은 매를 맞았다. 다행히도 막대기가 부러졌기 때문

에 아버지는 흥분을 가라앉혔다.

"이 빌어먹을 것아, 아직도 목숨이 붙어 있다면 어서 일어나라!"

아버지가 딸에게 말했다.

"누가 또 그 사실을 알고 있느냐?"

"그 사람이 알죠…."

딸이 중얼거렸다. 이 말에 아버지는 다시 이성을 잃고 난로 옆에 쌓아둔 장작더미에서 장작개비 하나를 뽑아, 딸을 때리기 시작했다.

"돈 까밀로 신부님도 알고 계세요."

딸이 덧붙였다.

아버지는 다시 딸을 때렸다.

마침내 딸이 소리를 꽥 질렀다,

"만일 내가 죽으면, 아버지는 더 나쁜 얘기를 듣게 될 거에요."

파올리나가 소리치자 아버지는 매질을 멈췄다.

"도대체 어떤 놈이냐?"

아버지가 물었다.

"팔케토…."

딸이 대답했다.

"뭐라고? 으흑!"

아버지는 놀라서 뒤로 쓰러져버렸다. 만약 파올리나가 '악마

예요.' 라고 했더라도 그보다는 덜 놀랐을 것이다. 팔케토는 치치 파리자의 별명이었는데, 그는 뻬뽀네의 부하 중 가장 충실한 자였다. 팔케토는 제법 똑똑한 청년 당원으로서 연설문을 작성하거나, 시위대를 조직하거나, 당의 지령을 전달하는 역할을 하고 있었다. 당원들 중에서 가장 똑똑하다는 말은, 로키 영감의 입장에서는 그가 가장 사악한 무법자란 뜻과 같았다. 그건 정말 끔찍한 일이었다. 로키는 딸을 침대 위에 밀어 앉히고 그 옆에 앉았다.

"전 맞을 만큼 맞았어요. 더 때리면 소리를 지를 거예요. 아기의 생명을 지켜야겠어요."

딸이 말했다.

밤 11시가 되자, 아버지는 완전히 녹초가 되었다.

"이 년을 죽일 수도 없고, 애기를 가졌다니 수녀원에 보낼 수도 없고. 결혼을 하든지 죽어 버리든지 네 마음대로 해라."

아버지가 말했다.

팔케토는 파올리나의 매 맞은 자국을 보고서 입을 쩍 벌렸다.

"우리는 결혼해야만 해요."

파올리나가 눈물을 흘리며 말했다.

"그렇지 않으면 죽어버릴 거예요."

"당연하지!"

팔케토가 말했다.

"그동안 내가 항상 말해오던 거잖아? 당신만 좋다면 지금 당장에라도 식을 올리자, 파올리나."

밤 12시 45분이었다. 사방은 눈으로 덮여 있었다. 팔케토와 파올리나는 눈 덮인 벌판을 바라보며 결혼에 대해 심각한 생각에 잠겨 있었다.

"아버지한테 모든 것을 얘기했어?"

팔케토가 물었다. 파올리나는 대답을 하지 않았다. 그는 자신의 질문이 어리석은 물음이라는 사실을 깨달았다.

"내 총을 가지고 와서, 당신 가족을 모두 죽여 버리겠소!"

그가 부르짖었다.

"나는…."

"총으로 죽일 필요는 없어요. 우리가 해야 할 일은 신부님께 허락을 받는 일이에요."

파올리나가 침착하게 말했다.

팔케토는 뒤로 물러섰다.

"나는 그렇게 할 수 없소. 내 입장도 이해해 줘야지, 차라리 읍장 집으로 갑시다."

파올리나가 숄을 두르며 말했다.

"그건 절대 안 돼요."

그녀가 말했다.

"성당에서 결혼식을 올리지 않으면 다시는 내 얼굴을 못 볼 줄 아세요."

팔케토가 그녀에게 간청했다. 그러나 파올리나는 홱 돌아서서 집으로 가버렸다,

파올리나는 이틀 동안 침대에 누워 있었다. 사흘째 되는 날 그녀의 아버지가 딸의 방으로 올라왔다.

"그저께 밤에도 그놈을 만났지?"

아버지가 말했다.

"내 그럴 줄 알았다."

"네, 그랬어요."

"그런데?"

"아무런 해결책이 없어요. 그 사람은 성당에서 결혼식을 올릴 수 없대요. 그렇다면 나는 다 그만두자고, 없던 일로 하자고 했어요."

로키는 소리를 지르고 발을 굴렀다. 그러고는 아래층으로 내려와 외투를 걸치고 밖으로 나갔다.

잠시 후 돈 까밀로는 몹시 어려운 문제에 직면하게 되었다.

"신부님, 무슨 이야기인지 다 알고 계시지요?"

로키가 말했다.

"그렇소. 아이들에겐 보호가 필요하오. 도덕적 원칙을 가르치는 것은 부모들의 의무 중 의무요."

로키는 신부의 말을 묵살할 수도 있었지만, 그는 공손하게

돈 까밀로의 말을 듣고 있었다.

"신부님, 나는 결혼을 승낙했는데, 그 악마 같은 놈이 성당에서는 결혼식을 올릴 수 없다는 겁니다."

"내 그럴 줄 알았소."

"그래서 이렇게 신부님을 찾아온 겁니다. 내 딸이 성당 밖에서 결혼식을 올리는 것과 결혼을 하지 않는 것 중 어느 것이 더 수치스러운 일일까요?

돈 까밀로는 머리를 흔들었다.

"이건 수치 따위의 문제가 아니라, 선과 악의 문제요. 아직 태어나지 않은 아이를 생각해야 하오."

"내가 문제 삼고 있는 것은, 둘이 결혼하는 것과 남한테 비난받게 된다는 사실입니다."

로키가 말했다.

"그렇다면 왜 나한테 왔소? 그들을 결혼시키는 것이 영감님의 관심사라면, 그들이 원하는 대로 결혼을 시키면 될 일 아니오."

"그렇지만 내 딸이 성당 밖에서 결혼을 하게 되면, 그 애는 아무것도 할 수가 없게 됩니다."

불쌍한 아버지가 하소연을 했다.

돈 까밀로는 회심의 미소를 지으며 말했다.

"정말 똑똑한 따님을 두셨군요. 악을 악으로 다스릴 수는 없습니다. 파올리나는 정신이 제대로 박힌 아이군요. 그렇게 훌륭한 딸을 두셨으니 정말 자랑스러우시겠습니다그려."

"그년을 죽여야겠어요! 그게 전부요."

로키가 사제관을 나가면서 소리쳤다.

"그런 일로 딸을 죽이면 죄가 됩니다. 알고 계시지요?"

돈 까밀로가 그의 뒤통수에 대고 말했다.

모두가 잠든 깊은 밤이었다. 돌멩이가 창문을 톡톡 치는 소리가 들려오자 파올리나는 더 이상 참지 못하고 아래로 내려갔다. 밖에서 팔케토가 기다리고 있었다. 그를 보자 파올리나는 훌쩍거리며 울기 시작했다.

"탈당했소."

팔케토가 침울한 목소리로 말했다.

"내일이면 당에서 제명을 발표할 거요. 뻬뽀네가 내 손으로 탈당계를 쓰도록 했소."

파올리나가 그에게 다가갔다.

"뻬뽀네가 당신을 때렸나요?"

"죽도록 맞았지, 뭐."

팔케토가 대답했다.

"우리 언제 결혼할까?"

"언제든 당신이 하자는 아무 때나."

새벽 1시쯤이었다. 불쌍한 팔케토의 한쪽 눈은 석탄 덩이처럼 시커멓게 돼 있었다.

"내일 신부님한테 가서 말하겠어. 교회에서 결혼식을 올리겠다고 말이야."

팔케토가 말했다.

"하지만 읍사무소 근처에는 가지 않을 거야. 뻬뽀네는 얼굴도 보고 싶지 않으니까."

팔케토가 시커멓게 된 눈을 만지자 파올리나가 그의 어깨에 손을 얹으며 말했다.

"우리 함께 읍장한테 가도록 해요. 내가 당신을 지켜 줄게요."

파올리나는 다음 날 아침 일찍 돈 까밀로를 만나러 갔다.

"신부님 제 참회를 받아들여 주세요."

그녀가 말했다.

"사실 전 임신하지 않았어요. 제가 지은 죄는 엄청난 거짓말을 한 것뿐이에요."

돈 까밀로는 당황한 얼굴로 파올리나를 쳐다보았다.

"제가 그런 거짓말을 꾸미지 않았더라면, 아버지가 팔케토와의 결혼을 허락해 주셨을까요?"

돈 까밀로는 머리를 흔들었다.

"그래, 아버지에게는 사실을 말하지 않는 것이 좋겠다."

돈 까밀로가 굳은 얼굴로 대답했다.

"결혼한 후에도 끝까지 털어놓지 마라."

"네, 절대로 말씀드리지 않겠어요. 제가 드린 말이 사실인 것처럼 믿으시고 이렇게 두들겨패셨잖아요."

"내 말이 그 말이야."

돈 까밀로가 맞장구를 쳤다.

그러고 나서 한 마디 덧붙였다.

"더 이상 죄 없는 몽둥이를 또 낭비할 필요야 없지 않니?"

제단 앞을 지날 때 예수님이 눈살을 찌푸리셨다.

"예수님."

"…."

"자신을 낮추는 자는 높아지고, 자신을 높이는 자는 낮아집니다."

"돈 까밀로, 네가 가는 길이 어쩐지 위험해 보이는구나."

"예수님의 은총으로 무사히 끝나겠지요."

돈 까밀로가 씩씩하게 말했다.

"이 결혼은 다른 어떤 결혼보다 값지고 성스러운 것입니다."

그 말은 정말이었다.

축제

빼뽀네는 공고문 원고를 너무 늦게 보내왔다. 문구점 주인 겸 인쇄업자인 바르키니 영감은 다섯 시간이나 걸려 조판을 했다. 인쇄를 마치자 그는 녹초가 되어 쓰러질 지경이었다. 하지만 아직 교정본을 가지고 사제관을 찾아갈 기운은 남아 있었다.

"뭡니까?"

바르키니가 탁자 위에 펼쳐놓는 종이를 의심스런 눈길로 쳐다보며 돈 까밀로가 물었다.

"민감한 사안입죠."

바르키니가 씩 웃으며 대답했다. 돈 까밀로의 눈에 처음 들어온 것은 'ㅈ' 이 두 개인 '민주쭈의' 였다. 돈 까밀로는 그에게 'ㅈ' 을 하나만 넣어야 한다고 알려주었다.

"알겠습니다."

바르키니는 흡족한 표정으로 대답했다.

"곧 돌아가서 'ㅈ' 을 떼어 끝에서 두 번째 줄에 있는 단어에 끼워넣지요. '파벌 쩡신' 이 되게 말이죠."

"그럴 필요 없소."

돈 까밀로가 작은 소리로 말했다.

"그대로 내버려두시오. 파벌 쩡신보다는 민주주의에 'ㅈ' 을 두 개 넣는 게 차라리 나으니까."

돈 까밀로는 공고문을 자세히 읽기 시작했다. 그것은 공산당이 자기들의 기관지를 선전하기 위해 벌이는 정치적 사회적 성격을 띤 축제 프로그램이었다.

"여기 6번 내용은 무슨 말입니까? '이탈리아 각 도시를 대표하는 남녀 혼성의 예술적 애국적 사이클 경주' 말이오."

"자전거 경주입죠. 남자 선수들이 자전거 뒤에 소녀를 태우고 경주를 하는 겁니다. 뒤에 탄 소녀는 이탈리아 각 도시를 상징하는 옷을 입는답니다. 한 소녀는 밀라노를, 다른 소녀는 베네치아를, 또 다른 아가씨는 볼로냐를, 그리고 또 다른 소녀는 로마를 상징하는 옷을 입는 거죠. 그에 따라 사이클 선수도 도시를 대표하는 옷을 맞춰 입는답니다. 예를 들어 밀라노를 대표하는 선수는 산업을 의미하는 노동자 작업복을 입고, 볼로냐를 대표하는 선수는 농업을 상징하는 뜻에서 농부 옷을 입는다는 식이죠."

돈 까밀로는 그 밖에도 몇 가지를 더 물었다.

"그럼 이 '인민이 직접 참여하는 정치 풍자 표적 맞추기'는 또 뭐요?"

"잘 모르겠는뎁쇼, 신부님. 마지막 순간에 하는 게임이라는데 가장 중요한 행사가 될 거라더군요."

돈 까밀로는 침착하게 공고문을 읽어 내려갔다. 그러다가 맨 마지막의 몇 줄을 읽고서는 깜짝 놀라 소리를 질렀다.

"대체 이건 또 뭐야?"

바르키니가 히죽 웃었다.

"그건, 이런 겁니다. 일요일 아침, 뻬뽀네와 공산당 간부들이 마을의 중심가를 돌아다니며 공산당 신문을 소리쳐 팔고 다닐 거랍니다."

"정말 웃기는 일이군!"

돈 까밀로가 소리쳤다.

"웃기는 일이라뇨? 이탈리아의 모든 주요 도시에서 벌어졌던 일인뎁쇼. 공산당 간부들뿐 아니라 신문사 사장도 국회 의원들까지도 신문을 팔았다니까요. 그 기사가 난 신문도 안 읽어 보셨습니까?"

바르키니가 나가자 돈 까밀로는 방 안을 서성이다가 예수님 앞에 가서 무릎을 꿇었다.

“예수님, 일요일 아침이 빨리 오게 해주십시오.”

“왜 그러느냐, 돈 까밀로? 안 그래도 시간은 충분히 빠르게 지나가지 않느냐?”

“네, 하지만 ‘일각이 여삼추’라는 말도 있지 않습니까?”

돈 까밀로는 그렇게 말해 놓고 잠시 생각에 잠겼다.

“하지만 몇 시간이 몇 분처럼 빠르게 지나갈 때도 있지요. 그러니까 그냥 두는 게 좋겠습니다. 네, 예수님. 평소처럼 주일을 기다리겠습니다.”

예수님은 한숨을 내쉬셨다.

“또 무슨 못된 짓을 꾸미는 모양이구나?”

“못된 짓이라고요? 제가요? 만약 인간의 얼굴에 순수성을 드러내 보일 수 있다면 저는 거울에 제 얼굴을 비추고서 ‘이게 바로 순수성이다.’라고 말하겠습니다.”

“아니다. ‘이것이 거짓말이다.’라고 말하는 게 더 낫겠다.”

돈 까밀로는 성호를 긋고 일어났다.

“그럼 거울을 보지 않겠습니다.”

돈 까밀로는 서둘러 성당 밖으로 나갔다.

마침내 일요일 아침이 찾아왔다. 미사를 마친 돈 까밀로는 가장 좋은 신부복을 차려입고, 반짝반짝 광이 나는 구두를 신었다. 그리고 정성들여 솔질한 모자를 쓰고 밖으로 나갔다. 그는 급한 마음을 꾹 눌러 참고 천천히 걸어 읍내로 걸어갔다. 읍내에는 사람들이 북적거리고 있었다. 모두들 태연하게 길을 왔다갔다했지만 뭔가를 기다리는 눈치였다. 그때 삐뽀네의 커다란 목소리가 멀리서 들려왔다.

"읍장이 신문을 판다!"

사람들이 갑작스레 환호성을 울렸다. 마치 영웅의 행렬이 지나가는 듯 사람들은 한편으로 물러나 길을 비켜주었다. 돈 까밀로는 맨 앞줄에 서서 숨을 크게 들이마셨다. 삐뽀네가 옆구리에 신문다발을 끼고 나타났다. 여기저기 숨어 있던 삐뽀네의 부하들이 사람들 사이를 헤치고 나와 신문을 샀다. 사람들은 신문팔이처럼 큰 소리로 외치는 삐뽀네의 모습을 보며 킥킥대고 웃기 시작했다. 하지만 삐뽀네가 험악한 얼굴로 쏘아보자 사람들의 웃음소리가 쏙 들어갔다.

조용한 거리에서 울리는 고함소리, 담을 따라 꼼짝 않고 빼곡히 들어차 있는 사람들, 텅 빈 길 한가운데를 혼자 걸어가고 있는 삐뽀네의 모습은 사실 우습다기보다는 차라리 비극의 한 장면 같았다.

삐뽀네가 돈 까밀로 앞을 지나갔다. 돈 까밀로는 삐뽀네가 지나가게 그냥 내버려두었다. 그런데 삐뽀네가 저만치 가자 돈 까밀로는 대포같이 쩌렁쩌렁한 목소리로 말했다.

"어이, 신문!"

삐뽀네는 그 자리에 멈추어 섰다. 천천히 고개를 돌려 극렬 공산당원의 눈빛으로 돈 까밀로를 쏘아보았다. 하지만 돈 까밀로는 끄덕도 하지 않았다. 조용히 뻬뽀네에게 다가간 다음, 주머니에서 지갑을 꺼냈다.

"바티칸 신문 하나 주게."

돈 까밀로는 태연하게 말했다. 하지만 목소리가 어찌나 컸던지 근처에 있던 사람들이 모두 들을 정도였다. 뻬뽀네는 돈 까밀로를 마냥 바라보고 서 있었다. 그는 아무 말도 하지 않았으나 눈동자는 레닌의 연설 모두를 합해 놓은 것보다 더 많은 말을 담고 있었다. 그러자 돈 까밀로가 깜짝 놀라는 시늉을 하며 멋쩍은 듯 양팔을 벌리며 말했다.

"오, 이게 누구신가, 읍장 동무 아니오. 내가 주책없이 읍장님을 신문팔이로 착각했구려. 아무튼 신문 하나 주시오."

뻬뽀네는 이를 악물고 천천히 돈 까밀로에게 신문을 내밀었다. 돈 까밀로는 신문을 받아 옆구리에 끼고 지갑을 뒤졌다. 그는 5천 리라짜리 지폐를 꺼내 뻬뽀네에게 내밀었다. 뻬뽀네는 지폐를 보더니 다시 돈 까밀로를 쏘아보며 씩씩거렸다.

"아, 그렇지."

돈 까밀로는 지폐를 든 손을 거두며 말했다.

"읍장 나리가 이처럼 큰 돈을 거슬러줄 수 있다고 생각했으니, 나도 참 멍청하군."

그리고 돈 까밀로는 손가락으로 뻬뽀네가 옆구리에 끼고 있는 신문다발을 가리켰다.

"잔돈을 많이 가지고 다니셔야 하겠소. 그나저나 신문이 이렇게나 남아 있으니, 가엾어서 어떡한담!"

돈 까밀로가 비꼬았다. 빼뽀네는 폭력적인 행동을 취하지 않았다. 그는 다리 사이에 신문다발을 끼워넣고 주머니에 우악스런 손을 넣어 지폐를 한 움큼 꺼냈다. 그리고 나서 돈 까밀로에게 줄 거스름돈을 세기 시작했다.

"아직 모르시는 모양인데, 나는 벌써 네 번째 신문다발을 팔고 있소."

빼뽀네가 잔돈을 거슬러주면서 중얼거렸다.

돈 까밀로는 껄껄 웃었다.

"그럼 다행이군. 4천5백 리라면 되오. 나머지는 넣어두시오. 읍장 나리한테서 신문을 사는 영광을 입었으니 5백 리라는 내야겠지. 당신네들의 피눈물나는 노력에도 불구하고 구독자 수가 너무 적어서 신문사를 꾸려가기도 힘들 텐데, 내게도 신문사를 도울 기회를 주면 고맙겠고…."

"자, 여기 4천5백85리라요!"

빼뽀네가 땀을 흘리며 소리쳤다.

"한 푼도 필요 없소, 신부님! 우리는 당신의 도움 따위는 필요 없소!"

"여부가 있겠나!"

거스름돈을 주머니에 넣으며 돈 까밀로가 중얼거렸다.

"무슨 뜻이오?"

빼뽀네가 주먹을 쥐면서 소리쳤다.

"난 별말 안 했는데."

돈 까밀로가 신문을 펴자 뻬뽀네는 다시 옷매무새를 가다듬었다.

"우-니-타라?"

돈 까밀로가 신문을 읽었다. 그러고는 놀란 듯이 말했다.

"거참 이상하군! 이탈리아 말로 쓰였잖아!"

뻬뽀네가 옆에서 짧게 신음을 냈다.

돈 까밀로가 다시 말했다.

"이럴 줄 알았으면 진작 사볼 걸 그랬잖소! 난 신문이 러시아어로 쓰여 있을 거라고 생각했거든."

오후에 사람들이 사제관을 찾아왔다. 그들은 연설이 끝나고 인민의 행사가 시작되었다고 전해 주었다. 그러자 돈 까밀로는 성당에서 나와 커다란 어깨를 흔들며 광장으로 갔다.

상징적 의미를 가진 자전거 경주는 정말 재미있었다. 트리에스테 시가 맨 처음으로 결승점에 도착했다. 트리에스테 시의 소녀는 스미르초의 자전거에 타고 있었다. 트리에스테 얘기는 이미 아침부터 사람들 입에 오르내리고 있었다. 지부당 회의 때 몇몇은 트리에스테의 정치적 배경 때문에 그 도시를 포함하면 안 된다고 주장했다. 그러자 뻬뽀네는 자신의 형제가 트리에스테 해방 전쟁에서 죽었으며, 시합에 그곳을 넣지 않는 것은 자신의 형제가 인민의 배신자였다고 말하는 것이나 다를 바없다고 큰 소리로 항변했다. 그래서 트리에스테를 넣었고 스미르초의 애인인 카롤라가 그 도시를 대표했다.

카롤라는 풍만한 가슴이 돋보이는, 도끼창을 단 삼색기* 옷을 입었다. 스미르초는 1차 세계대전 당시의 보병 군복 차림에 머리에는 철모를 쓰고 91구경 총을 어깨에 멨다. 빼뽀네는 눈에 힘을 주고, 스미르초에게 1등으로 들어와야 한다는 엄명을 내렸다.

"나와 내 형제를 위해 꼭 우승해야 한다."

스미르초는 1등으로 들어왔다. 그러나 비 오듯 땀을 흘리며 숨을 헐떡거렸기 때문에 인공 호흡을 받아야만 했다.

한편, 돈 까밀로는 트리에스테가 보병 자전거를 타고 들어오는 걸 보자 미친 듯이 열광했다. 그는 장기 시합과 벽돌 깨뜨리기 시합도 재미있게 즐겼다. 이어 '정치 풍자 표적 맞추기' 게임이 시작되었다고 사람들이 말해 주자 구경꾼들을 헤치고 간이 시설이 있는 곳으로 향했다.

간이 시설 주변에는 사람들이 꽉 들어차 있었다. 알고 보니 단순한 게임이었다. 1미터 반 정도 크기의 나무 인형들을 공으로 맞혀 넘어뜨리는 놀이였다. 사람의 얼굴을 그려넣은 나무 인형이었는데, 도시 예술가의 솜씨라 아주 근사했다. 중요한 것은 보수파의 중요 인물들을 본떠 캐리커처로 그려 넣었다는 점에 있었다. 그중 가장 큰 인형에 바로 돈 까밀로의 얼굴이 그

* 이탈리아 국기.

려져 있었다.

그는 단번에 자신의 인형을 알아보았다. 사람들이 왜 그렇게 낄낄대고 웃었는지 이해가 갔다. 너무나 우스꽝스러운 모습이었던 것이다. 하지만 돈 까밀로는 아무 말도 하지 않았다. 입을 앙다물고 팔짱을 낀 채 지켜보기만 했다.

목에 붉은 손수건을 두른 한 공산당 청년이 공 여섯 개를 사서 던지기 시작했다. 인형은 여섯 개였고 오른쪽 마지막 인형이 돈 까밀로였다. 청년은 정확히 명중시켰다. 공을 던질 때마다 인형이 뒤로 나자빠졌다. 첫 번째 인형이 넘어졌다. 그다음 두 번째, 세 번째, 네 번째 인형이 차례로 넘어졌다. 서 있던 인형들이 하나씩 줄어들면서 사람들의 고함소리는 점차 줄어들었다. 다섯 번째 인형이 넘어지자 쥐 죽은 듯 조용해졌다. 돈 까밀로 인형 차례였다.

청년은 옆으로 한 걸음 떨어져 서 있는 돈 까밀로를 곁눈으로 슬쩍 보더니 난간에 공을 내려놓고 슬금슬금 꽁무니를 빼버렸다. 사람들이 웅성거리기 시작했고 아무도 앞으로 나서지 않았다.

그때 느닷없이 뻬뽀네가 나타났다.

"나한테 공을 주게."

간이 시설 직원이 인형들을 모두 세운 다음 공 여섯 개를 뻬뽀네 앞에 올려놓았다. 뻬뽀네가 공을 던지자 사람들이 뒤로 물러섰다. 첫 번째 인형이 넘어졌다. 그다음 두 번째, 세 번째 인형이 넘어졌다. 뻬뽀네는 분풀이라도 하듯 거칠게 공을 던졌다. 네 번째 인형이 넘어졌다. 다섯 번째 인형도 넘어졌다. 마지막으로 돈 까밀로 인형만 서 있었다.

돈 까밀로는 천천히 고개를 돌려 뻬뽀네를 노려보았다. 두 사람은 잠시 눈싸움을 하며 말없는 대화를 나누었다. 돈 까밀로의 눈이 놀라운 웅변술을 발휘했는지 뻬뽀네의 안색이 점점 창백해졌다. 하지만 소용이 없었다. 그는 소매를 걷어붙이고 두 다리에 힘을 준 다음 인형을 조준해 천천히 팔을 뒤로 뺐다가 앞으로 날렸다. 그 정도의 위력이면 나무 인형을 넘어뜨리고도 남았다. 공은 헝겊으로 만들어 무거웠고 뻬뽀네는 황소도 넘어뜨릴 만큼 세게 던졌다. 그 강속구는 인형을 맞히고 튕겨나갔다. 인형은 기적처럼 꼼짝도 하지 않았다.

"걸쇠가 끼워져 있습니다."

표적 맞추기 게임을 관리하던 청년이 인형 뒤를 살펴본 뒤 말했다.

"또 바티칸의 음모가 있었군."

뻬뽀네는 빈정거리며 윗옷을 입고 다른 곳으로 사라졌다. 그때야 사람들은 악몽에서 깨어나기라도 한 듯 다시 웃음을 터뜨렸다. 돈 까밀로도 자리를 떠났다. 저녁 늦게 뻬뽀네가 사제관 앞에 나타났다.

"인형 건에 대해 생각해 봤소. 신부님이 자리를 뜨자마자 신부님 인형을 치워버렸소. 종교에 대한 공격으로 해석될 우려가 있어서 말이오. 난 정치인인 신부님한테 감정이 있는 거지 나머지엔 관심이 없소."

빼뽀네가 얼굴을 찌푸리며 말했다.

"잘했네."

돈 까밀로는 무표정한 표정을 지으며 대답했다.

"신부님한테 공을 던진 건 유감이오. 아무튼 잘 해결되어 다행이오."

"그래, 다행이야. 그 인형이 쓰러졌다면 나도 자넬 자빠뜨리고 말았을 걸세. 코끼리라도 때려눕힐 주먹을 준비해 두고 있었으니까."

"알고 있었소. 어쨌든 당의 위신이 걸린 문제라 공을 던질 수밖에 없었소. 오늘 아침 신부님이 사람들 앞에서 나를 물먹였으니 피장파장 아니겠소."

돈 까밀로는 숨을 크게 내쉬며 말했다.

"자네 말도 맞네."

"그러니 우린 비겼소."

빼뽀네가 결론을 내렸다.

"아직 이르네."

돈 까밀로는 빼뽀네에게 지폐를 내밀며 중얼거렸다.

"오늘 아침에 건네준 5천 리라짜리 지폐를 돌려주게. 그리고 이것을 받게나. 사실 그 돈은 위조 지폐였어."

빼뽀네의 얼굴이 삽시간에 일그러지고 말았다. 불끈 힘이 들어간 주먹은 이미 허리에 올라가 있었다.

"뭐요? 이 뻔뻔스러운 사기꾼 신부같으니라고. 그놈의 인형에 공을 던질 게 아니라 신부님 머리통에 폭탄을 던질 걸 잘못했소. 그 돈은 벌써 당 사무처에 주었는데, 이걸 어쩐담."

"그래? 이거 큰일났네…."

돈 까밀로가 한숨을 쉬며 말했다.

"이제 평생토록 공산당한테 5천 리라의 손해를 끼쳤다는 생각 때문에 마음 편할 날이 없겠구먼."

뻬뽀네는 이 복잡한 일에서 발을 빼려고 슬그머니 돌아가 버렸다.

뻬뽀네의 갈등

한창 추수를 해야 할 시기에 일꾼들과 머슴들이 파업을 했다. 그 결과 농장의 수확물이 썩어 나가기 시작했다. 이런 일은 돈 까밀로에게 아주 못마땅한 일이었다. 우유 생산량을 줄이기 위해 가축들에게 여물을 적게 주라는 명령이 떨어지자 돈 까밀로는 그 파업을 말리러 뻬뽀네를 찾아갔다. 뻬뽀네는 여기저기 분주히 뛰어다니며 파업 감시소들을 순찰하고 있었다.

"여보게, 한 아낙네가 자신의 아이와 남의 아이에게 젖을 먹이는데, 유모 노릇으로 받는 돈이 너무 적네. 돈을 좀 더 많이 받으려면 어떻게 해야 하겠나?"

빼뽀네가 웃으며 말했다.

"아이 아버지에게 '돈을 더 주지 않을 거면 당신이 직접 아이에게 젖을 먹여야 할걸요.' 라고 말하면 되지요."

"맞아. 그런데 그 여자는 좀 특이했네. 돈을 더 받기 위해 어떻게 했는 줄 아나? 약을 먹고 조금씩 젖의 양을 줄였네. 그리고 아이 아버지에게 말했지. '돈을 더 주세요. 그렇지 않으면 젖이 말라버릴 때까지 계속 약을 먹겠어요.' 하고 말이야. 그래서 결국은 자기 아이와 남의 아이 모두에게 젖을 먹이지 못하고 말았지. 그 유모가 지혜로웠다고 생각하나?"

빼뽀네가 입을 삐죽이며 투덜거렸다.

"얘기를 정치로 끌고 가지 맙시다. 그건 아주 엉터리 같은 비유요. 복잡한 문제를 한 가지 비유로 처리해 버리려고 하지 마시오. 인생에서 중요한 것은 뭐요? 행복 아닙니까? 열심히 일하는 사람은 유모든 누구든 합당한 보수를 받는 게 원칙 아니오? 노동자가 정당한 대우를 받는 세상에서는 유모처럼 약을 먹는다거나 다른 지저분한 행동을 할 필요가 없소. 친애하는 신부님, 사회 정의란 그것을 이룩할 때까지 싸워야 언젠가 달성할 수 있는 거요. 사회 정의는 마치 실타래와 같은 것이니까. 실타래를 풀 실마리를 찾지 못하고 있는데 하느님이 나타나서 도와주기를 가만히 기다리고 있어야 하겠소? 어디에서든 투쟁을 시작해야 하오. 그러면 순리대로 풀리게 돼 있소."

돈 까밀로가 빼뽀네의 말을 막았다.

"자네의 말이야말로 엉터리 같은 비유일세."

"사람 나름이지요."

빼뽀네가 어깨를 으쓱하며 한 마디 덧붙였다.

"다시 말하는데 중요한 것은 보편타당한 이념이오."

"그렇다면 내가 보편타당한 이념을 말해줄까? 요즘같은 결핍의 시대엔 먹고사는 문제가 무엇보다 중요한 이념일세. 남아 있는 것을 파괴시켜 버리고 난 뒤에도, 사회주의 찬가야 마음껏 부를 수 있겠지. 하지만 그뒤에는 우리 모두 죽고 말 걸세."

"사람은 언젠가는 죽는 거요! 사회주의가 없다면 더 많은 사람들이 죽을 거요."

"그럼 죽어버리게!"

돈 까밀로가 자리를 떠나며 소리쳤다. 그는 성당으로 돌아와 제대 위의 예수님에게 자초지종을 털어놓았다.

"교훈이 필요한 사람들입니다. 그자들에게 태풍을 보내 몽땅 날려버려야 합니다. 증오와 무지와 사악함이 만연한 개똥 같은 세상이 되고 말았습니다. 세상을 덮어버릴 홍수가 필요합니다. 그럼 우리 모두 죽게 되겠지요. 그리고 최후의 심판을 받게 될 겁니다. 각자 하느님의 심판대에 올라 합당한 상과 벌을 받게 될 것입니다."

예수님이 웃으셨다.

"돈 까밀로, 그렇다고 세상을 홍수로 덮어버릴 필요까진 없지 않느냐? 누구나 때가 되면 죽게 되어 있고, 하느님의 심판대에 올라 상과 벌을 받게 되느니라. 대재앙을 내리지 않아도 마찬가지 아니더냐?"

"그 말씀도 맞습니다."

다시 마음의 평정을 되찾은 돈 까밀로는 수긍했다. 하지만 마음속으로 대홍수에 대한 미련을 완전히 버리지는 못했다.

"그럼 적어도 비라도 조금 내려주시지요. 들판이 메말랐습니다. 저수지도 비었고요."

"내릴 때가 되면 어련히 내릴까."

예수님이 돈 까밀로를 안심시키셨다.

"천지가 창조되었을 때부터 비는 내렸다. 때가 되면 비가 내리도록 준비되어 있다. 넌 하느님이 세상 만물을 잘못 다스리고 계신다고 생각하느냐?"

돈 까밀로가 고개를 숙였다.

"예수님 말씀이 지당하시다는 건 잘 알고 있습니다. 하지만 불쌍한 시골 신부가 비 좀 내려달라고 주님께 간청드릴 수도 있지 뭘 그러십니까? 용서해 주십시오. 낙심해서 그러는 것이니까요."

예수님이 진지한 표정으로 말씀하셨다.

"네 말도 옳다, 돈 까밀로. 너도 항의 파업을 해보는 수밖에 다른 방법이 없겠구나."

돈 까밀로가 시무룩해서 고개를 숙인 채 뒤돌아섰다. 그때 예수님이 그를 부르셨다.

"괴로워하지 마라, 아들아!"

예수님이 작은 목소리로 말씀하셨다.

"하느님의 은총을 저버리는 자들을 두 눈 뜨고 본다는 게 너에게는 끔찍한 형벌이라는 걸 잘 알고 있느니라. 하지만 그들을 용서해야 한다. 왜냐하면 그들은 하느님을 모독하기 위해서 일부러 그러는 것이 아니기 때문이다. 그들은 자나 깨나 이 땅에서 정의를 찾고 있다. 하느님의 정의를 믿지 않기 때문이니라. 또한 그들은 자나 깨나 이 땅에서 선을 찾고 있다. 천국의 보상을 믿지 않기 때문이니라. 그들은 보고 만질 수 있는 것만 믿는다. 그들에겐 비행기들이 지옥 같은 이 세상의 천사니라. 그들은 지옥 같은 이 땅을 천국으로 만들려고 헛되이 애쓰고 있다. 너무 많은 지식이 사람들을 무지로 이끌어가고 있는 것이다. 지식이 믿음에서 나오지 않으면 어느 순간 인간은 사물을 수학으로만 볼 것이기 때문이다. 이 수학의 조화가 인간의 신이 되었다. 이 수학과 조화를 창조한 분이 하느님이라는 사실을 인간들은 잊고 있노라. 너의 하느님은 숫자로 만들어진 분이 아니다, 돈 까밀로. 네 천국의 하늘에선 착한 천사들이 날아다니고 있다. 진보는 인간들의 세상을 점점 더 작게 만든다. 언젠가 비행기가 1분에 200킬로미터를 날아갈 때 세상은 인간에게 아주 작게 여겨질 것이다. 그때 인간은 자신이 높다란 장대 위에 앉아 있는 참새와 같다고 느낄 것이다. 그때가 되면 인간은 무한을 응시할 테고 그 무한 속에서 하느님과 참된 삶에 대한 믿음을 되찾게 될 것이다. 세상을 한 줌의 숫자로 축소해 버린 기계를 증오하고 자기 손으로 기계를 파괴할 것이다. 하지만 아직 시간이 더 필요하다. 돈 까밀로, 안심하거라. 네 자전거와 오토바이는 지금으로선 위험천만한 곡예를 부릴 줄 모르니 말이다."

예수님이 웃으셨고 돈 까밀로는 자신을 세상에 있게 해주신 것에 감사드렸다.

어느 날 아침, 스미르초가 이끄는 '프롤레타리아 기동대' 는 베롤라의 포도밭에서 일하고 있는 한 사내를 발견했다. 그들은 그를 붙잡아 짐짝처럼 끌고 광장으로 갔다. 광장에는 신문기자들과 노동자들이 땅바닥에 앉아 있었다. 사람들이 빙 둘러섰다. 붙잡혀온 40대 사내가 항의했다.

"이건 개인의 자유를 억압하는 불법 구금이오!"

"불법 구금이라고?"

막 도착한 뻬뽀네가 말했다.

"왜, 누가 억압한단 말인가? 아무도 자네를 붙잡지 않아. 가고 싶거든 가보시게."

스미르초와 '프롤레타리아 기동대' 의 대원들이 사내를 풀어주었다.

그는 주변을 둘러보았다. 사람들이 빽빽이 둘러서 있었다. 모두들 팔짱을 낀 채 꼼짝 않고 서서 말없이 그를 노려보았다.

"내가 뭘 어쨌다고 이러는 거요?"

사내가 소리쳤다.

"뭘 하러 여기에 온 거지?"

뻬뽀네가 물었다.

사내는 대답하지 않았다.

"이 자식아, 왜 파업을 방해하나? 이 배신자야!"

뻬뽀네는 그의 멱살을 움켜잡고 흔들며 소리쳤다.

"난 누구를 배신한 적 없소. 다만 돈이 필요해서 일을 한 것뿐이오."

"여기 있는 사람들도 모두 돈이 필요한 사람들이야. 하지만 아무도 일을 하지 않고 있지 않느냐?"

"난 저 사람들과 상관이 없소!"

사내가 외쳤다.

"그럼 누구하고 상관이 있는지 내가 알게 해주지!"

뻬뽀네가 소리쳤다. 그는 멱살을 놓으며 주먹으로 사내의 얼굴을 쳐서 땅에 쓰러뜨렸다.

"난 당신들하고 상관 없소!"

사내가 입에서 피를 흘리며 말했다. 그는 비틀거리면서 일어났다. 그러자 비지오가 발길로 걷어찼고 사내는 또다시 뻬뽀네의 손에 넘어왔다.

"뒤져봐라!"

뻬뽀네가 스미르초에게 명령했다. 스미르초가 남자의 주머니를 뒤지는 동안 뻬뽀네는 남자가 몸부림치지 못하게 양팔을 꼭 붙잡고 있었다.

"강물에 던져버려라!"

사람들이 소리쳤다.

"목을 매달아라!"

머리칼이 헝클어진 여자가 고함을 질렀다.

"잠깐만! 우선 저놈이 누군지 조사해 봐야 하지 않나?"

스미르초는 남자의 주머니에서 찾아낸 지갑을 내밀었다. 뻬뽀네는 브루스코에게 남자를 넘기고 지갑에서 나온 신분증명서를 한참 동안 살펴보았다. 그런 다음 물건들을 지갑 속에 다시 넣어 남자에게 되돌려주었다.

"저자를 풀어줘라! 석연치 않은 구석이 있다."

뻬뽀네가 고개를 숙이며 명령했다.

"왜죠?"

머리칼이 헝클어진 여자가 소리쳤다.

"왜든지 풀어주라면 풀어주는 거야!"

뻬뽀네가 딱딱하고 거칠게 말했다. 그러고는 '프롤레타리아 기동대' 트럭에 남자를 태운 다음 그를 잡아왔던 포도밭 울타리까지 데리고 갔다.

"일을 다시 시작해도 좋소."

뻬뽀네가 말했다.

"아니, 집으로 돌아가겠소. 한 시간 뒤에 기차가 올 겁니다."

몇 분 동안 침묵이 흘렀다. 그 사이 남자는 웅덩이에서 얼굴을 씻고 나서 손수건으로 닦았다.

"미안합니다. 당신은 교수이고, 대학 졸업자인데 왜 땅을 일구어 먹고사는 불쌍한 노동자의 일을 방해하시오?"

"교수 월급은 막노동꾼의 품삯보다 훨씬 적습니다. 더군다나 난 지금 실직한 입장이오."

그 말에 뻬뽀네가 머리를 흔들었다.

"알고 있습니다. 그러나 우리와 입장이 다르지 않습니까? 비록 똑같이 식량을 필요로 하더라도 막노동자의 배고픔은 교수님의 배고픔과는 다릅니다. 배고플 때 막노동자는 눈이 돌아갈 지경이라 주린 배를 참지 못합니다. 배고픔을 참는 법을 배우지 못했으니까요. 하지만 교수님 같은 분은 배우지 않았습니까?"

"내 아이들은 배고픔을 참지 못합니다."

뻬뽀네가 양팔을 벌렸다.

"만일 그 아이들이 교수님 같은 신분이 될 운명이라면 그 아이들도 참는 법을 배우게 될 거요."

"선생께선 당신들이 하는 이 방법이 옳다고 생각하시오?"

"저도 잘 모르겠습니다."

뻬뽀네가 말했다.

"정말 모르겠습니다. 다른 방법이 없는 걸 어찌 하겠습니까? 우리나 교수님이나 알고 보면 다 같은 처지입니다. 그런데 어째서 교수님 같은 분들과 우리가 함께 공동 전선을 펼쳐 부자에게 대항해 싸우기가 어려운지 이해가 안 됩니다."

"선생이 좀전에 말씀하시지 않았습니까? 똑같은 식량을 필요로 해도 우리들의 배고픔은 여러분의 배고픔과 다르다고요."

뻬뽀네가 고개를 저었다.

"만약 그 말이 내 입에서 나온 말이 아니라면 사람들은 철학자 나부랭이가 한 말이라고 생각할 거요."

잠시 후 두 사람은 각자 제 갈 길로 헤어졌다. 이야기는 이렇게 끝났다. 배고픔의 문제는 여전히 풀리지 않은 채로 남았다.

크리스티나 선생님의 죽음

크리스티나 선생님은 마을의 기념비가 될 만한 분이었다. 그분은 키도 작고 삐쩍 마른 볼품 없는 노인네였다. 하지만 마을 사람들 모두는 오래전부터 이 할머니 선생님을 존경했다. 왜냐하면 그녀는 아버지와 그 아들, 그 아들의 아들들에게 대대로 글자를 가르쳐왔기 때문이다.

크리스티나 선생님은 쥐꼬리만 한 연금을 받으면서 마을에서 조금 떨어진 작은 외딴집에 혼자 살고 있었다. 그분이 받는 연금은 얼마 되지 않았지만 궁핍하지는 않았다. 선생님이 필요한 식료품을 가게에 주문하면 가게 주인들이 그녀가 눈치채지 못하는 범위 안에서 주문량보다 더 많이 보내주었기 때문이다.

그런데 달걀의 경우는 곤란했다.

선생님이 아무리 나이를 많이 먹어 무게에 대한 감각이 없어졌다 해도 수는 잘 셌기 때문이다. 달걀 두 개를 주문했는데 여섯 개를 보내주면 금방 눈치를 챘으니까. 그때 제자 가운데 한 사람인 마을 의사가 그 고민을 깨끗이 해결해 주었다. 어느 날, 크리스티나 선생님을 찾아간 의사가 그녀의 몸을 진찰하고 이것저것 물은 다음 달걀을 먹지 말라는 처방을 내렸던 것이다.

마을 사람들은 할머니 선생님을 진심으로 존경하면서도 어려워했다. 무서울 것이 아무 것도 없는 돈 까밀로도 크리스티나 선생님의 집을 피해 먼 길로 다닐 정도였다. 돈 까밀로의 애견 번개가 선생님의 화단에 뛰어들어가 화분을 깬 뒤부터 그녀는 돈 까밀로를 볼 때마다 지팡이를 휘둘렀다. 그러고는 막돼먹은 신부한테도 하느님이 계시느냐고 호통을 쳐댔다.

빼뽀네도 굴욕을 참을 수밖에 없었다. 어렸을 때 빼뽀네는 개구리와 새끼 새, 학교에서 금지한 것들을 잔뜩 주머니에 넣은 채 학교에 가곤 했다. 어느 날인가는 멍텅구리 브루스코와 함께 암소를 타고 학교에 간 일도 있었다. 그렇게 선생님의 속을 썩였던 것을 그녀는 지금도 잊지 않고, 또 용서하지 않았다. 그렇기 때문에 빼뽀네는 감히 선생님 집 근처에는 얼씬도 못 했다.

크리스티나 선생님은 좀처럼 집 밖으로 나오지 않았다. 쓸데없이 수다 떠는 걸 싫어해서 누구와도 일절 어울리지 않았다. 하지만 빼뽀네가 읍장에 당선되고 나서 성명을 발표한다는 소식을 듣자 지팡이를 짚고 집에서 나왔다. 광장에 도착하여 벽에 붙어 있는 성명서 앞에 서서 안경을 쓰고 눈살을 찌푸린 채 처음부터 끝까지 찬찬히 읽었다. 그러고 나서 손가방을 열어 빨간색과 파란색 색연필을 꺼내 틀린 글자를 고친 뒤 성명서 밑에다가 '40점, 바보!' 라고 썼다.

그녀의 등 뒤에는 마을의 쟁쟁한 공산당원들이 모두 모여 있었다. 그들은 팔짱을 끼고 입을 꾹 다문 채 어두운 얼굴로 지켜보았다. 하지만 아무도 나서서 할머니를 말리지는 못했다.

크리스티나 선생님의 땔감 창고는 뒤뜰 채소밭에 있었다. 종종 밤중에 누군가 울타리 너머로 통나무나 장작을 던져놓고 갔기 때문에 땔감이 떨어지는 일은 없었다. 그해 겨울은 유난히 추웠고 선생님은 기력이 너무 쇠해져 옴짝달싹할 수 없게 되었다. 그 뒤부터 마을 사람들은 선생님이 돌아다니는 모습을 더 이상 볼 수 없었다. 달걀 두 개를 주문했는데 여덟 개를 보내도 알아차리지 못했다.

어느 날 저녁, 빼뽀네가 회의실에 앉아 있는데 누군가 와서 크리스티나 선생님이 그를 부른다고 전했다. 선생님이 위독하니 꾸물거리지 말고 빨리 오라는 전갈이었다.

돈 까밀로도 연락을 받았다. 그는 임종이 임박했다는 것을 알고 있었기 때문에 서둘러 달려갔다. 도착해 보니 크고 흰 침대에 크리스티나 선생님이 누워 있었다. 너무나 작고 말라서 마치 어린아이 같아 보였다. 하지만 선생님은 완전히 의식을 잃지는 않았다. 검은색 신부복을 입은 돈 까밀로의 커다란 덩치가 보이자 그녀는 살포시 웃었다.

"지금 내가 그동안 지은 죄를 모두 고백한다면 자네가 좋아하겠지! 그런데 어쩐다, 사랑하는 신부님, 난 지은 죄가 하나도 없다오. 마음에 걸리는 것 없이 깨끗한 영혼으로 죽고 싶어 자네를 불렀어. 신부님 개가 내 소중한 화분을 깨뜨렸던 걸 용서하겠네."

"저에게 막돼먹은 신부라고 불렀던 걸 용서해드리죠."

돈 까밀로가 나지막이 말했다.

"고맙네. 하지만 그럴 필요가 없어. 어떤 마음에서 그랬느냐가 중요하거든. 뻬뽀네 읍장을 바보라고 불렀듯이 자네를 막돼먹은 신부라고 부르긴 했지. 하지만 악의는 전혀 없었어."

돈 까밀로는 크리스티나 선생님을 향해 다정한 목소리로 길고 긴 이야기를 시작했다. 지금 이 순간이야말로 인간적인 자존심을 버려야 할 때라고, 그래야 천국에 들어갈 수 있는 희망을 갖게 되는 법이라고….

"희망?"

크리스티나 선생님이 물었다.

"난 천국에 간다는 확신이 있어!"

"그건 교만의 죄를 저지르시는 겁니다. 어떤 인간도 하느님의 법에 따라 충실히 살아왔다고 단언할 수 없으니까요."

돈 까밀로가 상냥하게 말했다.

크리스티나 선생님은 웃으며 대답했다.

"나를 뺀 나머지 인간들에게는 그렇겠지. 왜냐하면 어젯밤에 예수님께서 찾아오셔서 내가 천국에 갈 거라고 말씀해 주셨어. 그러니 나는 천국행을 따논 셈이야. 예수님보다 더 잘 알 거라고 생각하진 않겠지, 돈 까밀로?"

돈 까밀로는 그녀의 놀랍고 단호하며 확신에 찬 믿음 앞에서 입을 다물 수밖에 없었다. 그는 한쪽 구석으로 가서 기도하기 시작했다.

그때 뻬뽀네가 도착했다.

"나는 자네가 개구리며 그 밖에 다른 지저분한 것들을 가지고 학교에 왔던 걸 용서하네. 나는 알고 있었네. 자네가 바탕은 착한 사람이란 걸 말이야. 자네가 지은 죄를 용서해 달라고 하느님께 기도하겠네."

뻬뽀네는 멋쩍은 얼굴로 양팔을 벌렸다.

"선생님, 전 죄를 지은 적이 없는데요."

뻬뽀네가 중얼거렸다.

"거짓말하지 마!"

크리스티나 선생님이 엄하게 꾸짖었다.

"자네와 다른 공산당원들이 국왕을 저 멀리 외딴 섬으로 쫓아내 어린 자식들과 함께 굶어죽게 만들었어."

선생님은 울음을 터뜨렸다. 뻬뽀네는 너무나 작고 연로한 선생님이 우는 걸 보고서 아주 다정하게 들리도록 조용한 목소리로 말했다.

"사실이 아닙니다."

"사실이야. 빌레티가 라디오에서 듣고 신문에서 읽은 다음 들려준 얘기니까."

크리스티나 선생님이 힘없는 목소리로 말했다.

"신부님, 사실이 아니라고 말씀드려 주시오!"

뻬뽀네가 신음을 내며 말했다. 돈 까밀로가 앞으로 나섰다.

"그 사람이 잘못 전해 드린 겁니다. 모두 거짓말이에요. 무인도도, 굶어죽었다는 것도, 전부 거짓말입니다. 제가 보증하지요."

돈 까밀로가 상냥하게 설명했다.

"그럼 다행이군."

크리스티나 선생님은 안도의 한숨을 내쉬었다.

"그리고 우리가 단독으로 국왕을 쫓아냈던 게 아닙니다. 투표를 했습니다. 투표 결과 국왕을 원하는 사람보다 원하지 않는 사람들이 더 많았어요. 그래서 그분이 물러난 겁니다. 아무도 국왕 보고 떠나라고 하거나 강요하지 않았어요. 민주주의 원칙에 따라 벌어진 일입니다!"

뻬뽀네가 큰 소리로 말했다.

"몹쓸 놈의 민주주의! 국왕은 쫓겨나선 안 되는 법이야!"

크리스티나 선생님이 엄한 목소리로 말했다.

"죄송합니다."

뻬뽀네는 당황해하며 그렇게 대답했다. 그는 달리 뭐라 대답할 말이 없었다. 크리스티나 선생님은 잠시 숨을 고르고 난 뒤 말을 이었다.

“자네는 읍장이야. 그래서 자네한테 유언을 남기네. 이 집은 내 것이 아니야. 얼마 안 되는 옷가지와 세간들은 필요한 사람에게 나누어주게. 책은 자네가 가지게, 필요할 테니까. 그리고 작문과 동사 공부를 좀 더 많이 연습하게나.”

“네, 선생님.”

뻬뽀네가 대답했다.

“장례식은 엄숙하게 해야 돼. 음악 없이 말이야. 그리고 옛날처럼 자동차 없이 해주게. 어깨 위로 관을 메고 관 위에는 깃발을 덮어주고.”

“네, 선생님.”

뻬뽀네가 고개를 끄덕였다.

“내 깃발을 사용해야 해. 저기 옷장 옆에 있는 깃발 말일세. 왕가의 문장이 수놓여 있는 내 깃발 말이야.”

크리스티나 선생님은 숨이 넘어갈 때까지 이것저것을 작은 소리로 말했다.

“나의 제자여, 하느님은 자네가 공산당원이라 해도 자네를 축복하실 걸세.”

말을 마친 선생님은 눈을 감더니 다시 뜨지 않았다.

다음 날 아침, 빼뽀네는 모든 정당의 대표자들을 읍사무소에 소집하였다. 그러고는 크리스티나 선생님의 죽음을 알렸다. 선생님의 공적을 추모하기 위해 인민들은 장엄한 장례식을 치러 드려야 한다고 말했다.

"모든 주민의 의사를 대변하는 읍장으로서 여러분을 부른 거요. 내 마음대로 일을 처리했다는 비난을 듣고 싶지 않기 때문이오. 사실 크리스티나 선생님은 관을 어깨에 지고 운구해 달라는 유언을 남기셨소. 그리고 관 위에 왕가의 문장이 찍힌 깃발을 덮어달라고 부탁하셨소. 이에 대해 각자의 생각을 말해 주시오."

맨 먼저 사회당의 대표가 말을 꺼냈다. 그는 대학까지 나왔기 때문에 언변이 유창했다.

"단 한 사람의 명복을 기리고자 인민공화국 수립을 위해 자신의 목숨을 희생했던 수많은 동지들의 죽음을 모욕하는 행위를 할 수는 없소!"

토론이 진행되면서 열기는 더해졌다. 그 결과 크리스티나 선생님은 군주제 아래에서 일을 했지만 결국 조국을 위해 일한 것이니 관 위에는 지금의 조국을 대표하는 깃발을 덮는 게 옳겠다는 결론을 내렸다.

"좋소!"

마르크스보다도 더 마르크스주의자인 베골리니가 동의했다.

"향수에 젖어 있던 감상주의 시대는 지나갔소. 왕가의 문장이 찍힌 깃발을 원했다면 좀 더 일찍 돌아가셨어야 했소!"

"바보 같은 소리!"

그러자 이번에는 공화주의자 대표가 나섰다.

"장례식에서 왕의 문장을 공개적으로 드러내면 오히려 인민들이 분노를 일으켜 장례식이 변질될 거요. 만약 장례식이 정치 집회로 변하면 그 숭고한 뜻이 반감되거나 파괴될 거요."

이윽고 기독교민주당 대표의 차례였다.

"고인의 뜻은 신성한 거요."

그는 엄숙한 목소리로 말했다.

"고인이 되신 선생님의 뜻은 더더욱 신성합니다. 우리 모두 그분을 사랑했고 존경했으며 그분의 놀라운 활동을 하늘의 사명이라 여겼소. 선생님께 대한 존경심을 길이 전하고자 우리는 여기 모여 발생할지도 모르는 작은 불상사를 미리 피하려고 애쓰고 있소. 그런 불상사가 성스런 추모 행사를 해칠 수도 있기 때문이오. 그러니 우리도 왕실기 사용에 반대하는 다른 분들의 의견에 동의하는 바요."

뻬뽀네는 크게 고개를 끄덕였다. 그리고 돈 까밀로를 향해 돌아섰다. 그도 그 자리에 와 있었다. 돈 까밀로의 안색이 창백했다.

"신부님은 어떻게 생각하십니까?"

"내 의견을 말하기에 앞서 읍장님의 생각을 먼저 밝히는 게 좋지 않겠소?"

뻬뽀네는 잠시 어물거리더니 말을 꺼냈다.

"읍장으로서 여러분의 협조에 감사하오. 나는 고인이 부탁한 깃발을 사용하지 말자는 여러분의 의견에 동의하오. 하지만 이 마을은 읍장이 아니라 공산당이 다스리는 곳이오. 나는 공산당 대표로서 여러분의 의견을 받아들이지 않을 것이오. 크리스티나 선생님은 고인이 원했던 깃발을 덮고 묘지에 묻힐 것이오. 난 살아 있는 여러분의 뜻보다 고인의 뜻을 따르겠소. 만일 반대하는 자가 있다면 창 밖으로 던져버리겠소! 신부님도 한 말씀 하시오."

"나는 창 밖으로 떨어지고 싶지 않소."

돈 까밀로가 만족한 듯 양팔을 벌리며 대답했다. 다음 날, 크리스티나 선생님은 뻬뽀네, 브루스코, 비지오, 풀미네가 어깨에 맨 관 안에 누워서 묘지로 갔다. 네 사람 모두 목에 붉은 손수건을 매고 있었고 관 위에는 고인의 깃발인 왕실기가 덮여 있었다.

이것이 엉뚱하기 짝이 없는 이 바싸 마을에서 벌어진 일이다. 이 마을은 태양이 사람들의 머리를 따갑게 망치질하는 곳이다. 그리고 사람들이 이성적인 판단으로 말하고 행동하기보다 몽둥이가 먼저 나가는 곳이다. 하지만 적어도 죽은 선생님의 뜻을 따를 줄 아는 곳이기도 하다.

다섯 더하기 다섯

정치 때문에 상황이 훨씬 더 나빠졌다. 뻬뽀네는 돈 까밀로를 만났다 하면 둘 사이에 특별한 일이 없었는데도 잔뜩 인상을 찌푸리며 얼굴을 홱 돌리곤 했다.

어느 날 광장에서 연설을 하던 뻬뽀네가 넌지시 돈 까밀로를 공격하더니 '개똥 신부' 라고 욕했다. 이에 돈 까밀로는 본당 주보에 시를 지어 응수했다. 그런 일이 있은 지 며칠 지난 어느 날 밤 사제관 문 앞에 퇴비더미가 커다랗게 쌓였다. 다음 날 아침, 돈 까밀로는 창문에 사다리를 놓고 밖으로 나올 수밖에 없었다. 퇴비더미에는 '이걸로 돈 까밀로 머리에 거름을 주라' 는 푯말까지 꽂혀 있었다.

이후 그들 사이에는 주보와 벽보를 통해 옥신각신 치열하고 거친 논쟁이 계속되었다. 몽둥이질이 오갈 것 같은 험악한 분위기마저 감돌았다. 본당 주보에 돈 까밀로의 마지막 반격이 있은 직후 사람들은 한결같이 '뻬뽀네 측 사람들이 반격을 하지 않으면 손가락에 장을 지지겠다' 고 말했다. 그런데 막상 뻬뽀네 일당들로부터는 아무런 반격이 없었다. 그 대신 심상치 않은 침묵이 오랫동안 흘렀다. 마치 폭풍 전야의 고요 같았다.

어느 날 늦은 저녁이었다. 돈 까밀로는 성당에서 기도에 열중하고 있었다. 그때 성당 문이 덜컹거리는 소리가 들리더니 미처 뒤돌아볼 새도 없이 뻬뽀네가 나타났다. 그의 시커먼 얼굴은 몹시 침울했으며 한 손을 등 뒤에 감추고 있었다. 술에 취했는지 뻬뽀네의 머리카락이 이마 위로 흘러내려와 있었다.

돈 까밀로는 곁눈질로 옆에 있는 촛대를 슬쩍 쳐다보았다. 그는 거리를 가늠한 다음 벌떡 일어나 옆으로 한 발자국 뛰어 무거운 청동 촛대를 움켜잡았다. 그러자 뻬뽀네는 이를 악물며 돈 까밀로를 노려보았다. 돈 까밀로는 신경을 잔뜩 곤두세웠다. 그는 뻬뽀네가 등 뒤에 숨기고 있는 물건을 꺼내는 순간 촛대를 화살처럼 날리려고 마음먹고 있었다.

뻬뽀네가 천천히 등 뒤에 숨기고 있던 손을 빼더니 돈 까밀로에게 가늘고 커다란 꾸러미를 내밀었다. 돈 까밀로는 미심쩍다는 눈초리를 보내며 거절했다. 그러자 뻬뽀네는 제단 난간에 꾸러미를 내려놓고 파란 포장지를 잡아 뜯었다. 그러자 포도밭 말뚝처럼 기다랗고 큰 양초 다섯 자루가 나타났다.

"그놈이 죽을 것 같소."

뻬뽀네가 들릴락말락한 작은 소리로 중얼거렸다.

돈 까밀로는 그제서야, 뻬뽀네의 작은아이가 아프다는 말을 누군가에게서 들었던 것이 생각났다. 돈 까밀로는 '곧 좋아지겠지.' 라고 생각하며 대수롭지 않게 여겼었다. 뻬뽀네가 왜 침묵을 지키며 아무런 반격도 하지 않았는지 이해할 수 있었다.

"아무래도 그놈이 죽을 것 같으니 빨리 이 초에 불을 붙여주시오."

뻬뽀네가 기어들어가는 목소리로 말했다. 돈 까밀로는 얼른 성구실로 가서 촛대를 가져왔다. 그리고 촛대에 커다란 양초 다섯 자루를 꽂고 예수님 앞에 놓으려고 했다.

"안 돼!"

뻬뽀네가 화를 내며 말했다.

"저 남자는 당신 편이잖소. 정치하고는 상관 없는 저기 저 여자 앞에 초를 켜주시오."

돈 까밀로는 뻬뽀네가 성모 마리아를 '저기 저 여자' 라고 부르자 뻬뽀네의 머리통을 한 대 갈기고 싶은 마음에 사로잡혔다. 하지만 말없이 촛대를 들고 가서 성모상 앞에 내려놓았다. 그리고 뻬뽀네 쪽으로 몸을 돌렸다.

"저 여자에게 전해 주시오!"

빼뽀네가 엄한 목소리로 명령하듯 말했다. 돈 까밀로는 무릎을 꿇고 낮은 소리로 성모 마리아에게 기도했다. 빼뽀네가 몸이 아픈 자신의 아들을 낫게 해달라며 저 커다란 양초를 다섯 자루나 보냈노라고 말씀드렸다. 돈 까밀로가 기도를 마치고 몸을 일으키자 빼뽀네는 그 자리에 없었다. 그는 급히 제단 앞을 지나면서 성호를 긋고 성당을 살짝 빠져나가려 했다. 하지만 예수님의 목소리가 그를 붙잡았다.

"돈 까밀로, 무슨 일이냐?"

돈 까밀로는 쭈뼛쭈뼛 양팔을 벌렸다.

"저 불한당이 그런 불경한 말을 내뱉다니 정말 유감입니다. 전 그놈에게 아무 말도 안 했습니다. 아들이 죽어 가고 있어서 이성을 잃어버린 인간에게 무슨 말을 하겠습니까?"

"아주 잘했다."

"정치는 저주받을 것입니다. 그 인간을 나쁘게 생각하지 마시고 가혹하게 다루지 말아주십시오."

돈 까밀로가 부탁조로 말했다.

"내가 왜 빼뽀네를 나쁘게 생각하겠느냐? 그가 내 어머니에게 양초를 봉헌해 내 마음이 흡족했다. 어머니를 '저기 저 여자'로 부른 게 좀 유감이지만 말이다."

돈 까밀로가 고개를 저었다.

"잘못 들으셨습니다."

돈 까밀로가 이의를 제기했다.

"그 인간은 이렇게 말했는걸요. '저기 저 성스러운 성모 마리아님 앞에 이 양초를 모두 켜주시오.' 라고 말입니다. 생각해 보십시오! 그 인간이 감히 그런 불경한 말을 했다면 아들이 죽어가건 말건 발길질을 해서 쫓아버렸을 겁니다!"

"그랬다니 정말 기쁘구나."

예수님이 웃으면서 대답하셨다.

"하지만 그는 나를 지칭해서 '저기 저 사람' 이라고 했단 말이지…."

"그건 맞습니다."

돈 까밀로가 인정했다.

"하지만 그 인간이 그렇게 말한 것은 예수님을 모욕하기 위해서가 아니라 저를 모욕하기 위해 그랬을 겁니다."

돈 까밀로는 성당 밖으로 나가더니 한참 뒤에 호들갑을 떨며 돌아왔다.

"제가 말씀드렸지요?"

돈 까밀로가 제단 앞에 꾸러미를 펼쳐놓으면서 소리쳤다.

"예수님 앞에 불을 켜달라고 그 인간이 양초 다섯 자루를 제게 주지 뭡니까! 어떻게 생각하십니까?"

"정말 아름다운 일이로다."

예수님이 웃으며 대답하셨다.

"먼젓번 양초에 비해 작긴 합니다. 하지만 중요한 것은 크기가 아니라 마음 아닙니까? 뻬뽀네는 부자가 아니라는 점을 참작해 주십시오. 약값과 의사 진찰료만으로도 눈이 튀어나올 지경일 겁니다."

"정말 아름다운 일이로다."

예수님이 다시 한번 흡족한 얼굴로 말씀하셨다. 다섯 자루의 초를 켜자 성당 안이 초 50자루를 켜놓은 것만큼 밝게 빛났다. 정말 다른 초들보다 훨씬 더 밝았다. 그 다섯 자루의 양초는 돈 까밀로가 마을로 달려가 잠자던 가게 주인을 깨워 사온 것이었다. 돈 까밀로는 돈이 없었기 때문에 양초값 일부만 주고 나머지는 외상을 달았다.

예수님은 이 모든 것을 너무나 잘 알고 있었기에 아무 말도 하지 않으셨다. 예수님의 눈에서 눈물이 흘러내려 십자가의 검은 나무에 은색 실을 드리웠다.

그것은 뻬뽀네의 아기가 살아났다는 걸 뜻했다.

실제 그랬다.

양심이 우는 소리

마을 사람들은 개에 관한 이야기만 나오면 넋을 잃을 만큼 심란해했다. 언제부터인지 밤이면 멀리 강둑에서 음산한 동물의 울음소리가 들려왔다. 사람들은 몸을 부들부들 떨며 두려움에 사로잡혀 말했다.

"그 개다!"

바싸 마을에서 강을 거슬러 상류로 올라가면 강둑을 따라 로카, 카사브루치아타, 스토피에라는 세 개의 작은 마을이 있다. 몇 달 전부터 스토피에에서 밤마다 어떤 개가 늑대처럼 울고 다닌다는 소문이 들렸다. 그러나 그 개의 모습을 본 사람은 아무도 없었다. 사람들은 술주정뱅이가 꾸며낸 허튼 이야기일 거라고 생각했다. 이 소문은 골짜기를 따라 떠내려왔다. 며칠 뒤에는 그 개가 밤마다 카사브루치아타 강둑에서 울고 있어 사람들을 불안하게 한다는 소문이 들렸다. 그러다가 며칠 뒤에는 로카 마을 사람들까지 공포로 몰아넣더니 마침내 바싸 마을의 강둑에서도 그 개의 울음소리가 들리기 시작했다. 개 울음소리가 들려오자 마을 사람들은 잠자다 말고 벌떡 일어나 식은땀을 흘렸다.

밤마다 개의 울음소리가 강둑 너머에서 음산하게 들려왔다. 사람들은 개의 울부짖음이 들릴 때마다 성호를 그었다. 그 소리는 짐승의 울음소리라기보다 인간의 울음소리에 가까웠다. 사람들은 두근거리는 가슴을 안고 잠자리에 누웠지만 울음소리 때문에 잠을 이루지 못했다. 그 일이 계속되자 마을 사람들은 개를 때려잡기로 의견을 모았다.

어느 날 아침, 20여 명의 장정들이 총을 들고 강둑과 인근 지역을 샅샅이 뒤졌다. 수풀에서 뭔가 이상한 움직임이 있기만 하면 총을 쏘았지만 개를 찾아내지는 못했다. 그런데 밤이 되면 또 그 울음소리가 들려왔다.

두 번째 수색 작업도 소용이 없었다. 세 번째 수색 작업은 아예 하지도 않았다. 수수께끼는 풀리지 않았고, 잔뜩 겁을 집어먹은 사람들이 수색 작업을 꺼렸기 때문이다. 여자들은 돈 까밀로에게 달려와 강둑에 가서 기도해 달라고 부탁했다. 돈 까밀로는 거절했다. 개가 문제라면 개 잡는 사람한테 갈 일이지 신부한테 달려올 일이 아니라고 말했다.

"바티칸에서도 두려워하는군요."

스미르초의 약혼녀인 카롤라가 빈정거렸다. 그러자 돈 까밀로는 사제관 뜰에서 몽둥이 하나를 찾아 들고 여자들을 따라나섰다. 앞서 가던 여자들이 어느 순간 걸음을 멈추고 그를 기다렸다. 돈 까밀로는 강둑을 따라 오른쪽 왼쪽을 살펴보며 몽둥이로 수풀을 내려치기도 했다. 하지만 아무것도 찾지 못하고 돌아왔다.

"아무것도 없네."

"그럼 기도라도 실컷 하고 오지 그러셨어요. 그게 더 쉬울 텐데요."

카롤라가 입을 삐죽이며 빈정댔다. 그러자 돈 까밀로가 고함을 빽 질렀다.

"입 다물고 있지 않으면 당신과 함께 공산당 여성 연맹 모두를 제물로 바쳐 버릴 거야!"

여자들이 놀라 입을 다물자 돈 까밀로는 이야기를 계속했다.

"개 짖는 소리가 신경에 거슬리면 나처럼 귓구멍에 솜을 틀어막고 잠을 자게. 밤에 편안히 잠들려면 양심이 떳떳해야 하는데 당신들은 양심이 깨끗하지 못해서 그런게 아닌가. 개를 때려 잡을 게 아니라 차라리 성당에 좀 더 자주 나오는 게 어떤가?"

카롤라는 돈 까밀로의 얘기에 맞서 공산당 찬가를 불렀다.

하지만 돈 까밀로의 몽둥이가 날아왔기 때문에 노래 뒷부분은 비명과 욕설로 변해 버렸다. 그날 밤 또 개의 울음소리가 들렸다. 양심이 떳떳하다던 돈 까밀로도 잠을 이루지 못하고 뒤척였다.

이튿날, 돈 까밀로는 뻬뽀네를 만났다. 그는 시무룩한 얼굴로 돈 까밀로에게 말했다.

"어제 개를 잡으러 갔었다면서요? 나도 지금 거길 다녀오는 길인데, 아무것도 보지 못했소."

"개가 밤에 강둑에서 짖는다면 밤에만 나타난다는 소리 아닌가?"

돈 까밀로가 말했다.

"그래서요?"

"그래서 정말 개를 찾고 싶다면 밤에 강둑으로 가야 한다는 말일세. 개가 없는 대낮이 아니라 개가 있는 밤에 말이야."

뻬뽀네가 어깨를 으쓱했다.

"누가 밤에 가겠소? 마을 사람들은 모두 악마라도 나타난 듯 두려움에 떨고 있는 판인데."

뻬뽀네가 말했다.

"자네도 무섭나?"

돈 까밀로가 정색을 하고 물었다.

뻬뽀네는 잠시 망설였다.

"신부님은?"

뻬뽀네가 물었다. 그들은 나란히 말없이 걸어갔다. 이윽고 돈 까밀로가 걸음을 멈추고 말했다.

"같이 갈 사람만 있다면 나는 당장이라도 가 보겠네."

"나도 그렇소."

뻬뽀네가 시무룩하게 대꾸했다. 두 사람 모두 같이 갈 사람을 구한다면 일은 해결된 셈이었다. 그런데도 두 사람은 모르는 척했다. 잠시 어색한 침묵이 흐르다가 뻬뽀네가 졌다는 듯 양팔을 벌리며 말했다.

"그럼 오늘 밤 9시에 만납시다."

그들은 9시에 만나 강둑을 조심스럽게 걸어갔다. 확성기를 가슴에 들이댔다면 그들의 심장 박동 소리가 기관총 소리처럼 크게 들렸을 것이다. 강둑 아래 덤불에 이르자 두 사람은 총을 꼭 붙들고 잠복해서 조용히 기다렸다. 몇 시간동안 무덤 속 같은 정적이 흘렀다.

달이 구름을 뚫고 나와 그 슬픈 광경을 환히 비추었다.

그때 오금을 얼어붙게 만드는 개 울음소리가 강 쪽에서 길게 들려왔다. 돈 까밀로와 뻬뽀네는 심장이 얼어붙는 듯했다. 두 사람은 조심스럽게 덤불 밖으로 나갔다. 마치 전쟁터의 병사가 참호 밖으로 얼굴을 내밀 듯 그들은 덤불 밖으로 슬며시 얼굴을 내밀었다.

울음소리가 또다시 들려왔다. 그 소리는 강가에서 20여 미터 떨어져 있는 갈대숲에서 들려오는 게 틀림없었다. 돈 까밀로와 빼뽀네는 갈대밭을 가만히 살펴보았다. 그 순간 달이 물 위로 반사됐기 때문에 역광이 나타났다. 그러자 개의 검은 그림자가 움직이는 게 또렷이 보였다. 두 사람은 총을 들었다. 컹컹 짖는 소리가 들리자마자 총알 두 발이 동시에 발사됐다. 울음소리가 끙끙거리는 신음으로 변했다. 마음이 놓인 두 사람은 밖으로 뛰어 나갔다. 돈 까밀로는 신부복을 걷어올리고 물 속으로 첨벙 뛰어들었다. 빼뽀네도 뒤따라 들어갔다. 두 사람은 갈대밭 한가운데에서 총에 맞은 검은 개를 발견했다. 빼뽀네는 개가 자기의 손을 핥아 대는 바람에 개의 머리에 총을 쏘려던 생각을 그만두고 말았다.

"신부님이 쏜 총알이 발을 맞혔소."

빼뽀네가 돈 까밀로에게 말했다.

"말은 바로 해야지, 우리가 함께 쏘지 않았나."

돈 까밀로가 고쳐 말했다. 빼뽀네는 개의 목덜미를 잡고 들어올렸다. 개 아래 낡아빠진 자루 하나가 갈대밭에 걸려 떠다니고 있었다. 돈 까밀로는 그 자루를 들어올렸다. 커다란 군용 자루는 물을 먹어 쇳덩어리처럼 무거웠다. 빼뽀네는 몸을 숙여 작은 칼로 자루 주둥이를 묶고 있는 철사를 끊었다. 그러다가 화들짝 놀라 몸을 일으키며 하얗게 질린 얼굴로 돈 까밀로를 바라보았다. 자루 안에는 사람의 시체가 들어 있었던 것이다.

"놀라지 말게… 흔히 있는 일이야…."

돈 까밀로가 침착하게 말했다. 그러고는 앞뒤 사정이 어떻게 된 것인지를 추리했다.

"언제인가는 모르지만 누군가 사람을 죽여 자루에 넣고 강에 던진 거야. 죽은 남자에게는 개가 있었을 거고. 개는 강에 뛰어들어 계곡을 따라 떠내려가는 자루를 쫓아갔겠지. 자루가 스토피에 마을 앞 갈대밭에, 그다음에는 카사브루치아타 마을 앞의 갈대밭에 잠시 걸렸겠지. 개는 낮에는 숨어 있거나 먹을 것을 찾아 돌아다녔을 거야. 그리고 밤이 되면 주인 옆으로 돌아왔던 거고. 자루가 마을 근처에 멈출 때마다 사람들은 개가 울부짖는 소리를 듣게 된 걸 거야."

빼뽀네가 고개를 끄덕이며 말했다.

"그런데 왜 사람 우는 소리처럼 들렸을까요? 그것도 밤에만 말이오?"

빼뽀네가 물었다.

"아마 하느님께서 개의 목소리를 통해 인간의 양심을 깨우치려 하신 거겠지. 그리고 양심의 목소리는 밤에 더 잘 들리는 법이 아닌가?"

그때 개가 고통스런 표정을 지으며 머리를 들었다.

"양심의 소리를 말이야!"

돈 까밀로가 나지막한 소리로 말했다. 결국 죽은 사람이 누구인지는 밝혀지지 않았다. 시간과 물이 신원을 알려줄 모든 흔적을 지웠기 때문이다. 하지만 그 사람은 강물을 따라 표류

한 끝에 마침내 축복의 땅에 도착했다. 개도 죽었다. 돈 까밀로와 뻬뽀네는 깊은 구덩이를 판 다음 편히 쉬라는 말과 함께 개를 묻어주었다.

밤마다 들리던 무시무시한 울음소리는 더 이상 들리지 않았다. 하지만 뽀 강을 따라 서 있는 마을과 농가의 사람들은 지금도 한밤중에 깨어나 벌떡 일어나 앉곤 한다. 그럴 때면 마치 개의 울부짖는 소리를 듣기라도 하듯 이마에 식은땀이 송글송글 맺히곤 한다. 그리고 행여 개가 울부짖는 음산한 소리라도 듣게 될까 봐 귀에 솜을 틀어막고 다시 잠들곤 했다.

승전 기념일

11월 3일* 오후, 바르키니가 사제관에 나타났다.

"아직 아무런 낌새가 없습니다. 행동을 개시할 의사가 없어 보이는데요."

"아직 시간이 남아 있소. 4시가 안 되었으니까…."

돈 까밀로는 긴장된 표정으로 말했다.

바르키니가 고개를 저었다.

"조판을 하려면 아무리 짧은 글이라도 세 시간은 족히 걸립니다. 그다음에 교정을 봐야 합지요. 그래야 인쇄에 들어갈 수

* 11월 4일은 제1차 세계대전 승전 기념일이다.

있습니다. 인쇄기로 한 장 한 장 찍어내는 일이 얼마나 시간이 걸리는지 아십니까, 신부님? 하지만 혹시 무슨 일이 생기면 바로 알려드립지요."

신중을 기하기 위해 돈 까밀로는 한 시간을 더 기다렸다. 바르키니 영감한테서 더 이상 새로운 소식이 도착하지 않았다. 돈 까밀로는 편한 옷으로 갈아입고 읍사무소로 갔다. 빼뽀네는 자리에 없었다. 돈 까밀로는 곧장 빼뽀네의 정비소로 갔다. 그는 자동차를 수리하는 중이었다.

"안녕하신가, 읍장 나리."

"이곳에 읍장은 없소."

빼뽀네는 일에서 눈을 떼지도 않은 채 퉁명스럽게 대꾸했다.

"읍장은 읍사무소에나 있소. 여기에는 신부님 같은 사람이 어슬렁거리며 놀러다니는 동안에 생활비를 벌려고 허리가 휘어지도록 일하고 있는 주세페 보타치가 있을 뿐이오."

돈 까밀로는 이 대답에 조금도 당황하지 않았다.

"그럼 노동자 주세페 보타치에게 부탁 좀 할 수 있겠나? 혹시 러시아에서 빼뽀네 동지가 공무 시간 외에도 남에게 무례하게 대하라는 명령이 내려오지 않았다면 말이야."

돈 까밀로가 능청을 떨며 말했다.

"도대체 무슨 일이시오?"

빼뽀네가 의심쩍은 목소리로 물었다.

"뭐, 별일 아니네…."

돈 까밀로의 말투는 아주 상냥하게 바뀌어 있었다.

"주세페 보타치 동지가 뻬뽀네 읍장 동지에게 말 좀 전해 줘야겠네. 읍장님을 만나거든 돈 까밀로 신부가 성명서 복사본을 하나 보내달라는 요청을 했다고 전해 주게. 읍사무소가 11월 4일에 인쇄를 의뢰해 놓은 성명서 말이야. 돈 까밀로는 그걸 청소년 회관 게시판에 붙이고 싶어한다네."

뻬뽀네는 돈 까밀로의 말에 아무 관심이 없다는 듯 다시 일을 시작했다.

"신부님께 전해 주시오. 한가하게 놀고먹는 회관 게시판에는 교황 사진이나 붙이라고 말이오."

"그건 이미 붙어 있네. 지금은 11월 4일자 성명서 복사본이 필요해. 그래야 내일 아이들에게 그날의 의미를 설명해 줄 수 있지 않겠나?"

돈 까밀로의 말에 뻬뽀네는 코웃음을 쳤다.

"나도 꽤나 훌륭해졌는걸. 라틴어도 알고 수많은 역사를 공부한 신부님이 겨우 초등학교를 3학년밖에 다니지 않은 자동차 수리공한테 11월 4일을 설명할 지혜를 얻으러 오다니! 미안하지만 이번에는 잘못 짚었소. 내 글에서 잘못된 글귀를 찾아내 당신네 부르주아 신부들과 시시덕거릴 생각인가 본데 그렇게는 안 될 것이오."

"뭔가 오해를 하고 있는 모양인데."

돈 까밀로가 조용히 말했다.

"나는 결코 수리공 뻬뽀네가 글을 잘못 쓴 걸 놀리려고 그러는 게 아니야. 다만 이 마을의 최고 지도자가 11월 4일을 어떻게 생각하는지 아이들에게 가르쳐주고 싶었을 뿐이지. 그리고 신부인 나도 읍장인 자네와 의견을 합하고 싶어서 그런 거고. 왜냐하면 우리 모두의 의견이 일치하는 게 필요해서 그런 거야. 절대로 정치 문제 때문은 아니라네."

뻬뽀네는 돈 까밀로의 사람됨을 속속들이 알고 있었다. 그는 옆구리에 주먹을 얹고 서서 대들 듯 말했다.

"신부님, 쓸데없는 얘기는 그만둡시다. 성명서 얘기는 집어치우시오. 그리고 나한테 무슨 속셈으로 그런 말을 하는지 솔직히 털어놔요."

"속셈은 무슨 속셈, 나는 단지 자네가 11월 4일에 성명서를 내는지 안 내는지를 알고 싶을 뿐이야. 만일 성명서를 내지 않는다면 할 말이 있어."

"친절하게 그런 것까지 생각해 주셔서 감사하오. 하지만 나는 성명서 따위는 쓰지도 않았고 앞으로도 그럴 생각이 없소!"

"그건 상부의 명령인가?"

"천만에, 누구의 명령도 아니오!"

뻬뽀네가 소리쳤다.

"내 양심의 명령 때문이오! 그것만으로도 충분하오! 인민들은 이제 전쟁에 대해 진절머리를 치고 있소. 그들에게 또다시 전쟁에 대해 설명할 필요를 느끼지 못하오. 그러니 연설과 성명서 따위로 전쟁을 찬양할 필요가 없지 않겠소?"

돈 까밀로가 고개를 저었다.

"뻬뽀네, 자네는 무언가 잘못 생각하고 있네. 내 말은 전쟁을 찬양하자는 게 아니야. 전쟁에서 고통을 당하고 목숨을 잃은 사람들을 추모하자는 거지."

"추모 좋아하네! 병사들의 죽음과 전쟁의 고통을 되새기자는 구실로 전쟁과 왕정을 위한 더러운 선전을 하겠다는 수작이지! 영웅주의, 희생심, 선행, 숙명. 이런 왕정의 추악한 찌꺼기들이 순박한 청년들을 충동질해 국가 지상주의를 이루고 노동자들을 미움 받는 존재로 만드는 데 한몫하고 있지 않소? 그자들은 온갖 감언이설로 청년들을 유혹하지. 달마티아, 티토, 스탈린, 코민테른 같은 미국과 바티칸, 그리스도의 적들을 모두 끄집어내어, 나중에는 프롤레타리아가 조국의 적이므로 왕정을 부활시키지 않으면 안 된다는 결론으로 끌고가려는 거 아니냐 이거요!"

이야기를 하는 동안, 뻬뽀네는 얼굴이 붉게 상기되어 마치 연설이라도 하는 듯했다. 뻬뽀네의 말이 끝나자 돈 까밀로가 조용히 말했다.

"훌륭하네, 뻬뽀네. 꼭 우니타 신문의 멋진 사설을 읽는 기분이었어. 그럼 한 가지만 물어보겠는데, 자네는 승전 기념일을 위해 아무것도 하지 않을 생각인가?"

"나는 승리를 위해 너무나 큰 고통을 치렀소. 그걸로 충분하오. 나는 아주 어려서부터 어머니의 품을 떠나 살았소. 전쟁 땐 참호 속에서 더러운 벼룩과 이와 함께 지내며 굶주림에 시달리기도 했고, 밤이면 무거운 탄약통을 짊어지고 몇 날 밤을 밤새 행군하기도 했소. 총알이 비 오듯 쏟아지는 전선에서 목숨을 걸고 돌격하기도 했지. 그러나 그 대가가 뭐요? 부상을 입고 쓰러지자 폐물 취급에 무덤 파는 일까지 했소. 나는 살기 위해 노새나 개, 늑대, 하이에나처럼 무엇이나 닥치는 대로 했소. 그 결과 이탈리아 지도가 새겨진 손수건과 군복 한 벌 그리고 의무를 다했다는 전역 증명서 한 장을 받았소. 그 모든 일이 끝났을 때, 나는 나를 희생시킴으로써 엄청난 돈을 벌어들인 자들한테 찾아가 일자리를 애원하러 고향으로 돌아왔소."

빼뽀네는 말을 마치고 나서 검지를 쳐들었다.

"이것이 나의 성명서요!"

그가 결론을 내렸다. 그러더니 갑자기 눈에 힘을 주며 목소리를 높였다.

"만일 신부님이 여기에 역사적인 의미를 덧붙이고 싶다면 붉은 펜으로 이렇게 쓰시오. '빼뽀네 동지는 저 더러운 자들을 위해 싸웠던 걸 부끄러워한다. 지금은 오히려 탈영병이었다는 사실을 자랑스럽게 생각한다.' 라고 말이오."

돈 까밀로는 머리를 흔들었다.

"아픈 과거를 건드려 미안하네. 그런데 자네는 왜 1943년의 밀림전에 참가했나?"

"그게 무슨 상관이오?"

빼뽀네가 외쳤다.

"그건 완전히 다른 문제요. 나에게 밀림으로 가라고 한 것은 국왕이 아니오! 내 자발적인 의사였지. 그리고 전쟁에도 여러 가지가 있는 법이오!"

"그래, 알겠네. 그가 누구이든, 자신의 정적과 싸우는 것은 항상 열렬한 지지를 받는 법이지."

돈 까밀로가 말했다.

"그런 말 같지 않은 소리는 하지도 마시오, 돈 까밀로!"

빼뽀네가 화를냈다.

"산속에서 싸울 때 나는 정치적 활동을 한 게 아니오. 난 그저 조국을 위해 싸웠을 뿐이오!"

"뭐라고? 자네, 지금 조국이라고 했나? 내가 잘못 들은 게 아닌가?"

돈 까밀로가 반문했다.

"조국에도 여러 가지가 있는 법이오!"

"1915년부터 1918년까지의 이탈리아가 하나였듯이 1943년부터 1945년까지의 이탈리아도 역시 하나의 조국이었네."

전쟁터에서 죽어간 영혼들을 위해 올린 미사에는 많은 사람이 참석했다. 돈 까밀로는 강론을 통해 미사가 끝나는 대로 유치원 아이들이 충혼탑에 꽃다발을 가져다 놓을 거라고 말했다.

미사가 끝나자 사람들은 아이들 뒤를 따라갔다. 마을 광장까지 줄지어 가는 동안 모두들 아무런 말이 없었다. 광장은 텅 비어 있었다. 다만 충혼탑 아래 커다란 꽃다발 두 개가 놓여 있었다. 하나는 삼색 리본이 달린 것으로 '읍사무소' 라고 쓰여 있었고 다른 하나는 붉은 리본 위에 '인민의 이름으로 바친다' 고 쓰여 있었다. 둘 다 붉은 카네이션이었다.

"신부님이 미사를 드리고 있는 동안 뻬뽀네 부하들이 이걸 가져다 놨습니다. 뻬뽀네만 빼고 모두 왔더군요."

광장의 카페 주인이 말했다.

아이들이 꽃다발을 바치고 나자 모두들 집으로 돌아갔다. 집으로 돌아가는 길에 돈 까밀로는 뻬뽀네를 만났다. 자칫하면 알아차리지 못하고 그냥 지나칠 뻔했다. 부슬부슬 비가 내리는 데다 뻬뽀네가 외투로 몸을 감싸고 있었기 때문이다.

"꽃다발을 보았네."

돈 까밀로가 말했다.

"무슨 꽃다발 말이오?"

"충혼비에 놓은 꽃다발 말일세. 아름답더군."

뻬뽀네는 어깨를 으쓱했다.

"아, 그건 부하들의 생각이었을 거요. 마음에 안 들었소?"

"아니. 그런데 어디 가나?

뻬뽀네는 사제관 앞에 이르자 슬그머니 도망을 치려고 했다. 그러나 끈질긴 돈 까밀로가 그의 팔을 꽉 붙잡았다.

"들어가 한잔하고 가게. 독을 타지는 않을 테니 안심하고."

"다, 다음에 합시다. 난 지금 집에 가야겠소."

뻬뽀네가 더듬거렸다.

"몸이 아파 오늘 일을 전혀 못 했소. 춥고 오한이 나오."

"오한? 환절기 감기인 모양이군. 오한에는 포도주 한 잔이 최고 아닌가? 암, 그렇고말고. 마침 내게 좋은 아스피린이 있으니 잘됐네. 자, 들어가세."

뻬뽀네가 마지못해 따라 들어갔다.

"앉게, 가서 포도주를 가져오겠네."

잠시 후 돈 까밀로가 포도주와 술잔을 들고 돌아왔을 때에도 뻬뽀네는 의자에 앉기는 했으나 외투는 벗지 않은 채였다.

"뼛속까지 떨려와서…. 외투를 입고 있어야겠소."

"편한 대로 하게."

돈 까밀로는 뻬뽀네에게 포도주가 담긴 컵과 아스피린 두 알을 내밀었다.

"들게."

뻬뽀네는 아스피린을 먹고 포도주를 마셨다. 돈 까밀로는 잠시 밖으로 나가 벽난로에 지필 장작을 한 아름 안고 들어왔다.

"벽난로의 훈기가 몸에 좋을 거야."

불꽃이 확 일어나자 돈 까밀로가 중얼거리듯 말했다.

"어제, 자네 말을 곰곰히 생각해 보았네."

돈 까밀로는 말을 계속했다.

"자네 입장에서 보면 자네 말이 옳네. 나한테 전쟁은 완전히 다른 것이었지. 내가 전쟁 한복판에 휩쓸렸을 때는 신학교를 갓 졸업한 병아리 신부에 지나지 않았네. 물론 자네처럼 벼룩, 이, 굶주림, 총알 세례 등 온갖 고통을 겪었지. 공격에 가담하지는 않았지만 부상자들을 위로하러 다녔어. 물론 내 입장은 자네완 달랐네. 나는 그 직업을 스스로 선택했지만 자네는 군인이라는 직업을 자네 스스로 선택한 게 아니었으니까. 그런데 놀랍게도 직업 군인들조차도 도망을 치더구먼."

"항상 그런 것은 아니었소."

뻬뽀네가 나지막이 말했다.

"직업 군인 가운데도 용감한 사람들이 있었소. 어쨌든 그들은 돈을 벌기 위해 전쟁에 뛰어든 사람들이니까 그랬던 것일지도…. 그들은 심지어 목숨을 걸어야 할 경우에도 주저하지 않았소."

"어쨌든 내가 종부성사를 주기 위해, 총알이 비 오듯 퍼붓는 전쟁터에서 부상자를 쫓아다니며 신부의 의무를 다하는 동안, 자네는 도망갈 궁리만 하고 있었겠지. 하지만 신부라는 직업은 사람들의 영혼을 천국에 보내 주는 게 일이야. 그러니 신부에게는 전염병이나 지진 또는 전쟁 한복판에 파견되는 것은 행운이지. 영혼을 구하면서 먹고사는 사람한테는 그보다 좋은 일이 어디 있겠나? 하지만 자네들은 자기 목숨을 구하는 것 외에는 할 일이 없지."

벽난로의 불이 뜨겁게 달아올랐기 때문에 뻬뽀네는 뒤로 물러나 앉았다. 게다가 아스피린을 두 알이나 먹고 외투까지 껴입었으니 더워서 숨이 막힐 지경이었다.

"안 돼, 뒤로 물러나지 말게. 아스피린은 땀을 내라고 먹는 거야. 땀을 많이 흘릴수록 감기가 빨리 낫는다네. 차라리 포도주를 한 잔 더 마시게. 기분이 좋아지고 갈증도 가실 거네."

뻬뽀네는 포도주 두 잔을 마시고 땀을 닦았다.

"그래, 아무런 목적도 없이 강제로 목숨을 잃을 위험에 처하게 되면 사람은 누구나 도망갈 생각을 하게 되지. 그런 상황에서 탈영병이란 비겁자가 아니라 단지 생명 보존의 본능을 따르는 사람일 뿐이야. 자, 한 잔 더 하게. 뻬뽀네."

뻬뽀네는 포도주를 마셨다. 땀이 비 오듯 흘러내렸고 몸에서 열기가 확 올라오고 있었다.

"자, 이제 외투를 벗게."

돈 까밀로가 권했다.

"벗어 놓았다가 나갈 때 입으면 될 게 아닌가? 그래야 기온차를 느끼지 않을 걸세."

"아니, 덥지 않소."

"나는 사람들에게 이치를 말해 주는 사람이야. 자네가 성명서를 내지 않은 건 아주 잘한 일이네. 그런 일을 했다면 자네의 사상과 어긋난 일이 되었을 테니까. 어제 나는 내 입장만 생각했네. 너무나 자기 본위로만 생각했어. 전쟁은 내게 있어 사업

같은 것이었네. 거기서 난 이익을 얻기도 했지. 어느 날, 죽어가는 영혼을 구해서 하느님 앞에 아름다운 모습으로 서리라는 영웅심에 빠져서 우리편 참호와 적군 참호 사이에 쓰러진 병사에게 달려간 적이 있네. 그 병사가 내 품 안에서 성사를 받고 죽어가는 동안, 나는 머리에 총알 두 방을 맞았네. 물론 그게 대단한 건 아니지만."

"나도 그 얘기는 알고 있소."

뻬뽀네가 어두운 목소리로 말했다.

"나는 그 얘기를, 그 더러운 놈들이 음식 대신 참호 속으로 가지고 온 전우 신문에서 읽었소. 내 기억이 틀리지 않는다면 신부님은 그 일로 해서 훈장을 받았을 텐데…."

돈 까밀로는 몸을 돌려 벽에 걸린 사진틀을 가리켰다.

"저기다 걸어놓았네. 거리에 나가면 흔해빠진 게 훈장이지."

"신부님은 그 훈장을 받을 자격이 있소."

포도주 한 잔을 더 마신 뒤, 뻬뽀네가 말했다.

"훈장을 훔치지 않은 사람은 그걸 달 권리가 있는 법이오."

"그 얘기는 이제 그만두세. 전쟁에 대해 나와 다른 생각을 갖고 있는 모양이니까. 그것보다 어서 외투나 벗게, 뻬뽀네!"

뻬뽀네는 땀으로 목욕을 하고 있었다. 하지만 노새처럼 고집이 센 그는 외투를 벗지 않았다.

"그래, 온갖 애국적인 미사여구를 싫어하고 오직 조국만이 이 세상 전체인 듯 행동하는 자네의 태도는 진실하다고 할 수 있어. 전쟁에서 이긴 자는 패한 자에게 또 다른 전쟁을 하고 싶어하는 법이니까. 그러니 승리의 날은 자네에게 오히려 좋지 않은 날이 되겠지. 그래, 러시아에서는 탈영병에게 훈장을 수여하고 용감하게 싸운 사람에겐 오히려 벌을 준다는데 그게 사실인가?"

"또 시작이군!"

빼뽀네가 소리쳤다.

"또 정치 얘기요? 당신이 어디로 끌고 가는지 알고 있소! 정말 생각한 대로요."

그러다가 갑자기 빼뽀네가 조용해졌다.

"더워 죽을 지경이오."

빼뽀네는 한숨을 쉬었다.

"그놈의 외투를 벗으면 될 게 아닌가?.

빼뽀네는 할 수 없이 외투를 벗었다. 그러자 빼뽀네의 윗옷에 달려 있는 은색 훈장이 나타났다. 1차 세계대전에 참전했을 때 받은 훈장이었다.

"흠, 아주 멋있는데…."

돈 까밀로가 자기의 은색 훈장을 꺼내 가슴에 달며 말했다.

"식사가 준비됐는데요, 신부님."

식복사 할머니가 와서 말했다.

"밥 먹으면서 얘기하세."

두 사람은 식사를 하면서 포도주 몇 병을 더 마셨다. 그리고 나중에는 전쟁 무용담을 떠벌리며 전쟁에서 죽은 전사자들을 위해 술잔을 기울였다. 바깥이 어두워지자 뻬뽀네는 외투를 걸치고 문으로 걸어 나갔다.

"내가 잠시 마음 약해진 순간을 비겁하게 악용하지 않기를 바라오."

"악용이야 하지 않지."

돈 까밀로가 대답했다.

"그러나 만일 내가 자네를 교수형에 처해야 하는 날이 오면, 나는 자네에게 충분한 경의를 표하고 나서 교수형에 처할 거야. 그때는 아무도 나를 말리지 못할 걸세."

"혁명의 날이 또다시 오면, 그땐 신부님도 각오해야 할 거요!"

뻬뽀네가 어둠 속으로 사라지며 소리쳤다.

공포심

빼뽀네는 우편물과 함께 배달된 석간 신문을 읽고 나서 스미르초에게 말했다. 그는 사무실 구석에 앉아서 명령을 기다리고 있었다.

"차를 타고 가서 한 시간 내로 행동대를 이리 집합시켜라!"

"중대한 일인가요?"

스미르초가 물었다.

"빨리 움직이기나 해!"

스미르초는 급히 트럭을 타고 떠났다. 15분 뒤, 그는 25명의 행동대원을 데리고 돌아왔다. 빼뽀네도 급히 차를 몰고 인민의 집으로 달려갔다.

"자네는 여기서 대기하고 있게."

뻬뽀네가 스미르초에게 명령했다.

"조금이라도 수상한 기미가 보이면 소리를 지르고."

회의실에 들어서자마자 뻬뽀네는 말을 꺼냈다.

"여길 봐, 일이 보통 심각한 게 아니야."

그는 신문 제목을 그 커다란 손으로 탁탁 치며 말했다.

"반동분자들이 들고 일어나서 우리 동지들을 총으로 마구 죽이고 있소. 지부당 본부에까지 폭탄이 떨어졌어…."

뻬뽀네는 큰 소리로 신문 기사를 읽었다. 밀라노의 석간 신문인 〈밀라노세라〉지였다.

"이 신문이 우리 당의 신문이 아니라는 점에 주목들 하시오! 밀라노세라는 중립지란 말이야. 그러니 여기 실려 있는 기사는 절대로 조작된 것들이 아닐 걸세. 이 신문 제목 밑에 실린 기사를 보라고, 나쁜 놈들!"

"보통 일이 아니군요, 대장."

브루스코가 소리쳤다.

"반동분자들 편만 들던 그 중립지가 그렇게 보도했다면 사태는 아주 심각한 게 아닙니까? 내일 조간인, 우리의 〈우니타〉 신문이 빨리 나와야 할 텐데."

그때 비지오가 어깨를 으쓱이며 한 마디 던졌다.

"아마 별 볼 일 없을 걸. 우니타 신문은 우리의 열성 당원들이 운영하고 있지만 그 사람들은 모두 지식 계급이 아닌가. 말로만 떠들어 대는 문화 계급이라, 인민들을 흥분시키지 않으려고 사실대로 보도하지 않고, 아마 슬그머니 사건을 축소해서 보도할걸."

페레로사도 한 마디 거들었다.

"맞아, 공부깨나 한 놈들은 자기들이 뱉은 말이 법의 테두리에 어긋나지는 않을까 하고 전전긍긍하는 법이거든. 시인 나부랭이라고 할 수 있는 족속들이지."

뻬뽀네가 결론을 내렸다.

"하지만 그들이 펜을 들고 싸우기만 하면 하느님까지도 벌벌 떠실 정도로 궁지로 몰아넣을 걸세."

그들은 다시 상황에 대해 토론했고, 밀라노 신문의 주요 기사와 사설을 되풀이해서 읽었다.

"파시스트들의 혁명이 시작된 것은 분명해. 언제, 어느 곳으로 놈들이 쳐들어올지 아무도 몰라. 우리의 협동조합이나 인민의 집이 언제 저놈들에 의해 파괴될지도 몰라. 신문을 보면 '파시스트 본부' 니 '파시스트 행동대' 니 하고 적혀 있어. 그게 어떤 놈들인지 의심할 여지가 없지. 만일 이번 사태가 전체주의나 자본주의 또는 군주 정치니 하는 따위의 문제였다면 이 신문은 반동주의자라든가 보수주의자라고 썼을 걸세. 그런데 이 신문은 분명히 파시즘과 의용병이라는 용어를 사용했거든. 게다가 이 신문은 중립지란 말이야. 그러니 우리는 만반의 준비를 갖추어야 해."

룬고가 손을 들어, 적들이 움직이기 전에 이쪽에서 선수를 치자고 소리쳤다. 그는 마을 안에 있는 반동분자들을 속속들이 알고 있는 대원이었다.

"집집마다 찾아가서 한 놈씩 본때를 보여줍시다. 그러면 다시는 찍소리도 못할 거요."

"나는 반대요."

브루스코가 반대했다.

"내 생각으론 이 방법은 좋지 않습니다. 여기 이 밀라노 신문에도 우리가 도전에 대응해야 할 거라고 했지, 먼저 싸움을 걸라고는 하지 않았소. 만일 우리가 먼저 싸움을 건다면 저놈들이 우리에게 대항할 명분을 주는 꼴이 될 것이오."

뻬뽀네가 찬성했다.

"그래, 우리 손으로 누구를 처단해야 할 때에는 반드시 정의와 민주주의의 이름으로 그 일을 해야 한다."

날이 어두워졌다. 가을의 뽀 강은 오후 5시만 되어도 어둑어둑해지고 대기는 물빛으로 바뀌곤 한다. 그들은 계속해서 30분간 더 토론을 했다. 그때 갑자기 유리창을 뒤흔드는 강한 폭발음이 들렸다. 그들은 기겁을 해서 밖으로 뛰쳐나갔다. 주위를 살펴보니 스미르초가 피투성이가 되어 트럭 뒤에 죽은 듯이 쓰러져 있었다. 뻬뽀네는 축 늘어진 스미르초를 수위의 아내에게 넘겨 간호하도록 하고 트럭에 올라탔다.

"가자!"

빼뽀네가 핸들을 잡고 있는 룬고에게 명령했다. 트럭은 미친 듯이 달리기 시작했다. 정신없이 2~3킬로미터를 운전하던 룬고가 빼뽀네를 바라보며 물었다.

"대장, 지금 어디로 가는 겁니까?"

"그래, 어디로 가야 하지?" 이런 제기랄!"

그들은 차를 세우고 잠시 의견을 모았다. 트럭은 다시 마을로 돌아와서 기독교민주당 본부 앞에 멈추었다. 본부 안에는 책상 하나와 의자 두 개 그리고 교황의 초상화가 걸려 있었다. 그들은 그것들을 모두 창문 밖으로 집어던졌다. 그러고 나서 다시 트럭에 뛰어올라 오르탈리아를 향해 출발했다.

"피치, 그놈이 스미르초에게 폭탄을 던진 것이 틀림없습니다. 지난번 우리 노동자들이 파업을 일으켰을 때, 그놈이 무어라고 지껄였는지 아십니까? 스미르초를 노려보며 '그래, 어디 두고 보자!' 이랬거든요."

페레로사가 말했다. 그들은 외따로 떨어진 피치의 집을 둘러쌌다. 빼뽀네가 집 안으로 들어갔다. 피치는 부엌에서 옥수수 죽을 쑤고 있었다. 그의 아내는 식탁을 차리고 있었고 아들은 벽난로 앞에 앉아 불을 지피고 있었다. 피치는 얼굴을 들어, 빼뽀네를 보자마자 뭔가 불길한 일이 터졌다는 것을 직감했다. 그는 발치에서 놀고 있는 어린 아들을 흘끗 바라보았다.

"무슨 일이오?"

"어떤 놈이 우리 본부 앞에 폭탄을 던져서 스미르초가 죽었다!"

빼뽀네가 소리쳤다.

"그게 나와 무슨 상관이란 말이오?"

피치가 눈을 동그랗게 뜨고 외쳤다.

"당신은 아이를 데리고 밖에 나가 있어!"

그러자 피치의 아내는 아이를 데리고 뒤로 물러섰다.

"넌, 우리가 노동자 파업을 일으켰을 때 스미르초에게 앙갚음하겠다는 말을 했다며? 이 더러운 반동분자 놈아!"

빼뽀네가 위협하듯이 앞으로 다가서자 피치는 한 걸음 뒤로 물러났다. 그러고는 재빨리 벽난로 위에 있던 권총을 집어 빼뽀네를 겨누었다.

"멈춰라, 빼뽀네. 움직이면 쏘겠다!"

그때였다. 밖에서 잠복하고 있던 행동대원 가운데 누군가가 창문을 열고 총을 쏘았다. 피치가 쓰러지면서 권총을 발사했다. 총알은 벽난로 속 잿더미에 박혔다.

얼굴이 새파랗게 질린 피치의 아내는 쓰러진 남편을 멍하니 바라보았다. 아들이 울부짖으며 아버지에게 달려들었다. 빼뽀네와 행동대원들은 모두 트럭에 올라 말없이 어둠 속으로 사라져 버렸다. 그들은 마을 어귀에 이르자 차에서 내려 제각기 집으로 돌아갔다.

인민의 집 앞에는 사람들이 가득 모여 있었다. 빼뽀네는 마침 인민의 집에서 나오던 돈 까밀로와 마주쳤다.

"죽었소?"

뻬뽀네가 물었다.

"흥, 그런 엄살쟁이를 죽이려고 마음먹었다면 좀 더 좋은 방법을 동원했을 거네!"

돈 까밀로가 코웃음을 치며 대답했다.

"자네들이 기독교민주당 기물을 깡그리 때려부쉈다며? 참 잘했네. 자네가 얼마나 바보 멍청이인지 온 마을 사람이 다 알게 될 거야. 아마, 모두 배꼽을 쥐고 웃을걸."

뻬뽀네가 돈 까밀로를 노려보았다.

"사람이 폭탄을 맞고 죽었는데 그게 웃을 일이오?"

돈 까밀로가 한심하다는 투로 말했다.

"뻬뽀네, 두 가지 중 하나일세. 자네는 대단한 악당이거나 아니면 바보 멍청이야."

하지만 뻬뽀네는 대단한 악당도, 바보 멍청이도 아니었다. 그는 아직까지 실상을 제대로 모르고 있을 뿐이었다. 폭탄이 터진 게 아니라 트럭의 뒷바퀴에 펑크가 나서 그 타이어 조각이 스미르초의 뒤통수를 때렸다는 사실을 말이다.

뻬뽀네는 트럭 밑으로 들어갔다. 그리고 타이어가 터진 곳을 찾아냈다. 그러자 그의 눈앞에, 부엌 바닥에 쓰러진 피치와 새파랗게 질린 얼굴로 남편을 멍하니 쳐다보던 그의 아내와 울부짖던 아들의 모습이 떠올랐다.

마을 사람들은 한바탕 웃고 있었다. 그러나 그 웃음소리는 한 시간 후 쏙 들어가고 말았다. 피치가 총에 맞아 죽었다는 소문이 파다하게 퍼졌기 때문이다.

다음 날 아침, 형사들이 와서 피치의 아내에게 몇 가지를 물었다. 그녀는 공포에 질린 눈으로 그들을 쳐다봤다.

"정말 아무도 보지 못했습니까?"

"전 다른 방에 있었어요. 총소리가 들려 가보니 남편이 바닥에 쓰러져 있더군요. 다른 것은 아무것도 보지 못했어요."

"아들은 어디 있었습니까?"

"자고 있었어요."

"지금은 어디 있습니까?"

"할머니 집에 보냈어요."

형사는 아무런 단서를 잡을 수가 없었다. 이미 피치의 권총에서 총알이 하나 없어진 것은 밝혀졌다. 또 피치를 쏘아 죽인 총알은 관자놀이에 박혀 있었다. 총알 크기는 피치가 쥐고 있던 권총의 구경과 동일했다. 그는 자살했다는 결론을 내렸다.

돈 까밀로는 신문에서 피치에 관한 기사와 가족의 증언을 읽었다. 가족은 피치가 얼마 전부터 시작한 사업이 어려워져 고민하고 있었으며, 죽고 싶다는 말을 여러 번 했다고 말했다. 돈 까밀로는 예수님에게 달려가서 상의했다.

"예수님."

그는 슬픔에 찬 목소리로 말했다.

"이 마을에서 처음으로 장례 미사를 드려줄 수 없는 사람이 생기고 말았습니다. 피치는 자살을 했으니까 어쩔 도리가 없지 않습니까? 자살이란 하느님께서 만드신 피조물이 스스로 목숨을 끊어버린 것이니 마땅히 벌을 받아야 합니다. 묘지에 묻는 일도 금지해야 할 것 같군요."

"물론이다, 돈 까밀로."

"제가 설사 묘지에 묻히는 것을 허락해 준다 해도, 그는 혼자서 개처럼 들어가야 할 겁니다. 인간이기를 스스로 포기하고 동물의 지위로 자기 가치를 떨어뜨린 사람이니까 말이죠."

"가슴 아픈 일이지만, 돈 까밀로 네가 말한 대로다."

다음 날 아침, 돈 까밀로는 주일 미사에서 자살이 얼마나 나쁜 짓인가에 대해 강론을 했다. 그는 인정 사정 없이 무서운 기세로 격렬하게 퍼부었다.

"나는 자살한 사람의 몸 가까이에는 절대로 가지 않을 겁니다. 비록 내가 가까이 감으로써 그를 다시 살려낼 수 있다 해도 말이오!"

피치의 장례식은 그날 오후에 거행됐다. 관은 초라하기 짝이 없는 고물 마차에 실려 덜커덕거리며 굴러갔다. 그 뒤에는 부인과 아들 그리고 형제 두 사람이 짐마차에 올라앉아 따라가고 있었다. 장례 행렬이 마을로 들어서자 사람들은 창문을 닫고, 덧문 틈으로 내다보았다.

그때 갑자기 숨이 터질 듯한 광경이 벌어졌다. 돈 까밀로가 복사 어린이를 데리고 십자가를 높이 쳐든 채 골목에서 나와 성가를 부르며 장례 행렬을 인도했던 것이다. 그는 성당 앞에 이르자 피치의 형제들에게 관을 성당 안으로 들여놓으라고 지시했다. 그리고 미사를 드리고 유해를 축성했다.

잠시 뒤 관은 다시 장례 마차로 옮겨졌고, 돈 까밀로는 그 앞에 서서 찬미가를 불렀다. 돈 까밀로가 부르는 찬미가에 맞춰 장례 마차는 마을을 통과했다. 장례 마차 주변에는 개미 새끼 한 마리 보이지 않았다.

잠시 후 마차는 묘지에 도착했다. 미리 파놓은 구덩이에 관을 안치한 다음 돈 까밀로는 숨을 한 번 크게 내쉬고 나서 힘차게 말했다.

"주님, 당신의 충실한 종인 안토니오 피치의 영혼을 받아주소서!"

돈 까밀로는 흙을 한 움큼 쥐어 무덤 속에 뿌리고 피치의 영혼을 위해 기도했다. 그리고 천천히 묘지를 나와 사람 그림자 하나 보이지 않는 마을로 걸어갔다. 성당으로 돌아온 돈 까밀로가 예수님에게 물었다.

"예수님, 제가 뭐 잘못한 일이라도 있습니까?"

"있고말고, 돈 까밀로. 불쌍하게 죽은 자를 묘지로 인도할 때 주머니 속에 권총을 넣고 가지는 말았어야지…."

"압니다, 예수님. 그러니까 손에 더 빨리 쥘 수 있도록 총을 넣고 갔어야 한다는 거지요?"

돈 까밀로가 말했다.

"아니다, 돈 까밀로. 그런 물건은 누군가 자살을 했을 경우라도 집에 두고 가야 하는 법이니라."

"예수님."

돈 까밀로가 잠시 뜸을 들인 다음 말했다.

"제가 자살한 사람에게 강복을 주었다고 우리 성당의 원로들이 많이 화난 것 같습니다. 그들이 주교님께 항의하는 편지를 보낼지 안 보낼지 저하고 내기해 보시렵니까?"

돈 까밀로가 말했다.

"싫다, 내기하지 않겠다. 벌써 편지를 쓰고 있으니까."

"이번 장례 일로, 전 마을 사람들에게 미움을 받게 되었습니다. 저는 분명히 피치가 자살을 한 게 아니라고 생각합니다. 그러니 피치를 살해한 자들은 저를 미워할 테고, 그자들은 마을 전체를 선동해서 저를 공격할 테지요. 피치의 가족까지도 자살한 것으로 해두는 편이 좋다고 생각할 정도니까요. 그 사람 형제 가운데 한 명이 제게 묻더군요. '자살한 사람의 유해를 성당에 안치해도 괜찮습니까?' 하고요. 피치의 아내는 침묵하고 있습니다. 아들이 혹시 해를 입지나 않을까 해서 겁을 잔뜩 집어먹고 있으니까요."

그때 성당의 샛문이 열리는 소리가 들리더니 피치의 아들이 들어왔다. 그는 돈 까밀로 앞에 와서 멈춰 섰다.

"아버지를 대신해서 신부님께 감사드립니다."

아이는 마치 어른처럼 차분한 목소리로 말했다. 그리고 들어올 때와 같이, 그림자처럼 슬그머니 밖으로 사라졌다.

"봐라! 너를 증오하지 않는 사람도 있지 않느냐, 돈 까밀로."

"하지만 저 아이의 가슴은 아버지를 죽인 자에 대한 증오로 가득 차 있습니다. 어느 누구도 끊을 수 없는 고통스런 쇠사슬이 채워져 있습니다. 예수님도 저 못된 망나니들을 심판하지 않으려 드시니까요."

"세상은 아직 끝나지 않았노라!"

예수님이 조용히 말씀하셨다.

"세상은 이제 막 시작되었다. 천상에서의 시간은 끝이 없고 무한하지 않느냐. 믿음을 잃지 말아라, 돈 까밀로. 아직도 시간은 충분하니까."

공포심 2

피치의 죽음을 문제 삼은 본당 주보가 나간 뒤로 돈 까밀로는 완전히 고립되었다.

"마치 사막 한복판에 혼자 서 있는 기분입니다."

돈 까밀로는 예수님에게 속마음을 털어놓았다.

"예수님, 제 주위를 백 사람이 둘러싸고 있다 해도 저와 그 사람들 사이에 50센티미터쯤 되는 유리벽이 가로막고 있는 느낌입니다. 그자들의 목소리마저 다른 세상에서 들려오는 것 같습니다."

"두려움 때문이겠지."

예수님이 말씀하셨다.

"사람들은 너를 두려워하고 있는 거다."

"저를요?"

"그렇다. 돈 까밀로. 그들은 너를 미워하고 있다. 저들은 자기들 삶의 고치 안에서 따뜻하고 조용하게 살아가기를 원한다. 그래서 저들은 진실을 알고는 있었지만 아무도 먼저 말하지 않았던 것이다. 오히려 눈치만 보며 입을 다물고 있었던 거지. 그런데 네가 입을 열어 진실을 말하니까, 이제 저들도 모른 척할 수 없게 된 것이다. 돈 까밀로, 너는 박해자 밑에서 신음하는 양 같은 너의 형제들을 보면 '형제들이여 일어나서 자유를 찾으시오. 자유를 누리며 사는 사람들과 당신들의 생활을 비교해 보시오!' 하고 외칠 것이다. 그러면 그들은 너에게 감사하기보다 오히려 너를 미워하게 될 것이다. 그리고 할 수만 있다면 너를 죽이려 들 것이다. 왜냐하면 그들 역시 진실을 알고 있지만 자기들의 안락한 삶을 위협받고 싶지 않기 때문이다. 저들은 눈이 있지만 보려고 하지 않는다. 저들은 귀가 있지만 들으려 하지 않는다. 그러니 네가 진실을 말할수록 저들은 더 큰 곤경에 빠지게 된다. 만일 네가 침묵한다면 저들의 횡포를 받아들이는 꼴이 될 것이므로 너는 계속해서 떠들어야 한다. 물론 그자들의 횡포를 모르는 척하는 쪽이 훨씬 편하겠지만 말이다. 왜, 내 말이 너를 놀라게 했느냐?"

돈 까밀로는 그렇지 않다는 듯 양팔을 벌렸다.

"아니요. 제가 예수님께서 인간들에게 진실을 말해 주시고자 십자가에 못 박히셨다는 사실을 몰랐다면 그랬을지도 모르지요…. 하지만 그 일은 저를 몹시 우울하게 만들고 있습니다."

그때 마침 주교의 전령이 들어왔다. 그는 심각한 표정으로 말했다.

"신부님, 주교님께서 여기 본당 주보를 읽으시고 그 신문이 이 고장에 불러일으킬 사태를 걱정하고 계십니다. 물론 신부님이 행하신 일에는 대단히 만족해하셨습니다. 하지만 주교님께서는 다음 호 사망자 명단에 신부님의 이름이 실리지 않을까 걱정하고 계십니다. 부디 조심하십시오."

돈 까밀로가 대답했다.

"어떤 사태가 일어난들 그건 내 뜻과는 관계 없는 일이오. 그러므로 그 염려에 대한 답변은 저한테서 듣기보다는 하느님으로부터 듣는 게 훨씬 좋을 것이라고 전해 주십시오."

전령은 걱정이 가시지 않은 얼굴로 한 마디 덧붙였다.

"주교님은 신부님을 위해 기도하고 계십니다."

경찰서장은 세상 경험이 많은 사람이었다. 그는 길에서 돈 까밀로를 만나자 굳은 표정을 지으며 말했다.

"신부님, 주보를 읽어 보았는데요. 피치의 집 마당에 난 타이어 자국에 관한 얘기는 아주 흥미로운 이야기였습니다."

"아니, 그걸 아직도 몰랐다는 말씀이오?"

"네, 처음에는 그랬습니다. 하지만 타이어 자국을 확인하자

마자 석고를 뿌려 본을 떠 두었습니다. 그리고 이 마을의 차들과 그 본을 대조해 본 결과 읍장의 차 바퀴와 똑같다는 사실을 알아냈습니다. 게다가 피치는 왼쪽 관자놀이에 총을 맞았는데 오른손에 권총을 들고 있었다는 사실도 알아냈습니다. 또 벽난로 재 속을 뒤져서 피치가 쏜 총알도 찾아냈습니다. 결국, 그 총알은 총을 맞은 피치가 쓰러지면서 발사한 총알인 것이죠."

돈 까밀로가 경찰서장을 노려보며 말했다.

"그럼, 왜 그런 사실을 진작 발표하지 않았소?"

"발표만 안 했을 뿐이지 알아야 할 사람들은 모두 알고 있습니다. 그러나 이 같은 상황에서 읍장을 체포할 경우 정치적인 사건으로 금방 확대될 것입니다. 이런 문제가 정치화되면 사건이 흐지부지될 위험성이 높지 않습니까? 그래서 때를 기다렸던 것입니다. 그런데 신부님이 제게 그때를 마련해 주셨습니다. 돈 까밀로 신부님, 제가 제 책임을 소홀히 하고 있지 않다는 점을 믿어주십시오. 저는 다만 정치에 관여된 사람이 개입해서 사건이 흐지부지되는 것을 막으려고 한 겁니다."

돈 까밀로는 경찰서장이 아주 일을 잘 처리했다고 칭찬했다.

"그러나 신부님을 보호하기 위해 경찰을 붙여드릴 수 없어 죄송스러울 따름입니다."

"그런 게 다 무슨 소용이 있겠소?"

"그렇지만, 생각 같아서는… 병력 1개 대대쯤 배치해 드리고 싶은 게 제 진심입니다."

경찰서장이 나지막이 말했다.

"고맙소 서장. 하지만 전능하신 하느님께서 나를 지켜주실 게요."

이튿날, 다시 조사가 시작되었다. 많은 지주들과 농부들이 엄한 심문을 받았다. 그들 중에는 베롤라도 끼어 있었다. 그가 화를 벌컥 내며 항의하자 경찰서장이 조용히 대답했다.

"이보시오, 베롤라 씨. 새로운 사실이 밝혀져 피치가 타살된 거라는 의심이 점점 확신으로 굳어져가고 있는 판이오. 없어진 물건이 하나도 없는 것으로 봐 도둑이나 강도의 소행도 아니고, 그러니 어쩌겠소. 피치와 조금이라도 관계가 있거나 원한이 있는 사람들이면 모두 조사할 수밖에 없지 않겠소?"

이렇게 해서 며칠 동안 심문이 계속되었다. 심문을 받은 사람들마다 몹시 화를 냈다. 브루스코도 화가 났지만 입을 다물고 있다가 빼뽀네에게 볼멘소리를 늘어놓았다.

"대장, 저 미친놈들이 우리를 어린애 다루듯 하지 않습니까? 이제 두고 보십시오. 여자까지 모두 조사할 겁니다. 그러고 나서 대장을 찾아와 당신 부하를 조사해도 좋겠느냐고 웃으며 물어 볼 겁니다. 그럼 대장은 안 된다는 말을 못 하겠죠. 결국 저 놈들은 끝까지 조사를 해 모든 내용을 알아내고 말 겁니다."

"웃기는 소리 하지 마! 나한테서는 한 마디도 알아내지 못할 테니까!"

빼뽀네가 소리쳤다.

"대장이나 나나, 우리들을 불러다 놓고 심문할 필요도 없을 걸요! 서장은 분명히 총을 쏜 놈을 잡아다가 족쳐서 자백을 받을 겁니다."

"바보 같은 소리 좀 작작해! 어느 놈이 쐈는지 정작 우리도 모르잖아!"

뻬뽀네가 으르렁거렸다.

그 말은 사실이었다. 행동대원 스물다섯 명 가운데 총을 쏘는 걸 본 사람은 아무도 없었다. 그들은 피치가 쓰러지자마자 일제히 트럭에 올라탔다. 그리고 한 마디 말도 없이 뿔뿔이 헤어졌다. 그 후로는 누구도 그 일에 대해서 말하지 않았다.

"누가 쐈을까?"

뻬뽀네가 브루스코를 응시하며 물었다.

"누가 압니까? 혹시 대장이 그런 건 아닙니까?"

"내가?"

뻬뽀네가 소리쳤다.

"총도 없었는데 어떻게 쏴?"

"대장 혼자 피치의 집에 들어가지 않으셨던가요? 우리는 안에서 무슨 일이 있었는지 아무도 보지 못했는걸요."

"하지만 총은 밖에서, 들창 쪽에서 쏜 거야. 들창 옆에 서 있던 사람이 누군지 알기만 하면 문제는 간단한데 말야."

"밤에는 어떤 고양이든 모두 검게 보이는 법이지요. 설사 누가 보았다고 하더라도 자기가 본 것을 확실하게 말할 수는 없을 겁니다. 그런데 딱 한 사람만이 범인의 얼굴을 보았습니다. 바로 피치의 아들이죠. 그렇지 않았다면 피치의 마누라는 아들이 잠자고 있었다고 증언하지 않았을 겁니다. 그 아이가 범인을 알고 있다면 돈 까밀로도 알고 있습니다. 만일, 돈 까밀로가 아무것도 모른다면 지금처럼 떠들지는 않을 테죠."

"망할 놈의 신부!"

빼뽀네가 이를 갈며 소리쳤다.

그 사이에 수사망은 점점 좁혀져 갔다. 매일 저녁 경찰서장은 법률이 정해 놓은 규정에 따라 읍장에게 수사 상황을 보고했다.

"읍장님, 지금은 뭐라 단정할 수 없습니다만 이 사건의 배후에는 한 여자가 있는 것 같습니다."

서장이 나지막한 소리로 말했다.

"그런가?"

빼뽀네는 태연함을 가장하며 짤막하게 대답했다. 그러나 속으로는 경찰서장을 총으로 쏘아 죽이고 싶을 정도로 미웠다.

밤이 깊었는데도 돈 까밀로는 썰렁한 성당 안에서 일을 하고 있었다. 그는 십자가의 예수님 상에 금이 간 것을 발견하고 제단의 마지막 층계에 사다리를 세워놓았다. 금이 간 곳을 메운 다음 그 위에 칠을 하려는 것이었다. 돈 까밀로가 갑자기 한숨을 쉬자 예수님이 낮은 목소리로 물으셨다.

"무슨 일이냐, 돈 까밀로? 요즘 계속 기분이 우울해 보이는구나. 감기라도 걸렸느냐?"

"아닙니다, 예수님. 그저…, 두렵습니다."

"두렵다고? 무엇이 두렵다는 말이냐?"

"저도 모르겠습니다. 만일 그걸 알고 있다면 두려워하지 않을 겁니다."

돈 까밀로가 침울한 표정으로 말했다.

"무언가 좋지 않은 일이 벌어지고 있는 느낌이 듭니다. 악당 스무 명이 한꺼번에 총을 들고 저를 공격한다 해도 이렇게 겁나진 않을 겁니다. 다만 혼자서 총도 없이 싸우려면 어려움이 있겠지요. 바다 한복판에서 헤엄칠 줄도 모른 채 허우적거린다 해도 이렇게 두렵진 않을 겁니다. 모르겠습니다. 뭔가 눈에 보이지도 않으면서 마음에 느껴지는 위험이 있습니다. 마치 낯선 거리를 눈을 가리고 걸어가는 듯한 느낌이 듭니다. 정말 견딜 수 없이 불길합니다."

"하느님을 믿지 않느냐, 돈 까밀로?"

"예수님, 제게 힘을 주십시오. 영혼은 하느님의 것이지만 육체는 세상의 것입니다. 믿음은 위대합니다. 그러나 두려움은 세상의 것입니다. 저는 굳센 믿음을 갖고 있지만 10일 동안 물 한 모금 마시지 않는다면 저의 목은 말라버릴 것입니다. 믿음이란 하느님께서 주시는 시련으로 생각하고 고요한 마음으로 그 목마름을 참는 데 있습니다. 예수님, 저는 당신께 대한 사랑으로 지금의 두려움을 몰아내고 싶습니다. 그래도 저는 두렵습니다."

예수님이 웃으셨다.

"저를 경멸하시는 겁니까?"

"아니다, 돈 까밀로. 만일 네게 두려움이 없다면 너의 용기가 무슨 쓸모가 있겠느냐?"

마을은 등골이 오싹할 정도로 무거운 침묵에 잠겨 있었다. 그 침묵 속에는 무언가 뜻 모를 위협이 느껴졌다.

돈 까밀로는 조심스럽게 십자가 나무에 석고 칠을 했다. 그러다가 그는 대못이 박혀 있는 예수님의 손을 보았다. 그에게는 마치 그 손이 살아 있는 것처럼 보였다.

그 순간, 갑자기 성당 안에서 총소리가 울려 퍼졌다. 누군가 성당 옆으로 나 있는 들창에서 총을 쏜 것이었다. 개 한 마리가 짖자 다른 개들도 덩달아 짖어 대기 시작했다. 멀리서 기관총 소리가 또 짧게 들려왔다. 그러더니 잠잠해졌다.

돈 까밀로는 눈을 크게 뜨고 예수님의 얼굴을 바라보았다.

"예수님!"

그가 감동한 듯이 소리쳤다.

"당신의 손이 제 이마에 닿았던 것 같습니다."

"꿈을 꾸는 게로구나, 돈 까밀로."

돈 까밀로는 고개를 들어 대못이 박힌 예수님의 손을 바라보았다. 순간, 그는 온몸에 전율감을 느끼면서 붓과 페인트 통을 떨어뜨렸다. 총알이 예수님의 손목을 뚫고 지나간 것이었다.

"예, 예수님!"

돈 까밀로는 깜짝 놀라 더듬거렸다.

"예수님이 저의 머리를 뒤로 밀어주셨기 때문에 총알이 예수님 손목에 맞은 겁니다."

"돈 까밀로야!"

"총알은 십자가 나무에 박히지 않았습니다! 저기 박혔습니다!"

돈 까밀로가 소리쳤다. 총알이 날아 들어온 들창 맞은편 오른쪽 벽 위에 작은 액자가 걸려 있었다. 그 액자 안에는 은으로 만든 심장 모형이 들어 있었다. 총알은 유리창을 깨고 바로 그 심장 한가운데 박혀 있었다.

돈 까밀로는 제의실로 달려가 긴 노끈을 가져왔다. 그리고 총알이 들창에 뚫어놓은 구멍에서 심장 모형에 뚫어놓은 구멍까지 끈을 연결했다. 노끈은 예수님의 손목 바로 옆 30센티미터 부분을 지나가고 있었다.

"만일, 예수님이 제 머리를 뒤로 밀치지 않았다면, 총알은 당신의 손목이 아니라 제 머리통을 뚫고 지나갔을 것입니다. 여기 이 노끈이 증거입니다."

"돈 까밀로, 흥분하면 안 되느니라!"

하지만 돈 까밀로는 흥분하지 않을 수 없었다. 그는 화병으로 자리에 드러눕고 말았다. 그렇지 않았더라면 그가 무슨 일을 저질렀을지는 하느님만이 아실 것이다. 돈 까밀로를 잘 알고 계신 하느님께서는 갑자기 그에게 심한 열을 내려주셨다. 그래서 돈 까밀로는 며칠 동안 땀을 뻘뻘 흘리며 침대에 누워 있어야 했다.

돈 까밀로를 향해 총알이 날아온 들창은 성당 마당으로 나 있었다. 경찰서장과 돈 까밀로는 성당 뒷마당에 서서 사건을 분석하고 있었다.

"여기 증거가 있습니다."

경찰서장이 네 개의 구멍을 가리키며 말했다. 그 구멍은 창턱에서 두 뼘 아래 흰색 회벽에 나 있었다. 서장은 주머니에서 작은 칼을 꺼내더니 그 구멍 안을 후벼 무언가를 꺼냈다. 경찰서장이 설명했다.

"사건은 아주 단순합니다. 누군가 멀리서 숨어 있다가 불 켜진 창문을 향해 기관총을 쏜 겁니다. 그중 네 발은 이 창턱 아래 박혔고 나머지 한 발은 들창을 뚫고 성당 안으로 들어간 겁니다."

돈 까밀로는 머리를 흔들었다.

"나는 분명히 권총이라고 말씀드렸소. 기관총과 권총을 구별하지 못할 만큼 아둔한 사람이 아니오. 범인은 여기서 먼저 권총을 한 발 쏜 다음 저쪽으로 가서 기관총을 쏜 거요."

"그렇다면 여기에 탄피가 떨어져 있어야 할 텐데 그게 없지 않습니까?"

경찰서장이 반박했다.

돈 까밀로는 양팔을 벌리며 말했다.

"허, 말이 쉽지요. 권총 소리와 기관총 소리를 구별하려면 스칼라 극장의 음악 비평가와 같은 귀가 필요할 게 아니겠소? 더구나 놈들이 기관총을 쏘았다면 탄피는 가져갔을 테지요!"

경찰서장은 주변을 뒤지기 시작했다. 그는 마침내 성당 바로 옆 5~6미터쯤에 서 있는 버찌나무 옆에서 뭔가를 발견했다. 경찰서장이 말했다.

"총알 한 발이 나무 껍질을 스치고 지나갔습니다."

경찰서장의 말대로 총알이 스치고 간 자국이 틀림없었다. 그는 생각이 복잡한 듯 머리를 긁적거렸다.

"자, 과학적으로 접근해 봅시다."

경찰서장은 총알 구멍이 난 성당 벽 앞에 말뚝 한 개를 세웠다. 그리고 버찌나무 쪽으로 물러가서, 다시 총알이 지나갔을 자리를 더듬으며 울타리 쪽을 향해 걸었다. 그는 계속해서 잡초가 우거진 공터와 도랑이 있는 달구지 길로 걸어나왔다. 돈 까밀로는 땅바닥을 살피며 서장의 뒤를 따라갔다. 수색은 얼마 걸리지 않았다. 5분이 채 지나지 않아 돈 까밀로가 말했다.

"여기 있소!"

돈 까밀로는 기관총 탄피를 들어보였다. 그리고 나서 다른 세 개의 탄피도 찾아냈다. 그러자 경찰서장이 탄성을 지르며 말했다.

"이것이 제가 말한 증거물입니다. 범인은 여기서 들창을 향해 총을 쏜 겁니다, 신부님!"

돈 까밀로는 고개를 저었다.

"나는 총을 쏘아 본 적은 없지만, 총알이 곡선을 그리지 않는다는 것쯤은 알고 있소. 저기 누가 오는데…."

경찰 한 사람이 나타났다. 그는 서장에게 거수 경례를 하더니 마을 사람들 모두가 조용히 사태를 지켜보고 있다고 보고했다.

"감사하오. 하지만 저격을 당한 것은 저들이 아니라 여기 있는 나요, 그러니 당연한 게 아니겠소?"

돈 까밀로가 말했다.

경찰서장은 부하의 소총을 빌려 들고 땅에 엎드렸다. 그러고는 성당의 유리창에 대고 조준했다.

"그럼, 거기서 총을 쏜다면 총알이 어디로 가겠소?"

돈 까밀로가 물었다. 그 물음은 어린애라도 대답할 수 있는 말이었다. 만일, 서장이 지금 총을 쏘면 총알은 성당의 들창을 뚫고 문에서 3미터쯤 떨어진 오른쪽 첫 번째 고해소를 맞힐 터였다.

"특수 훈련을 받은 저격수가 아닌 이상, 여기서 쏘아서는 제단을 관통시킬 수가 없습니다."

경찰서장이 대답했다.

"그리고 신부님…."

그는 잠시 뜸을 들이더니 말을 이었다.

"피치의 사건에 신부님께서 개입하신 후부터 누군가가 정신을 잃을 만큼 겁을 집어먹은 것은 사실입니다. 그런데 그 일은 한 사람에게만 해당되는 것이 아닙니다. 그래요, 두 사람입니다. 한 사람은 들창 뒤에서 쐈고 또 한 사람은 100미터 떨어진 이 담장 밑에서 쏜 겁니다."

"나도 그렇게 생각하오. 이제 범인 찾는 일만 남았군!"

돈 까밀로가 대답했다.

그날 저녁, 뻬뽀네는 지부당 위원들과 부하들을 공산당 본부로 불러모았다. 뻬뽀네의 표정이 몹시 어두웠다.

"동지들, 새로운 사건이 터져 우리 마을의 사정이 복잡해져 가고 있소. 어젯밤 어떤 자가 신부에게 총을 쏘았소. 그런데 반동분자들은 이 일을 틈타서 우리에게 누명을 뒤집어씌우려 하고 있소. 게다가 이 비열한 반동 새끼들은 당당히 공개적으로 말을 못하면서 뒷구멍으로만 쑥덕거리고 있소. 그 사건의 책임이 전부 우리에게 있는 양!"

륜고가 손을 들었다.

뻬뽀네는 턱으로 그의 발언을 허락했다.

"우선, 반동분자들에게 우리가 신부를 저격한 증거를 달라고 합시다. 지금까지 들리는 얘기는 순전히 신부의 말뿐이니까요. 그자가 우리를 공격할 빌미를 만들려고 일부러 자작극을 벌이는지도 모르는 일이오. 그러니까 먼저 증거를 달라고 합시다."

룬고가 말했다.

"맞소!"

당원들이 맞장구를 쳤다.

"룬고 말이 옳소!"

뻬뽀네가 끼어들었다.

"잠깐만! 룬고의 말이 일리는 있어. 하지만 돈 까밀로의 성격으로 미루어볼 때 그런 비열한 방법을 사용할 리는 없다."

"뻬뽀네 동지!"

몰리네토의 지부당 책임자인 스포키아가 끼어들었다.

"신부는 어디까지나 신부요. 지금 당신은 감상주의에 빠져 있소. 진작 내 말을 들었더라면 저 더러운 주보 따위는 출판되지도 않았을 거요. 그리고 피치의 자살로 인해 우리가 겪는 이 치욕도 없었을 거고 말이오. 결코 인민의 적을 동정해서는 안 되오. 그렇소, 인민의 적을 동정하는 자는 인민의 반역자요!"

뻬뽀네는 주먹으로 탁자를 내리쳤다.

"지금 나한테 설교를 하는 거냐?"

그러나 스포키아도 지지 않고 맞받아쳤다.

"만일 대장이 우리가 하자고 했을 때 찬성해 주었다면 지금쯤 그 악랄한 반동분자들이 설쳐 대는 꼴을 보지 않아도 됐을 겁니다. 난…."

스포키아는 몸이 마르고 머리를 뒤로 빗어넘긴 스물다섯 살의 청년이었다. 그의 머리 모양은 북부 노동자들 사이에 유행하는 형태로 언뜻 보면 닭벼슬 같았다. 그는 눈이 조그마하고 입술이 얇았다.

빼뽀네가 씩씩거리며 그 앞으로 다가갔다.

"이 바보 같은 자식!"

그는 스포키아를 노려보며 소리쳤다. 스포키아는 얼굴이 하얗게 질려 아무 대답도 못했다. 빼뽀네는 다시 자리로 돌아와 말을 시작했다.

"반동분자들은 단순히 신부가 증언한 말을 이용해 우리 인민을 유린할 새로운 행동을 시도하고 있소. 이제 우리 인민은 중대한 결정을 내려야 하오. 이 비열한 음모에 대해…."

그때 갑자기 빼뽀네에게 이상한 현상이 일어났다. 자신의 말이 흡사 타인의 말처럼 들려오는 것이었다. 마치 자기가 동지들 틈에 끼어서 자신의 말을 듣고 있는 것 같았다.

("…부패한 반동분자에게 매수된 자들의 몸뚱이… 굶어 죽어가는 노동자들… 궁지에 몰린 지주들….")

빼뽀네는 가만히 귀를 기울였다. 또다시 자기의 목소리가 들려왔다.

("…사보이아 왕가의 악당들… 사기꾼 같은 신부들… 독재 정부… 미 제국주의… 금권주의….")

'금권주의가 무슨 뜻이지? 저 녀석은 금권주의가 무슨 뜻인지도 모르면서 왜 저렇게 잘도 떠들어댈까?'

빼뽀네는 잠시 생각에 잠겼다. 그러고는 주변을 둘러보자 어리둥절해 보이는 얼굴과 눈들이 보였다. 그중에서도 가장 어리둥절해 있는 것은 스포키아의 눈이었다. 그는 충직한 부하 브루스코가 생각나서 그의 눈을 찾았다. 브루스코는 한쪽 구석에서 팔짱을 낀 채 고개를 떨구고 있었다.

("…우리의 적들에게 우리의 투쟁 정신이 아직 쇠퇴하지 않았다는 사실을 알려줍시다…. 자유를 쟁취하기 위해 일찍이 우리가 잡았던 무기를 다시 들고….")

뻬뽀네는 자기가 미친 사람처럼 외쳐대고 있다고 생각했다. 그 순간 갑자기 박수가 쏟아졌다.

"훌륭했습니다!"

스포키아가 밖으로 나가면서 뻬뽀네에게 말했다.

"읍장님 말씀이 맞습니다, 휘파람만 한번 부시면 곧바로 돌격입니다. 제 부하들은 만반의 준비가 되어 있습니다. 한 시간 안에 집결할 수도 있고요."

"좋아! 훌륭하네!"

뻬뽀네가 스포키아의 어깨를 두드리며 대답했다. 하지만 사실은 그의 머리통을 부숴 놓고 싶은 심정이었다. 이유야 모르겠지만 말이다.

뻬뽀네와 브루스코 단 두 사람만 남았다. 잠시 침묵이 흘렀다.

"그런데…."

뻬뽀네가 큰 소리로 브루스코를 불렀다.

"자네 갑자기 멍청이가 되었나? 내 연설이 어땠는지 한 마디도 없으니 말이야?"

"훌륭한 연설이었습니다."

브루스코가 대답했다.

"그 어느 때보다 훌륭한 연설이었습니다, 대장."

그리고 그는 입을 다물었다. 삐뽀네는 장부 정리를 하다가 갑자기 수정으로 만든 문진* 을 집어들어 바닥으로 내동댕이치며 욕설을 퍼부었다.

브루스코가 그를 쳐다보았다.

"잉크가 번졌어…."

삐뽀네가 장부를 덮으며 중얼거렸다.

"저 사기꾼 같은 바르키니 영감한테서 산 펜입니다."

브루스코가 설명했다. 그는 충직한 사람이라, 삐뽀네에게 연필로 장부를 정리해 놓고는 왜 잉크가 번졌다고 화를 내는지 묻지 않았다.

잠시 후, 두 사람은 사무소를 나와 읍내 사거리까지 걸어갔다. 삐뽀네는 브루스코에게 무언가 할 말이 있는 듯 멈칫거렸다. 그러나 그는 별다른 말없이 작별 인사를 했다.

"그럼, 내일 보세."

"내일 뵙겠습니다, 대장. 안녕히 주무십시오."

"잘 가게, 브루스코."

---

* 책장이나 종이쪽이 바람에 날리지 않도록 누르는 물건.

장밋빛 아기

크리스마스가 다가왔다. 돈 까밀로는 성당의 성상들을 꺼내 깨끗이 닦아내고 다시 색을 칠하고 부서진 데를 수리해야 했다. 아주 늦은 시간이었지만 그는 열심히 일을 하고 있었다. 그때 들창을 두드리는 소리가 나더니 뻬뽀네가 문을 열고 들어왔다. 그가 옆에 와서 앉았으나 돈 까밀로는 하던 일을 계속했다. 두 사람 모두 한동안 말이 없었다.

"제기랄!"

갑자기 뻬뽀네가 화를 내며 소리쳤다.

"욕을 하려면 다른 데 가서 하시지."

돈 까밀로가 조용하게 말했다.

"왜? 자네 당원들 앞에서 욕하는 것만으로도 부족해서?"

"이젠 그런 말도 못 해요."

빼뽀네가 중얼거렸다.

"당원들 앞에서 그런 말을 하면 왜 그러는지 설명을 해달라고 대드는 통에 이야기가 길어진단 말이오."

돈 까밀로는 요셉 성인의 수염을 손질하기 시작했다.

"이 더러운 놈의 세상에서는 선량한 사람은 더 이상 발붙이고 살 수가 없단 말이야!"

빼뽀네가 한 마디 툭 내뱉었다.

"그게 무슨 말인가? 자네가 언제부터 선량한 사람이었단 말인가?"

"난, 늘 선량한 사람으로 살아왔소."

"허, 그래? 난 한 번도 그렇게 생각해 본 적이 없는데…."

돈 까밀로는 요셉 성인의 수염에 다시 손질을 계속했다. 수염 손질이 끝나자마자 옷 손질을 시작했다.

"그놈의 일을 언제까지 하실 작정이오?"

빼뽀네가 짜증을 내며 물었다.

"자네가 도와준다면 더 빨리 끝나겠지."

빼뽀네는 기술자였다. 그는 솥뚜껑처럼 큰 손과 절구공이만큼이나 굵은 손가락을 가지고 있었지만 누가 시계를 고쳐달라고 하면 어김없이 고쳐주는 섬세한 사람이었다. 그래서 사람들은 고칠 물건이 있으면 모두 빼뽀네를 찾아갔다. 또 그는 자동차나 마차의 바퀴에도 화가 못지않게 멋진 그림도 그려넣을 줄 아는 재주꾼이었다.

"무슨 말씀을 하시는 게요? 나보고 성상에 색을 칠하라고?"

빼뽀네는 중얼거렸다.

"내가 신부님을 돕는 성당지기인 줄로 착각하고 계신 모양인데…."

돈 까밀로는 칠을 마친 뒤 서랍을 뒤져 분홍색과 흰색이 칠해져 있는 물건을 꺼냈다. 크기가 참새만 한 아기 예수상이었다. 그런데 어찌 된 일인지 아기 예수상이 빼뽀네의 손으로 넘어가 정성스레 칠해지기 시작했다. 빼뽀네 자신도 모를 일이었다. 돈 까밀로와 빼뽀네 두 사람은 책상 양쪽에 앉아서 칠에 몰두하고 있었다. 그런데 그들 사이에는 등잔불이 놓여 있어 서로의 얼굴이 보이지 않았다.

"무서운 세상이오. 아무도 믿을 수가 없어요. 자기 자신 외에는 누구도 믿을 사람이 없단 말이오."

빼뽀네가 말했다. 돈 까밀로는 성모상의 얼굴을 정성껏 칠하고 있는 중이었다.

"그럼 자네는 나를 믿나?"

돈 까밀로가 지나가는 말로 물었다.

"모르겠소."

"자네가 본 것을 전부 내게 말해 보게. 그럼 알게 될 테니까."

빼뽀네는 아기 예수의 눈동자를 모두 칠했다. 그건 가장 힘든 작업이었다. 그러고 나서 그는 아기 예수의 자그마한 입에 분홍색을 칠하기 시작했다.

"모두 집어치워 버리고 싶소. 그런데 그렇게 할 수가 없단 말이오."

"왜, 누가 자네를 방해하는가?"

"나를 방해한다고? 쇠파이프 하나만 잡으면 1개 연대라도 해치울 수 있는 나를 말이오?"

"뭔가 두려운 게 있는 모양이군?"

"난 세상에서 두려운 게 조금도 없는 사람이오!"

"난 있네, 빼뽀네. 나는 가끔씩 두려울 때가 있어."

빼뽀네는 붓에 물감을 살짝 묻혔다.

"솔직히, 나도 가끔 두려울 때가 있소."

잠시 어두운 그림자가 빼뽀네의 얼굴을 스치고 지나갔다.

돈 까밀로가 한숨을 내쉬었다.

"총알이 내 코앞을 지나갔네. 그때 내가 머리를 뒤로 젖히지 않았더라면 즉사했을 거야. 기적이었지."

이제 빼뽀네는 아기 예수의 얼굴을 다 칠하고 몸에 분홍색을 칠하고 있었다.

"실수를 한 게 유감이오."

빼뽀네가 중얼거렸다.

"하지만 나는 너무 먼 거리에 있었고 또 그 사이에는 버찌나무가 몇 그루 있었으니까…."

그 순간, 돈 까밀로의 붓이 멈췄다.

"브루스코가 피치의 아들이 피살되는 것을 막으려고 3일 전부터 밤마다 그 집 주변을 살폈소. 그 아이는 틀림없이 제 아버지를 쏜 범인을 보았을 거고 범인도 그걸 알고 있을 테니까요. 그동안 나는 성당 주위에서 망을 보았소. 신부님도 범인을 알고 있고 범인 역시 신부님이 자기를 알고 있다는 걸 알테니까 말이오."

"그 범인이 누군가?"

"모르겠소. 난 그놈이 성당 들창으로 다가가는 걸 멀리서 보았을 뿐이오. 하지만 그자가 행동을 개시하기 전에 내가 먼저 어떻게 할 수는 없었소. 그래서 그놈이 총을 쏘자마자 나도 총을 쏜 것이오. 빗나가고 말았지만."

뻬뽀네가 대답했다.

"다행이야. 주님의 은혜로군!"

돈 까밀로가 말했다.

"내가 자네 사격 실력을 알고 있는데 빗나갔다니, 그럼 그날 밤 기적이 두 번이나 일어난 셈이군."

"누굽니까? 신부님과 그 아이와 둘이서만 알고 있는 범인 말이오?"

뻬뽀네가 충혈된 눈으로 묻자 까밀로가 천천히 대답했다.

"그래 알고 있네, 그자를 알고 있지. 하지만 세상이 두 쪽 나더라도 나는 그 애가 고백한 비밀을 발설할 수가 없네."

빼뽀네는 한숨을 내쉬며 계속 일을 했다.

"뭔가 일이 잘못되어 가고 있소, 돈 까밀로."

한참 동안 말이 없던 빼뽀네가 불쑥 입을 열었다.

"모두가 나를 의심하는 눈초리로 바라본단 말이오. 브루스코까지도."

"내가 보기에, 브루스코도 그렇게 생각하는 것 같더군. 게다가 다른 사람들까지도…."

돈 까밀로가 대답했다.

"참 이상하지? 사람은 묘하게도 모두 서로를 두려워하고 말을 할 때도 이리저리 발뺌을 하며 눈치를 본단 말이야."

"왜 그럴까요?"

"우리 정치 얘기는 그만두세, 읍장 동지."

"마치 감옥에 들어가 있는 기분이오."

그는 우울하게 말했다.

"이 세상의 감옥에는 빠져나갈 문이 항상 마련되어 있다네. 육신만이 잠시 구속될 뿐이지. 육신의 문제는 그리 대단한 게 아니야."

돈 까밀로가 위로해 주었다.

아기 예수의 색칠이 끝났다. 흰빛과 분홍빛으로 물든 아기 예수상이 빼뽀네의 크고 시커먼 손에서 밝게 빛났다. 빼뽀네는 아기 예수상을 바라보았다. 그러자 그의 마음에 작은 예수상의 체온이 따뜻하게 전해 오는 듯했다. 그는 감옥 따위에 관한 두려움을 깡그리 잊어버렸다. 뻬뽀네는 분홍빛 아기 예수상을 탁자 위에 조심스럽게 올려놓았다. 돈 까밀로는 그 옆에 성모상을 세워 놓았다.

"내 아들 녀석은 지금 크리스마스 때 낭송할 시를 외우고 있소."

뻬뽀네가 자랑스럽게 말했다.

"애 엄마가 잠자기 전에 꼭꼭 가르치고 있지요. 그놈 참 똑똑하거든요."

"나도 알고 있네."

돈 까밀로가 맞장구쳤다.

"그 애는 주교님이 왔을 때 환영시도 썩 잘 외웠지…."

뻬뽀네가 움찔했다.

"그 일은 신부님이 저지른 일 가운데 가장 몹쓸 짓이었소. 언젠가는 그에 대한 보답을 해줄 거요."

"시간이 아직 많이 남아 있으니까, 걱정하지 마시게."

돈 까밀로가 대꾸했다. 그리고 아기 예수를 내려다보고 있는 성모상 옆에 작은 나귀상을 놓았다.

"이건 뻬뽀네의 아들, 이건 뻬뽀네의 부인이야."

돈 까밀로는 마지막으로 나귀를 가리키며 말했다.

"그리고 이건 뻬뽀네."

"이건 돈 까밀로!"

뻬뽀네가 황소 조각상을 집어다 옆에 놓으면서 소리쳤다.

"허, 그래! 동물들은 서로서로 통하는 법이니까."

돈 까밀로가 응수했다.

성당을 나온 빼뽀네는 뽀 강의 어둠 속으로 사라져 갔다. 그는 무어라고 말하지 않았지만 마음속은 아주 평온했다. 아직도 분홍빛 아기 예수의 체온이 손바닥에 느껴졌기 때문이었다.

"크리스마스이브 날, 그 녀석이 시를 낭송하면 아주 멋질 거야! 프롤레타리아 민주주의가 통치하는 날이 와도 시가 있어야겠어. 아니, 의무 사항으로 만들어야 해."

빼뽀네의 기분이 한층 밝아졌다.

강둑 두 걸음 아래로 뽀 강이 잔잔하게 흘러가고 있었다. 그 또한 한 편의 시였다. 시는 세상이 창조될 때부터 시작해 아직도 계속되고 있다. 강 깊은 곳 수많은 작은 조약돌들을 동글동글하고 매끄럽게 만들려면 수천 년의 세월이 필요하다.

20세대쯤 지나고 나면 강물은 또 다른 조약돌을 매끄럽게 다듬어놓을 것이다. 천 년 후면 인간들은 슈퍼 원자 로켓이 달린 자동차를 타고 시속 6천 킬로미터의 속도로 달릴지도 모른다. 그러나 무엇을 위해서?

결국, 사람들은 크리스마스에 이르러 아기 예수상 앞에서 입을 딱 벌리게 될 것이다. 오늘 저녁 빼뽀네가 붓으로 색칠했던 그 석고 예수상 앞에서 말이다.

사라진 걱정거리

스포키아는 타협이라고는 손톱만큼도 생각하지 않는 고집쟁이였다. 그는 혁명에 대비해 아들에게까지도 공산주의 이념을 학습시킬 정도였다. 게다가 종교 문제가 일어나면 뻬뽀네에게도 덤벼드는 골수당원이었다. 그런데 그는 요즘 공산당 본부에도 잘 나가지 않고 몰리네토의 이발소에 틀어박혀 있었다. 이런 스포키아에 대해 언제부턴가 이런저런 소문들이 나돌았다. 그리고 본인도 마음으로 괴로워한다는 이야기가 들려왔다. 그렇지만 누구 하나 대놓고 입 한 번 벙긋하는 사람이 없었다.

잘 기억이 나지 않지만, 딱 한 번 도시의 부자 하나가 이 마을을 방문한 적이 있었다. 그 부자는 면도를 하기 위해 스포키아의 이발소로 들어왔다. 그는 이 이발소가 하층민들만 상대하는 곳인 줄 몰랐다. 스포키아는 차례를 기다리던 동지들에게 눈짓을 보낸 뒤 그 불운한 사람을 의자에 앉히고 면도를 시작했다. 그런데 갑자기 그는 면도를 딱 반만 하고 나서 면도질하던 손을 멈추며 말했다.

"자, 이제 나머지는, 저기 저 성당의 신부한테 가서 깎아달라고 하슈."

스포키아는 마치 부자들이 그런 대우를 받는 것이 당연한 것처럼 말했다. 도시 부자는 영문을 모른 채 멍하니 앉아 있었고, 옆에서 그 광경을 지켜보던 패거리들은 턱이 떨어질 만큼 웃어댔다.

스포키아는 그런 사람이었다. 그리고 그는 돈 까밀로에게 원한이 많았다. 왜냐하면 공산당이 추진하던 일이 실패로 돌아가거나 갑자기 뻬뽀네가 일을 중도에 포기해 버리는 것이 모두 신부 탓이라고 믿었기 때문이다.

오래전부터 스포키아는 기회만 되면 돈 까밀로의 수염을 면도해 주겠노라고 떠들고 다녔다. 만일 그의 턱수염을 면도하게 되면 수염뿐 아니라 목의 심줄도 싹둑 잘라놓겠다고 말하곤 했다. 그는 동지들의 목 언저리 수염을 깎을 때면, 오싹 소름 끼칠 만큼 날카로운 면도칼로 목울대 주변을 쓱싹 문질러대며 중얼거렸다.

"네가 돈 까밀로라면 콱…."

어느 토요일 늦은 오후였다. 이발소는 사람들로 북적였다. 그때 문이 열리더니 돈 까밀로가 안으로 성큼 들어섰다. 이발소에는 뻬뽀네, 브루스코, 비지오, 스미르초, 룬고, 풀미네를 비롯해 여남은 명의 손님이 있었다. 돈 까밀로의 얼굴에는 손가락 두 개 길이 남짓의 수염이 자라 있었다. 그는 모자를 벗어 못에 건 뒤 딱 하나 비어 있는 의자에 가서 앉았다.

"안녕하신가?"

돈 까밀로가 조용히 말했다.

"자네가 내 수염을 깎고 싶어 미칠 지경이라는 소문을 들었다네. 그래서 내 일부러 왔지."

그들은 기가 막힌 듯 입을 딱 벌리고 돈 까밀로를 쳐다보았다. 스포키아는 아무 대꾸 없이 이를 악물고 페레로사의 수염을 깎고 있었다.

돈 까밀로는 시가에 불을 붙이더니 주위를 둘러보기 시작했다. 이발소 벽에는 레닌의 초상화 외에도 스탈린, 가리발디, 마치니, 칼 마르크스의 초상화가 걸려 있었다. 제각기 턱수염 또는 콧수염을 기른 모습이었다.

"흠, 자네는 턱수염과 콧수염 사이에서 일하고 있구먼! 대단해…. 저런 국제적인 명사들을 단골로 확보해 놓고 있다니 말이야."

돈 까밀로가 싱긋 웃으며 말했다. 그러다가 그는 이발소 한쪽 구석에 뻬뽀네가 앉아 있다는 것을 알아차렸다. 돈 까밀로는 의자에서 일어나며 뻬뽀네에게 인사를 건넸다.

"이거 실례했군. 자네가 있는 줄 전혀 몰랐어. 안녕하신가, 읍장 동지?"

"안녕하슈."

그러나 뻬뽀네는 신문 읽기에 열중하고 있는 척하며 건성으로 대답했을 뿐이다. 돈 까밀로는 의자에서 일어나 이발소 안을 어슬렁거리며 킁킁 냄새를 맡기도 하고 이것저것을 만져 보기도 했다. 물론 다른 사람들은 한 마디 말도 없이 꿈쩍 않고 앉아 있었다. 뻬뽀네의 눈에는 매번 말썽을 일으키는 풀미네보다 돈 까밀로가 훨씬 더 미워보였다.

"휴우!"

돈 까밀로가 갑자기 한숨을 내쉬었다.

"세월이 참 많이 흘렀군! 기억하는가, 스포키아? 자네가 복사를 하겠다고 성당에 왔던 때를 말이야?"

"그건 철없을 때의 일이죠."

스포키아는 퉁명스럽게 대답했다.

"지금 제 기억이 틀리지 않다면, 저를 성당에서 못 보신 지가 꽤 오래되었지요? 아마 10년이나 12년쯤은 족히 될 걸요?"

"그래? 나는 4~5일 전 밤에도 자네를 본 것 같은데…?"

"다른 사람을 잘못 보셨겠죠, 신부님."

"뭐 그럴지도 모르지. 아주 캄캄한 밤이었으니 그럴 수도 있었겠지. 암튼 몇몇 사람들이 그러더군. 자네가 '돈 까밀로의 수염을 깎을 수만 있으면 무슨 짓이든지 다 하겠다'고 말했다는 거야. 헌데 그 소문이 사실인가?"

그러자 스포키아는 면도하던 손을 잠시 멈추고 속으로 중얼거렸다.

'그럼 사실이지.'

"또 내가 자네에게 옷 한 벌을 맞춰 입으면, 자네는 무슨 짓이라도 하겠다고 큰소리를 쳤다며…."

스포키아는 깜짝 놀랐지만 태연한 척하며 또다시 속으로 중얼거렸다.

'그렇소. 안감이 양철로 된 전나무 옷* 말이오. 그걸 꼭 만들어 입히고 싶단 말이야. 이 못된 신부 놈아!'

"알겠네, 형제여."

돈 까밀로는 웃으면서 말했다.

"그 안감이 양철로 된 전나무 옷을 만들어 입히려면 치수가 정확해야 할 거야. 그래야 내가 불편하지 않겠지. 그렇지 않나, 스포키아?"

돈 까밀로와 스포키아가 말도 안 되는 농담을 주고받는 사이 페레로사의 면도가 끝났다. 스포키아는 면도칼을 제자리에 놓

---

* 관을 뜻함. 즉 돈 까밀로를 죽이고 싶다는 의미.

으며 돈 까밀로를 쳐다보았다.

"신부님."

그는 퉁명스럽게 돈 까밀로를 불렀다.

"근데 여긴… 무슨 일로 오셨소?"

돈 까밀로는 자리가 비어 있는 이발 의자에 걸터앉았다.

"무슨 일로 오다니? 자네에게 면도를 받으러 왔지."

돈 까밀로의 당당한 대답에 스포키아는 순간적으로 당황해서 얼굴이 핼쑥해졌다. 잠시 후 그는 돈 까밀로의 목에 수건을 두르고 얼굴에 비누칠을 시작했다. 스포키아는 천천히 비누칠을 한 다음 숫돌에 면도칼을 한참 동안 갈았다. 그러고는 곧바로 돈 까밀로의 수염을 깎기 시작했다.

이발소 안에는 숨소리 하나 들리지 않았다. 쓱싹쓱싹, 면도하는 소리만 들릴 뿐이었다. 사람들은 모두 숨을 죽이고 스포키아의 손놀림만 쳐다보고 있었다. 면도칼은 마치 제초기처럼 풀 깎는 소리를 냈다. 그 날카로운 면도칼은 뺨을 지나, 코 밑으로 그리고 턱 위를 차례로 지나갔다. 돈 까밀로의 수염은 철사처럼 질겼다.

면도칼은 돈 까밀로의 턱 밑을 오가다가 목 위아래까지 활보하기 시작했다. 그다음에는 울대뼈 위에 얽혀 있는 털무더기를 정리하느라 다소 시간을 지체했다. 마침내 면도를 끝낸 스포키아는 손을 비벼 가며 화장수를 바르고, 파우더도 뿌리고, 마사지를 했다. 그러는 동안, 의자에 걸터앉아 손톱을 물어뜯으며 잔뜩 긴장하고 있던 스미르초가 한숨을 내쉬며 이마에 흐르는 땀을 닦았다. 삐뽀네는 〈우니타〉 신문의 머리기사와 사설을 우아하게 펼쳐 들고 열심히 기사를 읽는 척했다. 하지만 자기도 모르는 사이에 신문지를 질겅질겅 씹었다.

"수고했네, 스포키아."

돈 까밀로가 몸을 일으키며 말했다.

"자넨 예술가야. 지금껏 이렇게 날렵한 손은 본 적이 없어. 자네 정도의 솜씨라면 안감이 양철로 된 나무 옷도 썩 괜찮겠군그래. 그 옷을 만들기만 한다면 내가 첫 번째 모델이 되어주겠네. 정말이야."

돈 까밀로는 스포키아의 손바닥에 돈을 집어주었다. 그리고 스미르초가 내미는 모자를 받으며 일동에게 인사를 했다. 그는 또 밖으로 나가기 전에 마지막으로 콧수염 초상화를 가리키며 비꼬았다.

"저 수염을 조금만 잘라주게. 그러면 훨씬 보기 좋을 거야."

성당으로 돌아온 돈 까밀로는 예수님에게, 이발소에서 있었던 일을 보고했다. 하지만 예수님은 별로 마음에 들어 하시지 않았다.

"돈 까밀로야, 그런 허풍으로 그를 약 올릴 필요가 있었느냐?"

"예수님, 저는 그럴 필요가 있었다고 생각합니다."

돈 까밀로가 웃으며 대답했다.

돈 까밀로가 이발소를 나간 뒤, 스포키아는 남은 손님들을 이발하고 면도해주느라 눈코 뜰 새 없이 분주하게 움직였다. 그리고 마침내 빼뽀네와 단둘이 남게 되자 문을 걸어 잠그고 가운을 벗었다.

"드디어 올 것이 오고야 말았소."

스포키아가 담뱃불을 붙이면서 말했다.

"무슨 말이야?"

빼뽀네가 중얼거렸다.

"대장, 농담할 때가 아닙니다. 확실해요. 돈 까밀로는 우리를 정탐하기 위해 왔던 겁니다. 그자가 여기 있는 동안 밖에는 경찰이 숨어서 대기하고 있었을 게 틀림없어요. 아니 어쩌면 지금까지 있을지도 모르지요…."

빼뽀네는 모자를 벗어 손에 움켜쥐었다.

"스포키아, 자세히 말해 봐. 무슨 말인지 통 알아들을 수가 없으니까."

빼뽀네가 따지듯이 물었다.

스포키아는 담뱃불을 비벼 끈 다음 구석으로 던졌다.

"그놈들이 내 뒤를 미행했단 말입니다. 그렇지 않았다면 놈들은 우연히 내 앞을 지나쳤거나 안전을 위해 그냥 숨어 있었겠지요. 그건 하느님만 아실 겁니다. 그날 밤 놈들이 기관총을 퍼부어서, 나는 도랑 속에 자전거를 버리고 달아나야 했지요. 그런데 다음 날 가보니 자전거가 온데간데 없었단 말이오."

스포키아는 나지막이 속삭였다.

"그렇다면, 돈 까밀로에게 총을 쏜 사람이 자네였나?"

뻬뽀네가 떨리는 목소리로 물었다.

"네, 대장…."

"자넨, 왜 그런 한심한 짓을 했는가, 스포키아?"

"신부를 죽이지 못한 건, 확실히 한심한 노릇이었소. 그러나 그보다 더 한심한 노릇도 있었소. 그건 피치의 아들을 날려보내지 못한 것이었죠. 그 애야말로 유일한 목격자였는데…. 아마 피치의 마누라는 나를 보지 못했을 거요. 그녀는 등을 돌리고 있었으니까. 그러나 나와 눈이 마주친 녀석은 제 어미한테 사실을 털어놓았겠지요. 그렇지만 그녀는 틀림없이 입을 굳게 다물고 있을 겁니다. 제가 아주 확실한 익명의 편지를 보냈거든요. 그러나 그 아들놈은 신부에게 그 사실을 털어놓았을 것이 틀림없소. 그 광경을 제가 여러 번 목격했으니까요. 그 후 신부가 성당 주보를 통해 이 사건을 떠들어댔고 상황이 이렇게 복잡하게 된 겁니다."

뻬뽀네는 화가 치미는 듯 얼굴이 백지장처럼 하얗게 변했다. 그는 스포키아의 멱살을 붙잡고 흔들었다.

"이 멍청한 놈아, 왜 총을 쐈어? 누가 너에게 그런 명령을 내렸다고?"

"그때, 난 밭으로 난 들창 뒤에 숨어서 망을 보고 있었어요. 그러다가 피치가 대장에게 총을 들이대는 것을 보았기 때문에,

대장을 구하려고 총을 쏜 겁니다."

"난 누구에게도 구해 달라고 말하지 않았어. 더구나 너 같은 녀석에게는 더더욱 그렇단 말이야! 그리고 내가 명령할 때만 무기를 쓰라고 진작부터 말해 둔 것을 잊었느냐?"

"다 끝난 일이에요. 덕분에 그 멍청이와 있었던 묵은 빚을 청산했으니까. 이젠 그 잘못된 일에서 벗어나는 일만 남았어요. 오늘 돈 까밀로가 여기 온 걸로 봐서 사람들에게 모두 말했을 가능성이 큽니다. 며칠 전에 성당에서 나를 봤다고 떠들어 댔잖아요? 경찰서장과 짠 것이 틀림없습니다. 정치적인 사건과 무관한, 나 개인의 사건으로 몰아가려는 심산이란 말입니다. 그러니 이제 당이 나서서 나를 구해 주어야 해요."

빼뽀네는 놀란 얼굴로 스포키아를 바라보았다.

"당이? 도대체, 당이 자네의 바보 같은 행동과 무슨 상관이 있단 말인가?"

"우선, 우리를 지휘했던 사람은 바로 대장이었소. 게다가 트럭도 대장 것이오. 대장은 부엌에 들어갔소. 피치의 마누라와 아들도 똑똑히 보았죠. 대장은 읍장이니 이 지역의 책임자가 아니오? 그러니 책임은 대장에게 있어요. 더구나 대장은 당 대표이기도 합니다."

스포키아는 무척 흥분해 있었다. 빼뽀네가 그를 달랬다.

"잠깐만."

빼뽀네가 말했다.

"우리 소설 쓰지 말자고, 스포키아. 돈 까밀로가 그냥 허풍을 떨기 위해 왔을 가능성도 있잖아. 만일 그가 자네를 의심한다 해도 증거가 없지 않은가. 내가 보기에 단지 자네를 떠보려고 그런 것 같았어. 만약 어떤 증거가 있었다면 자네를 벌써 붙잡아 갔을 게 아닌가. 어쨌든 범인을 목격한 것은 그 애뿐일세. 그러니 자네는 끝까지 아니라고 부인하면 되는 거야."

스포키아는 식은땀을 흘렸다.

"아무도 못 봤습니다."

그가 소리쳤다.

"아무도…. 그 빌어먹을 녀석만 빼고!"

"증인 한 사람은 눈곱만큼도 가치가 없어. 자넨 이렇게만 증언하게. 사실이 그렇잖아? 피치의 집에 들어갔을 때 자넨 다른 동지들과 함께 트럭에 있었다고 말이야. 우린 스물다섯 명이었어. 놈들이 자네를 알아낼 턱이 없어!"

"하, 하지만 아들이 저를 봤습니다."

"그 애 혼자 본 것만으로는 아무런 소용이 없어."

"자전거가 남았잖아요!"

"사람들이 자전거 얘기는 하지 않았어. 자네는 잠자코 있게. 내일 다시 이야기하세."

자정 무렵, 달빛이 눈 위를 비추자 마치 대낮처럼 밝았다. 한 사내가 피치의 집, 울타리 그늘에 몸을 숨기며 걷고 있었다. 그는 피치의 집 마당까지 들어와, 조심스럽게 대문을 비틀었다.

그러나 문은 열리지 않았다. 그러자 사내는 1층 창문을 열려고 했으나 그곳도 잠겨 있었다. 잠시 망설이던 사내는 현관 옆 계단 난간을 딛고, 2층 창문 쪽으로 기어올라가려는 듯 담벼락에 바싹 붙었다. 그런데 잠시 뒤 요란한 소리가 들려왔다. 사내가 발을 헛디뎌 떨어지면서 화분 몇 개가 쓰러졌던 것이다. 그러자 1층 창문이 열리면서 누군가 소리쳤다.

"누구요?"

벌떡 일어난 사내는 재빨리 구석으로 달려갔다. 그리고 창문을 향해 험한 말을 퍼부으며 기관총을 쏘아 대기 시작했다.

"개새끼들! 모두 죽여버릴 테다!"

그러자 1층 창문에서 사냥총 총구가 불쑥 튀어나오더니 불을 뿜었다. 사냥총은 몇 걸음 앞에 서 있던 사내를 정확히 명중시켰다. 사내는 눈 위에 푹 고꾸라지고 말았다. 잠시 후 마을 사람들이 달려왔다. 삐뽀네도 달려왔다. 피치의 아들은 그때까지도 사냥총을 들고 있었다. 뒤늦게 경찰들이 달려오자 그는 이렇게 말했다.

"아버지를 죽인 놈은 바로 스포키아에요! 우리 아버지에게 이놈이 총을 쏘는 것을 제가 보았어요!"

스포키아가 죽자 피치의 부인도 그를 보았다고 증언했다. 그리고 그녀는 스포키아가 보냈던 익명의 편지도 보여주었다. 그뿐만 아니라 들에서 돌아오던 농부도 스포키아를 보았다고 했다. 그는 스포키아가 매일 밤마다 피치의 집 부근을 배회했다고 말했다. 그 밖에 몇몇 사람들이 사건 당일 스포키아를 보았다는 증언을 연이어 했다.

빼뽀네는 게시판에 붙일 해명서를 스무 장씩이나 썼으나 그것을 모두 찢어버리고 가래침을 탁 뱉었다. 그러고는 이렇게 외쳤다.

"이제 스포키아가 죽었으니 모든 일이 끝나고 말았다!"

돈 까밀로는 이렇게 결론을 내렸다.

"젊은 사람들을 망쳐놓은 것은 전쟁이다. 더 이상 그들을 죄인 취급해서는 안 된다. 그들도 모두 희생자인 것이다!"

이후 아무도 이 사건에 대해 더 이상 이러쿵저러쿵 말하지 않았다. 사람들은 마치 악몽에서 깨어난 듯 희미한 미소를 지었다. 이젠 두려워할 일이 사라졌기 때문이다.

미국에서 온 구호품

붉은 스카프를 목에 두르고 자동 소총을 어깨에 둘러멘 공산당 최고위원이 인민의 집에 나타났다. 그가 나타난 이유는 당원들에게 당의 행동 지침을 전달하기 위해서였다. 그가 음산한 표정으로 연설을 시작하자 당원들은 찍소리도 못하고 부동자세로 서 있었다. 그는 사흘 동안 교육하고 연설하고 지시하였다. 최고위원은 3일째 되는 날 아침, 마지막 출석 점호를 마친 뒤 뻬뽀네에게 말했다.

"동지, 토요일 지부당 회의에 출석해서 읍장직의 사임을 발표하시오."

"아 아니, 제가 그렇게 큰 잘못을 저질렀습니까?"

빼뽀네가 더듬거리며 반문했다.

"아니오, 동지. 당신은 임무를 너무 훌륭하게 수행하였소. 따라서 승진이 마땅하다고 생각하오. 동지는 이제 인민의 의사를 대변하는 의회의 의원으로 임무를 수행해야 할 것이오."

"제, 제가 의회에서요?"

"그렇소."

"하지만 저는 가방끈도 짧고…."

"동지, 동지는 당의 명령을 어떻게 수행해야 하는지 잘 알고 있지 않소? 의원의 임무는 당의 명령을 잘 수행하는 데 있소. 그것만 잘하면 다른 것은 필요 없소. 동지는 틀림없이 잘해낼 것이오. 벌써 이 마을에서 능력을 보여줬으니 걱정할 것 없소."

빼뽀네가 두 손을 펼치며 물었다.

"하지만 제 고향은 어떻게 합니까?"

"동지는 당보다 고향을 더 소중하게 여기는 사람이었소?"

빼뽀네는 고개를 푹 떨구었다.

"물론 대중 앞에서 연설도 해야 하오. 하지만 걱정하지 마시오. 우리가 돌봐 줄 테니까. 동지는 그저 시키는 대로 따라 하면 되는 게요."

최고위원이 계속해서 빼뽀네에게 몇 가지 지시 사항과 행동 지침을 막 설명하려는데 스미르초가 숨을 헐떡거리며 나타났다.

"미국의 쓰레기들이 도착했습니다."

스미르초가 소리쳤다.

"트럭에 식량을 싣고 왔는데 필요한 사람이면 누구나 오라는 겁니다. 파스타, 흰 밀가루, 우유, 잼, 설탕과 버터 같은 것들이 잔뜩 있습니다. 거리에는 선전 포스터가 보란 듯이 큼지막하게 붙어 있어요. 사람들이 모두 기뻐하고 있고요."

최고위원이 선전 포스터에 정확히 어떤 글이 쓰여 있느냐고 물었다.

스미르초가 대답했다.

"예…, 저… 교황님의 따스한 사랑… 뭐 이런 말이었어요. … 필요한 사람은 누구든지 망설이지 말고 돈 까밀로 신부에게 오라… 그리고…."

"필요한 사람은 누구든지?"

"예, 누구에게든 차별이 없다는 겁니다."

뻬뽀네가 두 주먹을 불끈 쥐었다.

"내 이럴 줄 알았어. 그 빌어먹을 신부가 진작부터 이런 흉계를 꾸밀 줄 알았어! 그 비겁한 자가 인민의 불행을 틈타서 음모를 꾸민 것이오! 빨리 대책을 세워야 되겠습니다."

"그렇소, 동지. 대책을 세워야 하오!"

최고위원이 말했다. 뻬뽀네는 부하들에게 명령했다.

"우리 조직의 모든 분대장들을 소집하라!"

분대장들이 숨을 헐떡이며 도착하자 뻬뽀네가 반동분자들에 대한 대응 전략을 설명했다. 그리고 다음과 같은 말로 결론을 맺었다.

"지금부터 30분 안에 호된 맛을 보여줄 테니까 모든 동지에게 알려라. 잼 한 숟가락이라도 받는 자가 있다면 결딴날 줄 알라고! 스미르초, 자네는 사제관을 감시하라! 단 1초라도 한눈팔지 말고 부엉이처럼 눈을 크게 뜨고 물건을 타 가는 자들의 이름을 명부에 적도록 해!"

뻬뽀네의 부하들이 밖으로 우르르 몰려나갔다.

"잘했소, 동지."

최고위원이 믿음직스럽다는 듯이 말했다.

"지금과 같은 상황에서는 우리의 행동력을 과시할 때요!"

사제관 앞에는 하루 종일 사람들이 줄지어 서 있었다. 돈 까밀로는 너무나 기뻤다. 구호 물자 치고는 상당히 훌륭한 물건들이 가득했기 때문이다. 그러니 받는 사람들도 좋아서 어쩔 줄을 몰랐다.

"공산당들이 언제 이렇게 좋은 물건들을 주던가?"

돈 까밀로가 웃으며 물었다.

"공산당들은 쓸모없는 붉은 스카프만 준답니다."

사람들은 이렇게 대답했다. 공산당 중에는 매우 가난한 당원들도 있었다. 그러나 그들은 한 명도 물건을 받으러 성당에 나타나지 않았다. 당연히 오리라고 생각했던 사람들이 나타나지 않자 돈 까밀로는 마음이 편치 않았다. '스탈린한테서 구호품이 오기를 아무리 기다려 봐야 헛일이라오. 선량한 동지 여러분! 조금도 사양할 것 없소. 이 물건은 모두 여러분을 위한 것이니까!' 라고 외치고 싶었다. 하지만 공산당원들은 끝내 한 사람도 나타나지 않았다.

그때 스미르초가 나무 뒤에 숨어서 구호 물자를 타러 오는 사람의 이름을 적고 있다는 말을 들은 돈 까밀로는 일이 어렵게 됐다는 것을 깨달았다.

오후 6시까지 '평범하게' 가난한 사람들은 받을 것을 모두 챙겨가지고 돌아갔다. 그러나 '특별히' 가난한 자들이 받아야 할 물건은 아직도 많이 남아 있었다.

돈 까밀로는 제단으로 가서 십자가의 예수님에게 말씀드렸다.

"예수님, 이 일을 어떻게 할까요?"

"정말 안타까운 일이다, 돈 까밀로야. 저 사람들도 다른 사람들처럼 가난하지만 당의 규칙에 복종하기 위해선 배고픔을 참아야 한다. 그러니 저들의 가슴을 아프게 해서는 안 되느니라."

돈 까밀로는 머리를 숙였다.

"하느님의 자비라는 것은 가난한 사람에게 남의 물건을 주는 것이 아니다. 내 물건을 가난한 사람들과 나누어 쓰는 것이니라. 성 마르티노는 추위에 떠는 불쌍한 사람에게 자신의 외투를 벗어주었다. 그런 것이 바로 하느님의 자비심이란다. 만일 네가 굶주린 거지에게 빵 한 덩어리를 주게 되더라도, 개에게 뼈다귀를 휙 던져주듯이 해서는 안 된다. 겸손하게 주어야 마땅하다. 오늘 너는 좋은 일을 했지만 그런 정도의 일을 가지고 자랑스러워할 건 조금도 없다. 네 물건도 아닌 남의 물건을 나누어준 거니까. 게다가 넌 전혀 겸손하지도 않았다. 오히려 너의 마음은 증오심과 자만심으로 가득 차 있지 않았느냐?"

돈 까밀로는 고개를 흔들었다.

"예수님."

돈 까밀로는 조그만 소리로 속삭였다.

"부디 저 공산당들 가운데 '특별히' 가난한 사람들을 보내주십시오. 전 아무 말도 하지 않겠습니다. 지금부터 아무리 빨리 달려온 사람에게도 빈정거리지 않겠습니다."

돈 까밀로는 사제관으로 가서 기다렸다. 한 시간이 지났지만 아무도 오지 않았다. 그는 하는 수 없이 성당 문을 닫았다. 또 한 시간이 지났다. 8시가 지나서 누군가 문을 두드렸다. 돈 까밀로는 재빨리 달려가 문을 열었다. 스트라지아미였다. 그는 뻬뽀네의 심복 부하 가운데 한 명이었다. 스트라지아미는 여느 때처럼 뚱한 표정으로 서 있다가 안으로 한 발자국 들어서며 불쑥 말을 꺼냈다.

"제가 여길 왔다고 해서 내 생각이 눈곱만큼이라도 바뀐 것은 아닙니다. 그러니 오해하지 마시길 바랍니다."

돈 까밀로는 고개를 끄덕이며 알았다는 표시를 했다. 그러고는 진열장에서 꾸러미 한 개를 꺼내 스트라지아미에게 내밀었다. 그는 꾸러미를 받아 외투 밑에 숨기더니 잠시 문 앞에서 서

성거렸다.

"하실 말씀이 있으시면 하시오, 신부님."

스트라지아미가 비꼬듯 말했다.

"신부님에게는 미국의 원조 물자를 몰래 받으러 온 공산당원을 조롱할 권리가 있으니까요."

돈 까밀로가 작은 소리로 말했다.

"스미르초가 감시하고 있으니 뒤뜰 채소밭 쪽으로 조심히 나가게."

스미르초가 보고를 하러 사무실로 돌아왔을 때 빼뽀네와 최고위원은 저녁 식사를 하고 있었다.

"지금은 8시 15분입니다. 신부는 잠을 자러 갔습니다."

"일은 잘 됐나?"

빼뽀네가 물었다. 스미르초는 망설이며 대답했다.

"예, 대충 그런 것 같습니다."

"분명히 말하시오, 동지!"

최고위원이 날카롭게 지적했다.

"정확하게 보고하시오. 아무것도 빼지 말고."

"사제관을 찾아간 당원은 한 사람도 없고 그저 우리 당에 속하지 않은 자들만 왔었어요. 이름은 모두 적어두었습니다. 그리고 15분 전에 누군가 사제관으로 들어가는 것을 발견했는데…. 어두워서 누군지는 알 수 없었지만…."

빼뽀네는 주먹을 꽉 쥐었다.

"어서 말해라, 스미르초! 누구냐?"

"…."

"누구냐고?"

"스, 스트라지아미 같았어요. 하지만 확실한 건 아니에요."

식사가 끝났다. 최고위원이 일어서며 말했다.

"가서 봅시다. 이런 일은 즉시 처리해야 하는 법이오."

스트라지아미의 아들은 유난히 마르고 얼굴이 창백했다. 돈 까밀로가 단번에 알아볼 수 있을 정도로 눈이 컸다. 어렸을 적부터 그 아이는 말수가 적고 눈치가 빨랐다. 지금 그 아이는 부엌 식탁에 앉아 눈을 크게 뜬 채 아버지를 뚫어지게 바라보고 있었다. 우울한 표정에 잔뜩 찡그린 모습의 스트라지아미는 통조림 깡통을 힘없이 뜯었다.

"잼은 나중에 따세요."

스트라지아미의 부인이 말했다.

"우선 과자하고 우유를 따주세요. 그다음에 잼을 따시라고요."

부인은 수프 그릇을 식탁에 놓고 김이 모락모락 나는 파스타를 넣고 휘휘 섞기 시작했다. 스트라지아미는 찬장과 벽난로 사이의 벽에 등을 기대고 서 있었다. 그러고는 마치 경이로운 풍경을 보듯 아들을 쳐다보았다. 아이는 눈을 크게 뜨고 엄마의 두 손을 지켜보고 있는 중이었다. 그러다가 잼 상자와 우유 상자를 만져 보기도 했다. 너무 행복해 제정신이 아닌 것 같았다.

"당신도 와서 잡수시구려?"

부인이 남편에게 말했다.

"생각 없어."

스트라지아미가 퉁명스럽게 대꾸했다.

식탁에 앉은 부인은 서둘러 아들의 접시에 파스타를 덜어주었다. 아이는 얼굴 가득 행복한 미소를 띠며 접시를 바라보았다. 바로 그때 문이 열리며 삐뽀네와 최고위원이 들이닥쳤다. 최고위원은 파스타를 보더니 통조림 깡통을 집어들어 상표를 살펴보았다.

"이 물건 어디서 가져왔나?"

그가 냉소적인 목소리로 물었다. 스트라지아미의 얼굴이 창백하게 변했다. 최고위원은 잠시 대답을 기다렸다. 하지만 스트라지아미는 아무런 말도 하지 않았다. 그러자 최고위원은 침착하게 식탁보의 네 귀퉁이를 들어올려 보따리를 만들었다. 그러고는 그것들을 창문 밖 웅덩이 속으로 집어던졌다.

아이는 부르르 몸을 떨며 두 손으로 입을 틀어막고 공포에 질린 얼굴로 최고위원을 쳐다보았다. 부인은 벽에 등을 기대며 간신히 버티고 서 있었다. 스트라지아미는 양팔을 축 늘어뜨린 채 방 한가운데 서서 바위처럼 꿈쩍도 하지 않았다. 최고위원은 문으로 가다가 다시 돌아서며 한 마디 던졌다.

"자본주의의 모든 것을 경계하는 것은 공산주의의 기본 강령이오, 동지. 이게 마음에 안 든다면 당을 떠나도록."

그 목소리에 빼뽀네는 정신이 번쩍 들었다. 빼뽀네는 벽에 기댄 채 입을 벌리고 멍한 표정으로 이 광경을 쳐다보았다. 마치 악몽을 꾸는 것 같았다.

스트라지아미의 집에서 나온 빼뽀네와 최고위원은 어두운 시골 길을 말없이 걸었다. 빼뽀네는 언제 마을에 도착했는지도 몰랐다. 우체국에 딸린 여관 앞에서 최고위원이 손을 내밀며 말했다.

"내일 아침 5시에 출발하겠소. 편히 주무시오, 동지."

"안녕히 주무십시오, 동지."

빼뽀네는 곧장 스미르초의 집으로 향했다. 그는 스미르초를 흠씬 두들겨 패주어야 한다고 생각했다. 하지만 그의 집 문 앞에 도착했을 때 빼뽀네는 잠시 망설이다가 발길을 돌리고 말았다.

'자본주의의 모든 것을 경계하는 것은 공산주의의 기본 강령이오, 동지. 이게 마음에 안 든다면 당을 떠나도록.'

최고위원의 그 말이 머릿속에서 빙빙 돌았다. 집에 도착하자 아들은 그때까지 자지 않고 제 방에서 놀고 있었다. 아들 녀석은 빼뽀네에게 미소를 지으며 손을 내밀었다. 마치 미국 원조 물건을 달라는 눈치 같았다. 빼뽀네는 아들에게 다가서던 발길을 돌리며 빽 소리를 질렀다.

"가서 자거라!"

빼뽀네의 목소리는 퉁명스러웠다. 말투 또한 아주 냉랭하고 거칠었다. 왜 그런 태도를 취했는지 빼뽀네 자신도 알 수 없었다. 눈앞에는 오직 스트라지아미 아들의 커다란 두 눈과 앙상한 목이 어른거릴 뿐이었다.

중대한 하루

마지막 선거 연설을 위해 공산당 중앙당 위원이 바싸 마을을 방문했다. 마을을 둘러본 그는 너무 놀라 입을 다물지 못했다. 전국을 통틀어 뻬뽀네의 지부당만큼 훌륭한 곳을 보지 못했던 것이다.

그가 연단에 올라서자 광장을 가득 메운 군중은 창문이 들썩거릴 정도로 큰 박수와 우레 같은 환호를 보냈다. 뻬뽀네가 연사를 소개했다. 그는 박수소리가 끝나자 마이크 앞으로 다가섰다.

"친애하는 동지 여러분…."

그러나 연사는 곧바로 연설을 중단할 수밖에 없었다. 군중들이 웅성거리면서 모두 하늘을 올려다보았기 때문이다. 부르릉거리는 소리가 가까이 들려오는가 싶더니 붉은색 비행기가 나타났다. 광장 위에 도착한 비행기는 붉은 삐라를 마치 폭포수처럼 쏟아부었다. 그러자 사람들은 큰 소동을 일으켰다. 군중들은 정신없이 삐라를 줍기 시작하였다. 삐라를 집어든 뻬뽀네는 분하다는 듯이 입을 일그러뜨렸다.

연사는, 인민의 적들이 상투 수단으로 유치한 짓을 벌인다 해도 그것은 아무 소용 없을 짓이라고 열변을 토했다. 순식간에 광장은 쥐 죽은 듯이 고요해졌다. 그러나 바로 그때 붉은색 비행기가 다시 나타나더니, 이번에는 초록색 삐라를 뿌렸다.

"여러분, 움직이지 마시오!"

뻬뽀네가 소리쳤다.

"민주주의의 신사들은 적들의 교활한 선동 작전에 말려들어서는 안 될 것이오!"

광장에는 초록색 삐라들이 소리 없이 쏟아져 내렸다. 그 삐라에는 러시아 노동자들의 비참한 생활상이 인쇄되어 있었다. 그래도 연사는 5분 정도 연설을 계속할 수 있었다. 그러나 얼마 안 가 그 비행기가 또 나타나자 군중들은 다시 하늘을 쳐다보았다. 그러나 이번에는 아무것도 떨어뜨리지 않았다.

"불탄다!"

꼬리에 검은 연기를 끌며 날아가는 비행기를 보자 사람들이 소리쳤다. 군중은 두려움에 사로잡혔다. 그러나 비행기는 이상

하게 하늘을 빙빙 돌면서 검은 연기로 원을 그리기 시작했다. 잠시 후 군중들은 그 비행기가 'DC 만세*' 라고 큰 글씨를 쓴 걸 알게 되었다. 행동대원들 쪽에서 성난 외침이 터져나왔다. 공중의 글씨가 사라지자 광장은 조용해졌다. 연사는 연설을 재개하였다. 그런데 5분도 지나지 않아 그 망할 놈의 비행기가 다시 광장 상공에 이르렀다. 그러나 이번에도 삐라를 뿌리지는 않았다.

그런데 하늘 높이 올라간 비행기가 이상한 물건들을 무수히 쏟아부었다. 그 자루들은 허공에서 흔들거리며 광장으로 내려왔다. 자세히 살펴보니 낙하산이었다. 군중들은 더 이상 가만히 있을 수 없었다. 광장은 순식간에 아수라장이 되었다. 연단 주위에는 행동대원들만 남게 되었다.

군중들이 낄낄대고 웃으면서 돌아왔을 때, 누군가가 뻬뽀네에게 낙하산 한 개를 내놓았다. 자루에는 '러시아에서 보낸 곡식' 이라는 문구가 인쇄되어 있었고 안에는 조각난 색종이들이 가득 들어 있었다.

뻬뽀네가 고함을 쳤기 때문에 군중은 웃음을 멈추었다. 연사는 또다시 연설을 시작했다. 그러자 그 망할 놈의 비행기소리가 또다시 들려왔다. 뻬뽀네는 온몸의 내장이 다 터져나갈 것처럼 속이 부글부글 끓어올랐다. 그는 연단에서 뛰어내려 부하

* DC는 기독교민주당의 약칭이다.

들을 이끌고 어디론가 쏜살같이 달려갔다. 룬고의 외양간에 이르자, 그는 건초더미 앞에서 멈춰 서서 소리쳤다.

"빨리, 서둘러라!"

부하들은 건초더미 밑에서 보자기로 덮어놓은 묵직한 무기를 꺼냈다. 보자기를 벗기자 번쩍번쩍 빛나는 구경 80밀리짜리 고사포가 나타났다. 고사포의 조립을 끝내고 나서 뻬뽀네가 소리쳤다.

"이젠 전쟁이다! 놈들이 비행기를 쓸 권리가 있다면 우리에게는 대포를 쓸 권리가 있다!"

그들이 고사포를 끌고 광장에 도착했을 때는 이미 비행기가 사라지고 난 다음이었다. 고사포가 불을 뿜을 기회도 없이 집회는 완전히 엉망진창이 되어 있었다. 그 잠깐 사이에 비행기가 다시 와서 기독교민주당 신문인 〈라 캄파나〉 호외를 잔뜩 쏟아부었기 때문이다. 그 특별판에는 돈 까밀로의 권위적인 사설도 실려 있었다. 광장에 모여 있던 몇몇 당원들을 빼고 대부분의 사람들이 신문을 읽었다. 중앙당 위원의 얼굴이 흙빛으로 변했다. 그는 뻬뽀네가 아무리 사과를 해도 한 마디 대꾸도 하지 않았다. 당황한 뻬뽀네가 더듬거리며 변명했다.

"만일 이런 일을 상상이라도 했다면 처음부터 고사포를 설치해 두었을 겁니다. 그래서 단 한 방에 격추시켰을 텐데 말입니다. 하지만 …."

중앙당 위원은 금세 얼굴이 새파래졌다. 그의 이마에서는 식은땀까지 흘렸다.

그는 자동차를 타고 씽 하니 도시로 돌아가 버렸다.

돈 까밀로는 종탑의 조그만 창문을 통해 이 모든 광경을 지켜보고 있었다. 그는 가슴에 두 손을 모으고 기도드렸다.

"예수님, 축제의 종을 울리고 싶은 저의 가슴을 제발 진정시켜 주십시오."

다행히도 예수님은 돈 까밀로가 유혹을 견뎌낼 힘을 주셨다. 그렇다. 돈 까밀로가 냉정을 잃지 않았던 것은 다행스런 일이었다. 만약 돈 까밀로가 유혹을 이기지 못하고 축제의 종을 쳐댔다면, 뻬뽀네는 단 1초도 참지 못하고 고사포로 종탑을 날려버렸을지도 모를 일이었다.

마침내 선거날이 다가왔다. 제일 좋은 옷으로 차려입은 뻬뽀네는 가슴을 쫙 펴고 집을 나섰다. 투표를 하러 가기 위해서였다. 투표소에 도착한 그가 줄을 서자 사람들이 모두 '앞으로 오시지요, 읍장님' 하고 말했다. 하지만 뻬뽀네는 법 앞에는 모두가 '평등' 하다며 차례를 기다리겠다고 대답했다. 그러나 그는 내심, 자신의 투표 행위와 피놀라의 투표 행위가 똑같은 가치를 갖는 게 부당하다는 생각을 갖고 있었다. 양철공인 피놀라는 일주일 내내 술에 취해 사는 주정꾼이었다. 그는 해가 어느 쪽에서 뜨는지도 모르는 위인이었다.

뻬뽀네의 위세는 마치 힘이 철철 넘치는 황소 같았다. 그는 집을 나서기 전에 연필로 투표지에 십자 표시를 하는 연습을 열 번도 넘게 하였다.

"마을에서 나보다 더 정확하게 표시하는 사람이 없을걸."

그는 아내에게 말했다.

"이번 투표야말로 결정적인 운명의 순간이 될 것이야!"

빼뽀네가 이처럼 기운이 넘치고 자신만만하기는 처음이었다. 그는 투표 용지를 들고 의기양양하게 기표소로 향했다.

'한 표만 행사할 수는 없어.'

그는 생각했다.

'두 표를 행사하고 싶어 미치겠어!'

빼뽀네는 펼쳐진 투표 용지를 앞에 두고 어두컴컴한 기표소에서 연필을 꼭 잡았다.

'투표소 안에서 벌어지는 은밀한 행위를 하느님은 알고 계시지만 스탈린은 알 수 없다.'

그 빌어먹을 놈의 비행기가 선거 유세장에 쏟아 부었던 삐라에 쓰인 문구였다. 그는 본능적으로 뒤를 돌아보았다. 누군가 뒤에서 쳐다보는 것 같았기 때문이다.

'신부란 놈들은 이 세상에서 가장 비열한 족속이야.'

그는 이렇게 결론을 내렸다.

'불쌍한 인민을 세뇌하고 있어. 자, 서두르자. 가리발디 위에 십자 기표를 해야지!'

그러나 연필이 그 자리에서 꼼짝도 하지 않았다. 빼뽀네는 어찌 할 바를 몰랐다. 그때 크리스티나 선생님이 하신 말씀이 떠올랐다.

'넌 늘 말썽만 피웠어!'

돌아가신 선생님의 목소리가 이렇게 속삭이는 듯 했다. 빼뽀네는 머리를 흔들었다.

'그렇지 않아요!'

가슴이 쿵쾅거렸다.

거대한 적색기가 빼뽀네의 눈앞으로 지나갔다. 그는 연필로 가리발디 초상화와 별 무늬가 인쇄된 칸을 꾹 누르려고 했다. 그때, 흰 투표용지 위로 스트라지아미 아들의 창백한 얼굴이 스쳐 지나갔다.

'공산당이 승리하면 미국은 더 이상 우리에게 구호물자를 보내지 않을 것이다.'

돈 까밀로의 목소리도 들리는 듯 했다.

'나쁜 놈들!'

빼뽀네는 이를 부드득 갈았다.

'러시아에 잡혀간 수십만 명의 이탈리아 포로들이 아직 돌아오지 않았소이다.'

돈 까밀로의 불신에 찬 목소리가 또다시 귓전을 파고들었다.

'그렇지 않아!'

빼뽀네는 성난 목소리로 응답했다. 그때 바키니 할머니의 모습이 떠올랐다. 할머니는 어느 정당에도 투표하고 싶지 않다고

했다. 그 누구도 러시아에 잡혀간 아들을 되돌아오게 할 수 없었기 때문이다. 빼뽀네는 입술을 깨물었다.

'동지!'

그때 중앙당 위원의 냉랭한 목소리가 귓전에 울렸다.

'자본주의의 모든 것을 경계하는 것은 공산주의의 기본 강령이오!'

빼뽀네는 가리발디 초상화와 별 무늬가 그려진 칸에 기표를 하려고 했다.

바로 그 순간 돈 까밀로의 훈장과 자기의 훈장에 대한 일이 문득 떠올랐다. 훈장 두 개가 짤랑거리며 기분 좋은 소리를 내는 듯했다.

'피치는 누가 죽였지?'

돈 까밀로의 목소리가 또다시 들려왔다.

'난 아니오.'

빼뽀네는 더듬거렸다.

'신부님은 누가 죽였는지 알잖소!'

불신에 찬 돈 까밀로의 목소리가 대답했다.

'알지. 바로 저놈이야. 가리발디의 별 무늬 밑에 숨어 있는 바로 그… 공산당 놈이라고.'

빼뽀네는 가리발디와 별 무늬가 그려져 있는 칸에 연필 끝을 다시 가져갔다.

'우리를 위해 다른 사람들을 죽일 수밖에 없었던 그 모든 사

람들을 위해 투표하는 거야.'

그때 갑자기, 옛날 레지스탕트 시절의 대장 목소리가 들렸다.

'먼저 떠난 동지들이 차라리 축복받은 사람들이 아닌가 싶네, 뻬뽀네 동지.'

돈 까밀로의 목소리가 속삭였다.

'이런 나쁜 놈, 아직도 죽지 않았다면 내가 체포하겠다!'

뻬뽀네는 스트라지아미의 아들에게서 먹을 것을 빼앗았던 중앙당 위원이 생각났다. 그 아이의 얼굴도 떠올랐다. 뻬뽀네의 손끝이 떨리고 있었다. 하지만 커다란 붉은 깃발이 눈앞에서 펄럭이자 그는 용기를 냈다.

'우리의 피땀으로 기름진 배를 채우는 인민의 착취자들을 쳐부수자!'

그는 이렇게 속으로 외치며 가리발디와 별 무늬가 그려진 칸에 연필 끝을 세웠다.

'그건 너의 깃발이 아니야!'

돈 까밀로의 목소리가 들려왔다. 그러자 삼색기가 뻬뽀네의 눈앞에서 펄럭였다.

'나는 당을 배반하지 않는다. 아무리 유혹해도 소용 없다. 이 나쁜 놈들아!'

뻬뽀네는 숨을 헐떡이며 투표용지로 몸을 숙이면서 중얼거렸다. 잠시 후 기표소에서 나온 뻬뽀네는 투표 용지를 함에 넣었다. 사람들이 그동안 거기서 뭐 하고 있었느냐고 물어 볼까 봐 두려워 얼른 투표장을 빠져나왔다. 하지만 시계를 보니 단 몇 분이 흘렀을 뿐이다. 그는 다시 원기를 회복했다.

돈 까밀로는 혼자 저녁식사를 하는 중이었다. 날은 이미 어두워져 있었다. 그때 뻬뽀네가 사제관으로 불쑥 들어왔다.

"자네는 남의 집에 들어오면서 노크도 하지 않는가?"

돈 까밀로가 비꼬듯 말했다.

"부끄러운 줄 아시오! 당신이란 사람은 가난한 인민들을 망쳐 놓았소."

뻬뽀네는 잔뜩 흥분한 얼굴로 소리질렀다.

"이거 재미있는 일이군. 자네 선거 연설을 하러 왔나?"

돈 까밀로가 양팔을 벌리며 어이 없다는 표정으로 말했다.

"당신은 거짓말을 해서 가난한 사람들을 방황케 하고 있단 말이오!"

"알았네. 그렇지만 이 늦은 시간에 겨우 그걸 말하러 여기까지 왔단 말인가?"

뻬뽀네는 소파에 털썩 주저앉으며 두 손으로 머리를 쥐어뜯었다.

"신부님 때문에 나는 망했소."

뻬뽀네는 괴로운 목소리로 말했다.

"자네 미쳤나?"

"아니오, 정상이오. 하지만 오늘 아침에는 제정신이 아니었소. 그래서 죄를 지었소!"

"죄를 지었다고?"

"그렇소. 바로 빼뽀네가, 노동자들의 지도자이자 읍장인 내가 기권표를 냈단 말이오!"

빼뽀네는 여전히 머리를 쥐어뜯으며 괴로운 듯이 고개를 흔들어 대고 있었다. 돈 까밀로는 잔에 포도주를 가득 따라 그에게 내밀었다.

"만약 이번 선거에서 우리가 진다면 신부님의 목숨은 성하지 못할 것이오. 모든 것은 당신 탓이니까!"

빼뽀네는 용수철처럼 머리를 치켜올리며 소리쳤다.

"동의하네."

돈 까밀로가 침착한 말투로 대답했다.

"공산당이 한 표 차이로 패하면 내 목을 가져가도 좋네. 하지만 2~3만 표 차이로 진다면 자네의 기권표 따위는 문제거리조차 되지 않네.

빼뽀네는 멍한 얼굴로 돈 까밀로를 쳐다보았다.

"비행기 사건도 있으니까 절대로 무사하지는 못할 거요."

"잘 알았네. 한 잔 마시게."

빼뽀네는 잔을 들었다. 돈 까밀로도 자기의 잔을 들었다. 그리하여 두 사람 다 포도주를 마셨다. 빼뽀네는 돈 까밀로의 집에서 나올 때 문간에 잠시 멈추어 섰다.

"이 일은 우리 둘만의 비밀이오."

삐뽀네는 위협하듯 말했다.

"알았네."

돈 까밀로는 얼른 제단으로 달려가 큰 초 두 자루에 불을 당겼다. 그러고는 예수님에게 말씀드렸다.

"삐뽀네가 가리발디에게 투표하지 않은 것은 전부 예수님께서 도와주신 덕분입니다. 게다가 자기 당이 아닌 정당에 투표하지 않은 것 또한 예수님 덕분입니다."

이번 선거에 대한, 돈 까밀로 나름의 해석이었다.

숙청 계획

화요일 밤 10시, 비가 추적추적 내리는 데다 바람까지 많이 불었다. 그런데도 광장에는 많은 사람들이 모여 있었다. 그들은 서너 시간 전부터 꼼짝도 않고 선거의 개표 결과를 듣기 위해 확성기 앞에 몰려와 있었다.

바로 그때 갑자기 전깃불이 꺼지면서 사방이 캄캄해졌다. 누군가 전원실로 달려갔지만 곧 다시 되돌아왔다. 고장이 전선에서 난 것인지 발전소에서 난 것인지 알 수가 없었기 때문이다. 사람들은 한참 동안 전깃불이 켜지기를 기다렸다. 그러나 비가 계속 맹렬히 쏟아졌기 때문에 각자의 집으로 돌아가 버렸다. 마을에는 죽은 듯한 쓸쓸한 정적이 감돌았다.

빼뽀네는 비지오, 브루스코, 스트라지아미, 그리고 '붉은 기동대'의 행동대장인 지지오와 함께 인민의 집에 모여 있었다. 그들은 희미한 촛불을 둘러싸고 앉아 인민을 위한 이 중요한 시기에 전기 고장을 일으킨 전력 독점 자본가들에게 욕을 실컷 퍼붓고 있었다.

11시 30분이 되자 스미르초가 들어왔다. 오토바이를 몰고 도시로 가서 투표 결과를 알아 온 것이었다. 스미르초는 물에 젖은 종이를 들고 기세등등하게 안으로 뛰어들어왔다.

"인민 전선이 승리했습니다, 대장!"

그가 소리쳤다.

"상원이 52석, 하원이 51석이오. 다른 당 놈들은 기가 팍 죽어 버렸습니다. 어서 사람들을 모아 축제를 엽시다. 까짓 전깃불이 없으면 근처 짚더미에 불을 지르면 될 거 아니오!"

"만세!"

빼뽀네가 소리쳤다. 하지만 지지오가 스미르초의 윗옷을 움켜잡고 말했다.

"입 다물고 조용히 해. 아직 누구에게도 알리면 안 돼. 우선 명단을 살펴보자."

그는 침착하게 말했다.

"명단이라니 무슨 명단?"

빼뽀네가 깜짝 놀라서 물었다.

"골수 반동분자들의 이름이 적힌 명단 말이오. 그것 좀 잠깐

봅시다.”

빼뽀네가 미처 명단을 준비하지 못했다고 더듬거리자 지지오가 씩 웃으며 말했다.

“괜찮습니다. 내가 벌써 완전한 명단을 준비해 두었으니까. 자, 함께 살펴보자고요.”

지지오는 호주머니에서 종이 한 장을 꺼내 탁자 위에 올려놓았다. 거기에는 약 스무 명의 이름이 적혀 있었다.

“우리가 처단해야 할 반동분자들의 이름이오. 가장 악질적인 놈들이라오. 다른 놈들은 나중에 해치웁시다. ”

그는 싸늘한 표정으로 덧붙였다. 빼뽀네는 그 명단을 훑어보더니 머리를 긁적였다.

“대장의 생각은….”

지지오가 물었다.

“글쎄…. 대체적으로 자네의 생각에는 찬성하네. 하지만 그렇게 서두를 필요는 없어. 얼마든지 시간이 있으니까. 이런 일은 천천히 준비해도 되지 않을까?”

빼뽀네가 우물거리자 지지오가 주먹으로 탁자를 무섭게 내리쳤다.

“지금은 한시도 우물쭈물할 때가 아니오! 놈들이 눈치채기 전에 우리가 먼저 손을 써야 하오. 내일이면 놈들은 이미 딴 수작을 꾸밀 것이오.”

“이런 멍청한 녀석을 보겠나! 생각도 안 해보고 사람을 쳐 죽이자는 거냐?"

브루스코가 끼어들었다.

"난 멍청이가 아니야! 자네야말로 불성실한 당원이다!"

지지오가 고함을 질렀다.

"여기 적힌 놈들은 악질 반동들이오. 아무도 부정할 수 없을 거요. 이런 좋은 기회를 놓치고 우물쭈물거리는 자야말로 당의 반역자다!"

브루스코는 머리를 흔들며 말했다.

"천만의 말씀, 그런 바보 같은 짓이야말로 당을 배반하는 일이다! 네 생각대로 일했다간 죄 없는 사람까지 우리에게 봉변을 당하게 될 거야!"

지지오는 주먹을 치켜들며 소리쳤다.

"우리 당에 해로운 놈 한 명을 도망가게 하느니 차라리 죄 없는 사람 열 명을 죽이는 게 더 이로운 일이다. 죽은 자들은 당에 해를 끼치지 못하니까. 아까 내가 말한 대로 너는 불성실한 당원이야. 겁쟁이에다 감상주의자인 너는 더러운 부르주아다!"

브루스코의 얼굴이 새하얗게 질렸다.

뻬뽀네가 끼어들었다.

"그만해, 지지오 네 말이 옳다. 아무도 그것을 부정할 수는 없어. 그게 바로 공산주의 이념의 근간이지. 공산주의의 목표는 혁명에 도달하는 거야. 우리가 민주적인 토론을 하는 것은 목적지에 도달하기 위한 가장 빠르고 확실한 방법을 고르려는 수단일 뿐이다."

지지오는 만족한 듯이 고개를 끄덕였다.

빼뽀네가 계속 말을 이었다.

"그러므로 당에 해를 끼치기 때문에, 이자들을 제거하기로 결정했다면 그 방법을 연구해야 한다. 왜냐하면 우리가 경솔하게 행동하면 놈들이 도망쳐버릴 테고, 그러면 바로 우리가 당을 배반한 책임을 져야 하기 때문이다. 안 그런가?"

"맞소, 바로 그거요."

모두 일제히 입을 모아 대답했다.

"여기 지금 여섯 명이 모여 있다."

빼뽀네가 큰 소리로 말했다.

"그런데 죽여야 할 사람은 스무 명이다. 그중에는 필로티처럼 자기 집에 많은 부하를 거느리고 무기를 숨겨놓은 자도 있다. 우리가 이자들을 하나씩 습격해서 처음 한 놈을 죽인다면 나머지 놈들은 깡그리 도망치고 말 것이다. 따라서 한꺼번에 동시 다발적으로 습격해야 한다. 그러니 당원들을 동원해서 20개 분대를 편성하고 각개격파식으로 쳐들어가야 한다."

"바로 그겁니다, 대장!"

지지오가 찬성했다.

"그게 다가 아냐!"

빼뽀네가 소리쳤다.

"다른 어떤 분대보다 더 강한 분대 하나를 편성해서 경찰을 저지해야 한다. 게다가 도로와 제방을 경계할 비밀 결사대도 필요하다. 만일 누군가, 어떤 바보 같은 놈이, 지지오 자네 같이 앞뒤 가리지 않고 설쳐대다가 실수를 한다면 우리의 계획은 실패할 게 뻔하다. 그런 놈이야말로 불성실한 당원이고 바보 멍청이 아닌가?"

이번에는 지지오의 얼굴이 새하얗게 질렸다. 그는 삐뽀네가 계속해서 명령을 내리는 동안 입술을 깨물며 분해했다.

스미르초가 달려가서 각 분대의 세포 반장에게 연락을 하면, 반장들은 당원들을 소집한다. 그러면 명령받은 당원들은 초록색 신호탄이 올라가면 미리 정해진 한 장소에 집합한다. 비지오와 브루스코가 광장에서 신호탄을 발사한다. 그리고 붉은 신호탄이 올라가면 행동을 개시한다.

스미르초는 오토바이를 타고 출발했다. 룬고, 페레로사, 스트라지아미와 지지노는 분대 편성을 위한 의논을 했다.

"실수하면 안 된다! 일이 성공하고 못하고는 오직 자네들의 손에 달렸다! 성공하면 개별적으로 보고하라. 난 경찰의 동정을 살피러 가겠다."

삐뽀네는 그렇게 말하고 어둠 속으로 사라졌다.

아무리 기다려도 전깃불이 들어오지 않고 라디오가 작동하지 않자 돈 까밀로는 단념하고 잠자리에 들 준비를 했다. 그때 살그머니 문을 두드리는 소리가 들려왔다.

조심스럽게 문을 여니 뻬뽀네가 서 있었다.

"어서 몸을 피하시오! 지금 당장 말이오. 아무 데라도 좋으니 이 집을 떠나시오. 신부복 말고 평범한 옷을 입고 말이오!"

뻬뽀네가 급히 소리쳤다.

돈 까밀로는 의아하다는 듯이 뻬뽀네를 쳐다보았다.

"술 취했나, 읍장 동지?"

"어서 피하시오, 인민 전선이 승리했소. 지금 습격대가 반동분자들을 습격하려 하오. 신부님은 그 첫 번째 대상이오."

돈 까밀로가 양팔을 벌리며 말했다.

"뜻하지 않은 영광을 읍장 나리께서 베푸시다니 감사한 일이군! 설마 추방자 명단을 만든 그 악당들과 자네가 같은 패거리일 줄은 꿈에도 몰랐네."

뻬뽀네는 초조한 기색이었다.

"어리석은 소리 마시오! 난 정말 아무도 죽이고 싶지 않소!"

"그런데 왜?"

"절름발이 지지오 놈이 명단을 만들어 가지고 당의 지침을 들먹이며 비밀 지령을 내렸단 말이오."

"하지만 대장은 자네가 아닌가? 그놈에게 명단을 가지고 지옥으로 떨어지라는 명령을 왜 하지 못했나?"

뻬뽀네는 흐르는 땀을 두 손으로 닦았다.

"신부님은 아무것도 모르오. 대장은 언제나 당이란 말이오. 당의 이름으로 말하는 자가 명령을 내리는 것이오. 만일 내가 그런 명령을 내렸다면 그놈은 신부님 이름보다 먼저 내 이름을 반동 명단에 올렸을 거요."

"그거 정말 재미있겠군. 열혈당원 뻬뽀네와 반동분자 돈 까밀로가 함께 교수대에 올라간다니!"

"돈 까밀로, 빨리 서두르시오!"

뻬뽀네는 다그쳤다.

"당신은 독신이니 상관 없지만 내게는 처자식과 어머니가 있소. 게다가 많은 부하들이 딸려 있단 말이오. 목숨을 구하고 싶거든 얼른 몸을 피하시오!"

돈 까밀로는 머리를 흔들었다.

"왜, 나 하나만 구해 주려고 하는가? 다른 사람들은 어떻게 하라고?"

"내가 어떻게 다른 사람까지 일일이 찾아가서 알려준단 말이오?"

뻬뽀네가 소리쳤다.

"다른 사람에게는 신부님이 알리든지 하시오. 몸을 피하면서 두세 집에 들러 빨리 도망치라고 알려주면 될 게 아니오. 여기 명단이 있으니 얼른 가져 가시오!"

"좋아."

돈 까밀로가 명단을 받으며 말했다.

"종지기 아들을 시켜 필로티에게 알리라고 하겠네. 그럼 소작인을 쉰 명이나 데리고 있는 필로티 농장에서 다른 사람들에게 알려주겠지. 하지만 난 여기서 한 발자국도 움직이지 않을 걸세."

"몸을 피하지 않으면 큰 변이 생길 거요!"

"여긴 내 집일세. 스탈린이 온다 해도 나는 여기서 꼼짝하지 않을 거야."

"신부님 미쳤소?"

빼뽀네가 소리쳤다. 이때 문을 두드리는 소리가 들리자 빼뽀네는 얼른 옆방으로 달려가 몸을 피했다. 브루스코였다. 그는 사제관으로 뛰어들어와서는 밑도 끝도 없이 "신부님, 어서 몸을 피하시오."라고 소리쳤다. 그런데 그 말이 채 끝나기도 전에 또 문을 두드리는 소리가 났다. 브루스코도 빼뽀네가 숨어 있는 방으로 뛰어들어가 몸을 숨겼다. 잠시 뒤에 비지오가 안으로 뛰어들어왔다.

"신부님, 이제야 겨우 틈을 내어 달려왔습니다. 지금 난리가 났습니다. 빨리 피하세요. 여기 다른 사람들의 명단도 있으니 이 사람들도 데리고 도망가십시오. "

그런데 또 문을 두드리는 소리가 났기 때문에 비지오도 몸을 숨겨야 했다. 이번에는 스트라지아미였다. 그는 여전히 뚱하게 찡그린 얼굴이었다. 그도 뭔가 다급하게 말하려 하였다. 하지만 빼뽀네와 브루스코, 비지오가 방에서 나오는 바람에 미처 입을 열지도 못했다.

"이거 한 편의 희극을 보는 것 같구먼. 이제 지지오만 나타나면 모두 모이는 셈인가?"

돈 까밀로가 커다란 소리로 껄껄 웃었다.

"지지오는 오지 않을 거요."

뻬뽀네가 더듬거리며 말했다. 그는 한숨을 쉬면서 브루스코의 어깨를 슬쩍 쳤다. 그리고 비지오의 배를 철썩 갈기고 스트라지아미의 머리를 툭 쳤다.

"스미르초만 있으면 그 옛날 동지들이 다 모인 셈이 아닌가?"

뻬뽀네가 한숨을 내쉬며 말했다.

"스미르초는 여기 있다네."

돈 까밀로가 웃으며 말했다.

"사실, 스미르초가 맨 처음으로 왔어."

그때 돈 까밀로의 침실에서 스미르초가 머쓱한 표정을 지으며 나타났다.

"좋아!"

뻬뽀네가 말했다.

"그렇다면 지금 사정이 얼마나 급박한지 아셨겠지요? 자, 어서 서두르시오!"

하지만 돈 까밀로는 여전히 고집불통이었다.

"글쎄…. 좀 전에도 말했지만 여기는 내 집이네. 자네들이 내게 총구를 겨누지 않은 것만으로도 난 행복해서 죽을 지경이라네."

뻬뽀네는 더 이상 참을 수 없었다. 모자를 뒤로 돌려 푹 뒤집어쓴 다음 공격 준비를 했다.

"자네 둘은 어깨를 잡게. 난 다리를 잡을 테니까. 마차에 결박을 해서라도 도망을 시켜야지. 스미르초, 가서 빨리 말을 끌어와라!"

빼뽀네 일당이 막 덤벼들려는 순간 불이 환하게 들어왔다. 그들은 눈부셔하며 제자리에 멈춰 섰다. 그때 라디오가 소리를 내기 시작했다.

'…국회의원 선거 개표 결과를 말씀드리겠습니다. 총 4만 1천1백68군데 투표소 가운데 4만 1천 투표소의 개표 결과입니다. 기독교민주당이 1천2백만 257표를 얻었고, 인민 전선은 7백만 5천468표를 얻었….'

방송이 끝날 때까지 모두 말이 없었다. 빼뽀네가 불안한 얼굴로 돈 까밀로를 쳐다보며 말했다.

"정말 잡초처럼 질긴 놈들이야. 신부님, 이번에도 용케 목숨을 건지셨소!"

"자네야말로 용케 목숨을 건졌군그래! 정말 잘된 일이야."

돈 까밀로가 양팔을 벌리며 말했다.

용하게 목숨을 건지지 못한 사람이 한 사람 있었다. 초록색 신호탄이 올라오기만을 손꼽아 기다리던 절름발이 지지오였다. 그는 초록색 신호탄 대신 여기저기서 쏟아져 나온 기독교민주당 당원들의 발길에 채이고 주먹으로 얻어 맞아 온몸에 초록색 멍이 드는 봉변을 당하고 말았다.

집단농장과 트랙터

보스키니는 공산당이 자신의 자갈밭을 점거했다는 연락을 받았다. 그때 그는 우유병을 세고 있었다. 그건 아주 중요한 일이었지만 모두 집어치우고 현장을 향해 떠났다. 가는 도중에 경찰 주임을 만났다. 주임은 마을을 향해 미친 듯이 자전거 페달을 밟고 있었다.

"지원군을 요청하기 위해 전화를 걸러 가는 중이오!"

주임이 숨 가쁜 소리로 설명했다.

"순경이 겨우 네 명밖에 없어, 그 인원으로는 흥분한 시위대를 해산시킬 수가 없다오."

보스끼니는 껄껄대며 웃었다.

"해산을 왜 시킨단 말이오? 자갈밭을 탐내는 바보 멍청이들이 눈에 띄기만 하면 제가 쫓아내겠습니다. 내버려두시죠, 주임 나리."

30만 제곱미터쯤 되는 땅이라면 작지 않은 규모의 농지다. 자갈밭은 바로 그런 큰 땅이었다. 하지만 씨를 뿌려도 전혀 수확이 되지 않는 황무지였다. 수많은 임대인과 소작농이 그 땅을 개간하는 일에 도전했지만 결국 포기하고 말았다. 그 땅은 적어도 10년 넘게 버려진 상태였다. 그런데 지금 와서 그 땅의 존재 가치를 알아챈 공산당들이 머리에 붉은 띠를 두르고 무시무시한 구호가 쓰인 현수막을 들고 점령한 것이다.

보스키니가 자갈밭 가까이 나타나자 시위대는 험상궂은 표정을 지었다. 그러고는 거친 기세로 길을 막았다. 뻬뽀네가 앞으로 나서며 소리쳤다.

"잘 알아두시오! 우리가 이곳에 온 이상, 어떤 일이 있어도 꼼짝하지 않을 작정이오. 당신 같은 부자에겐 이 땅이 대단치 않겠지만 우리처럼 가난한 이들에게는 중요한 땅이란 말이오."

"잘 알겠소."

보스키니가 시원스럽게 대답했다.

"하지만 법대로 해야 하오. 방법은 두 가지요. 당신들이 내 땅에서 물러나든가, 아니면 내 땅을 법대로 빌리든지 하시오."

"그래, 당신은 굶주린 민중이 곤경에 빠진 틈을 타 한몫 단단히 챙기겠다는 말이오?"

삐뽀네가 비웃는 투로 물었다.

"천만에, 그런 걱정은 조금도 하지 마시오. 아주 특별히 값을 싸게 해줄 테니까."

보스키니가 말했다.

"계약서를 씁시다. 1년에 1리라씩만 받고, 이 땅을 당신들에게 임대해 주겠소. 5리라만 내면 5년 동안은 아무 간섭도 하지 않겠다는 얘기요."

삐뽀네는 미심쩍은 표정으로 보스키니를 쳐다보았다.

"나중에 딴소리하는 건 아닐 테지?"

"걱정 마시오. 공증인 앞에서 버젓하게 서류를 꾸며 계약서를 쓸 테니까."

보스키니가 삐뽀네를 안심시켰다.

"난, 그저 토지 소유권을 포기하고 싶지 않을 뿐이오. 이 척박한 돌밭을 당신들이 어떻게 일구어낼지 보고 싶단 말이오."

그들은 법대로 공증인 앞에서 정식 계약서를 썼다. 삐뽀네는 5년 동안 자갈밭을 임차하기로 하고 선금 5리라를 지불했다. 이 일은 모두 농민협동조합의 이름으로 이루어졌다. 공산당원들은 이 계약을 놓고 대대적인 선전에 나섰다. 물론 단돈 5리라에 땅을 빌렸다는 사실은 쏙 빼고 말이다.

집단 농장을 조직하는 일은 결코 쉽지 않았다. 우선 공산주의 국가들에서 수행되고 있는 집단 농장에 관한 정보를 얻어야 했다. 게다가 집단 농장에서 일하기를 원하는 사람들을 가려내고, 그들을 중심으로 노동과 분배에 대한 규정을 만들고 작업 순서를 정해야 했다.

보스키니는 석 달 동안 자기 땅에 코빼기도 비추지 않다가 어느 날 갑자기 나타났다. 돌멩이 하나 건드린 흔적도 없었고 모든 것이 전과 조금도 달라지지 않았다. 변한 것이라곤 오직 보리타작 마당 한가운데 높이 세워진 펄럭이는 붉은 깃발뿐이었다. 보스키니는 곧바로 뻬뽀네에게 달려가서 말했다.

"당신이 이 계약을 후회한다면 5리라를 돌려주고 계약을 해지해 주겠소."

뻬뽀네는 싱긋 웃으며 대답했다.

"천천히 걸어도 황소 걸음이란 말을 들어 보았소? 그러니 우리는 절대로 서두르지 않소. 1차 5개년 계획은 벌써 훌륭하게 시작되었소. 두고보면 곧 알게 될 거요!"

자갈밭의 집단 농장은 부근의 공산주의자라면 하나도 빼놓지 않고 방문하는 명소가 되었다. 또한, 공산주의자들 말고도 그곳을 내왕하는 사람들의 발길이 끊이지 않았다. 그들은 반쯤은 호기심으로 반쯤은 망하기를 바라는 마음으로 그 근처를 배회했다.

며칠 뒤, 집단 농장 개회식을 알리는 폭죽이 터졌다. 사람들은 전례 없이 중대한 행사에 나오라는 기별을 받고 광장으로 몰려들었다. 다른 마을의 사람들까지 몰려온 터라 광장에는 발 디딜 틈이 없을 지경이었다. 그때 붉은 천으로 장식한 연단에 빼뽀네가 나타났다.

"동지 여러분!"

빼뽀네는 힘차게 말했다.

"지금은 무척 중차대한 순간이오. 영광스럽게도 소련에서 형제 된 자격으로 우리 농민협동조합에 구체적인 도움의 손길을 주겠다고 알려왔소!"

빼뽀네의 말에 사람들의 환성이 하늘을 찔렀다. 빼뽀네는 힘찬 어조를 줄곧 유지하면서 평화주의자와 전쟁 옹호론자의 근본적인 차이와 기타 본질적인 것들에 대해 설명했다. 마지막으로 중국에서 일어난 성공적인 공산주의 혁명을 이야기하면서 인민 만세를 외치며 결론을 내렸다.

"말뿐인 서방과 달리, 우리의 형제이자 동지들의 국가인 러시아가 어떻게 행동하는지 구체적인 증거를 여러분에게 보여주겠소!"

빼뽀네가 목청을 높였다. 사람들이 길을 비키자 그 사이로 수십 대의 오토바이 호위를 받으며 위풍당당한 러시아제 트랙터가 근엄하게 앞으로 나왔다. 빼뽀네의 집단 농장에 배당된 것이었다.

"여러분, 평화와 번영을 위해 길을 비켜주시오!"

빼뽀네가 한 번 더 소리쳤다. 빼뽀네의 부하들이 얼른 뛰어가 트랙터에 붉은 깃발을 달았다. 정말 엄숙한 순간이었다. 사람들의 환성은 더욱 커졌다. 그런데 바로 그때, 트랙터가 이상한 소리를 내더니 그 자리에서 멈춰 서고 말았다. 붉은 옷을 입은 소년, 소녀들이 그 위풍당당한 트랙터에 꽃다발을 던질 준비를 하고 있었는데 큰 낭패가 아닐 수 없었다.

운전대에 앉아 있던 스미르초가 재빨리 뛰어내려가 엔진을 점검했다. 잠시 후 그는 난감한 얼굴로 연단을 향하여 양팔을 벌려보였다. 어디가 고장인지 모른다는 신호였다. 그러자 뻬뽀네는 눈에 핏대를 세우며 연단에서 뛰어내려 쏜살같이 트랙터로 달려갔다.

"용서할 수 없는 반동 행위다!"

뻬뽀네는 고장난 엔진을 수리하는 솜씨가 천재적인 사람이었다. 그는 양복 저고리를 벗고 스패너를 든 채 엔진을 손질하기 시작했다. 그런데 볼트 하나가 손에서 미끄러져 복잡한 엔진 안으로 굴러 떨어졌다. 이제는 어찌 해볼 도리조차 없었다.

"트랙터는 훌륭하다!"

뻬뽀네가 트랙터 위로 올라가 큰 소리로 외쳤다.

"하지만 이 더러운 세상에는 우리의 일을 훼방 놓으려는 반동분자들이 얼마나 많던가!"

어쨌든 트랙터를 광장 한복판에 내버려둘 수는 없었다. 무슨 수를 써서라도 연단 앞으로 행진시켜야 했다. 연단에는 많은 귀빈들이 참석했는데 그중에는 중앙당 서기장까지 와 있었다. 정말 난감한 상황이 아닐 수 없었다.

그때 벨레티가 다행스럽게도 자신의 미제 트랙터를 빌려주었다. 전투적인 미제 트랙터에 이끌려 소련제 트랙터가 연단 앞을 통과하며 꽃다발 세례를 받았다.

사소한 사고가 일어나긴 했지만 어쨌든 트랙터는 현실적으로 연단 앞에 서 있는 것이다. 게다가 그것이 말썽을 일으킨 덕분에 많은 사람에게 좋든 싫든 강한 인상을 주었다. 그러니까 뻬뽀네가 5개년 개발 계획이 순조롭게 진행되고 있다고 선전한 것도 무리는 아니었다.

뻬뽀네는 개회식 때 당한 창피를 만회하고 싶어 밤새도록 트랙터와 씨름했다. 그리고 그다음 날도 하루 종일 트랙터에 붙어 있었다. 고장의 원인은 작은 부품들이 제대로 고정되어 있지 않았기 때문이었다. 간신히 수리를 마친 다음 뻬뽀네는 마침내 역사적인 성명서를 발표하기에 이르렀다.

농업협동조합 자갈밭 집단농장

성명서 제1호 농업협동조합 자갈밭 집단농장
토요일 아침, 전 지구 시의원들을 모시고 감동적인 식전 행사를 거행한다. 이 식전 행사 후 민중의 손으로 쟁취한 토지 개간 사업의 선포식도 거행한다.

농민에게 토지를!

평화 만세! 농민 만세!

토요일 아침이 되자 자갈밭은 수많은 사람들로 붐볐다. 뻬뽀네가 집단 농장의 의미를 간단히 설명하자 가장 나이 많은 농부가 시동을 걸기 위해 크랭크를 잡았다. 핸들은 농장에서 가장 나이 어린 대원이 잡았다. 이렇게 하는 데는 깊은 의미가 담겨져 있었다.

악단이 '민중 가요'를 연주하기 시작하자 크랭크를 돌리던 농부가 비명을 지르면서 땅바닥으로 떨어졌다. 크랭크의 반동으로 오른팔이 부러진 것이었다. 그러나 바로 곁에 서 있던 사람들만 그 사실을 알아차렸다. 그 순간 뻬뽀네가 잽싸게 달려가 나이 많은 농부 대신 시동을 걸었다. 시동 소리가 우렁차게 들리자 열광한 사람들이 환성을 질렀다.

트랙터는 부릉부릉 유쾌한 소리를 내며 움직였다. 아주 당당한 모습으로 6미터쯤 전진했다.

그러나 거기서 시동이 꺼졌다. 또 뻬뽀네가 뛰어나갔다. 30분가량 손을 보고 난 뒤 다시 시동을 걸자 트랙터가 출발했다. 그런데 30미터쯤 굴러가다 아주 이상한 일이 벌어졌다. 트랙터가 별안간 방향을 180도 바꾼 것이었다. 그러자 트랙터와 쟁기를 연결한 부분이 트랙터에 걸렸다. 트랙터는 제자리에서 미친 듯이 빙글빙글 돌더니 쟁기를 연결한 쇠를 두 토막 내버리고 말았다. 놀란 운전사가 뛰어내렸으나 트랙터는 굉음을 내며 연료가 떨어질 때까지 혼자서 뱅글뱅글, 돌고 또 돌았다.

그날 집단 농장 개간 선포식에는 뻬뽀네를 지지하는 사람들이 몰려와 있었다. 그런데도 너무나 우스워서 참지 못하고 배꼽을 움켜잡고 데굴데굴 구르는 사람들이 속출했다.

아무튼 그날의 집단 농장 '첫 경작 행사'는 뻬뽀네의 입장에서 너무나 치욕적인 행사가 되고 말았다. 꽤 큰 파손이었으므로 그는 아주 침울한 모습으로 3일 동안 트랙터와 쟁기를 붙들고 씨름을 해야 했다.

며칠 뒤 뻬뽀네는 아주 은밀하게 집단 농장의 '경작식'을 다시 시작했다. 아무런 발표도 하지 않았지만 사람들은 언제 그걸 하는지 잘 알고 있었다. 뻬뽀네가 자갈밭을 갈기 위해 트랙터를 움직였을 때, 자갈밭 주변의 울타리와 나무 사이에는 호기심으로 가득 찬 사람들의 눈동자가 밤하늘의 별처럼 무수히 반짝거렸다.

그러나 트랙터는 얼마 안 가 또 서버리고 말았다. 뻬뽀네는 마침내 완전히 폭발하여 미친 듯이 고함을 지르며 길길이 날뛰었다. 이런 연유로 뻬뽀네는 계속해서 트렉터에만 매달리게 되었다.

개간은 밤낮 제자리 걸음이었다. 그놈의 러시아제 트랙터는 애써 고쳐놓으면 20미터가량 땅을 갈다가 꾀보 노새처럼 꼼짝도 않고 멈춰 섰기 때문이다.

어느 날 밤, 돈 까밀로가 사제관에서 한가하게 책을 읽고 있는데 뻬뽀네가 찾아왔다.

"신부님."

뻬뽀네의 얼굴은 잔뜩 굳어 있었다.

"지금 하는 말은 정치와 아무 상관이 없소. 오직 갈고 개간해야 할 땅과 관련된 이야기요. 다시 말해, 굶주리는 사람들의 빵 문제란 말이오!"

"그래서?"

"난 도무지 그놈의 트랙터 속에 뭐가 들어 있는지 모르겠소. 그게 통 움직이질 않으니 말이오. 간신히 오른쪽을 고쳐놓으면 왼쪽이 말썽이고, 아래를 손보면 위가 또 고장이란 말이오."

"여긴 트랙터 수리 공장이 아니라 성당일세."

돈 까밀로가 말했다.

"밖에 오토바이를 대기해 놓았소."

뻬뽀네의 목소리에는 간절함이 배어 있었다.

"단 1분이라도 좋으니 그 빌어먹을 트랙터란 놈을 축성 좀 해주시오. 그놈의 뱃속엔 온갖 더러운 마귀가 들끓고 있는 게 틀림없소."

돈 까밀로는 고개를 흔들었다.

"러시아의 트랙터라면 나를 잡아 죽인대도 그 근처에는 가고 싶지 않네."

빼뽀네는 두 주먹을 쥐고 씩씩거리며 성당을 떠났다. 그러나 잠시 후, 돈 까밀로는 자전거를 타고 집단 농장으로 달려갔다. 자갈밭은 온통 어둠뿐이었다. 보리타작 마당 한가운데에 멍키 스패너를 든 빼뽀네가 트랙터를 흘겨보고 있었다. 그는 꼬박 여덟 시간 동안 트랙터와 씨름을 해서 기진맥진한 상태였다.

"어찌 되었나?"

돈 까밀로가 물었다.

"도무지 원인을 알 수 없소!"

빼뽀네가 두 손으로 머리를 감싸 쥐고 한숨을 쉬었다.

"모든 부품을 점검하고 검사해 보았소. 모든 걸 제자리에 맞추어 놓고 시험해 보았건만 꿈쩍도 안 해요. 꿈쩍도!"

그는 헐벗고 우울한 대지처럼, 침묵하는 밤처럼 가슴 속 깊이 절망하고 있었다. 굽이쳐 흐르는 뽀 강에서 봄바람이 살랑살랑 불어왔다. 돈 까밀로는 트랙터 옆으로 가서 기도문을 외고 성수 그릇을 들었다. 축성이 끝나자 빼뽀네는 크랭크를 돌렸다. 트랙터는 마치 배기관을 통해 빠져나온 악마를 쫓아버리기라도 하는 것처럼 매캐한 연기를 뿜어낸 뒤 천둥 같은 소리를 내면서 움직이기 시작했다.

빼뽀네가 트랙터에 올라가 핸들을 잡고 앞으로 몰기 시작했다. 트랙터는 밭고랑을 향해 힘차게 나아갔다. 그리곤 더 이상 멈춰 서지 않았다.

국보급 천사상

밧시니 영감이 죽었을 때 그의 유언장에는 이렇게 쓰여 있었다.

> 종탑의 천사상을 도금할 수 있도록 나의 전 재산을 신부님께 기부합니다. 그러면 천사상이 금빛 찬란하게 빛날 테고, 그렇게 되면 나도 천국에서 내 고향이 어디 있는가를 잘 알 수 있을 것입니다.

천사상은 종탑의 맨 꼭대기에 있었다. 밑에서 쳐다보면 그리 커 보이지 않는데 위로 올라가서 보면 키가 어른만큼이나 컸다. 도금하려면 꽤 많은 양의 순금이 필요했다.

도시에서 전문가가 초빙됐다. 그는 탑으로 올라가 작업 방법을 연구했는데 시간은 오래 걸리지 않았다. 몇 분 만에 탑에서 내려온 그는 몹시 흥분해 있었다.

"구리를 두들겨 만든 가브리엘 천사상입니다."

그는 돈 까밀로에게 자세하게 설명했다.

"너무 독특하고 아름다운 조각상입니다. 13세기 때 만들어진 걸작품입니다!"

돈 까밀로는 키가 작은 그 남자를 쳐다보더니 곧 머리를 가로저었다.

"성당이나 종탑을 세운 지가 300년도 안 되었는데 어떻게 천사상이 13세기에 만들어졌을 수 있겠소?"

"저는 40년 동안이나 이 일을 한 사람입니다. 지금까지 제가 도금한 조각상만 해도 수천 개가 넘습니다. 만일 저 가브리엘상이 13세기에 만들어진 것이 아니라면 무료로 도금해 드리겠습니다."

돈 까밀로는 남의 말을 쉽사리 곧이듣는 사람이 아니었다. 하지만 궁금증이 생겨 그 전문가와 함께 종탑 꼭대기까지 올라갔다. 천사상을 본 돈 까밀로는 그만 입이 쩍 벌어지고 말았다. 그 사람의 말대로 아주 아름답고 훌륭했기 때문이었다.

돈 까밀로는 너무나 놀란 나머지, 내려온 후에도 좀처럼 마음을 진정시키지 못했다. 도대체 어떤 사연으로 저렇게 아름다운 천사상이, 이 초라한 시골 성당의 종탑에 세워졌던 것일까? 그는 이해할 만한 자료를 찾기 위해 교구의 문서 보관소에 가 보았지만 아무것도 찾을 수 없었다.

다음 날 아침, 전날 왔던 도금 전문가가 다른 두 사람을 데리고 왔다. 그들은 종탑으로 올라갔다가 내려오더니 똑같은 말을 했다. 13세기에 제작된 진짜 걸작품이라고 말이다. 그들은 미술계의 권위 있는 교수들이었다. 돈 까밀로는 감격해서 그들에게 고맙다는 인사를 했다.

"정말 놀라운 일입니다!"

한 교수가 소리쳤다.

"이런 시골 성당 종탑에 13세기에 만들어진 천사상이 있다니, 이 마을 전체의 영광입니다."

오후에 사진기자가 왔다. 그는 종탑으로 올라가 수백 장의 사진을 찍었다. 다음 날 아침 신문에는 천사상에 관한 기사가 크게 실렸다. 사진도 세 장이나 실린 그 기사는, 이렇게 귀중한 걸작품이 궂은 날씨에 부식되도록 방치하는 건 죄악이라는 논평까지 냈다. 이런 예술품은 국가의 중요한 문화재이니 마땅히 국가적 차원에서 보호해야 한다고 쓰여 있었다.

신문 기사를 본 돈 까밀로가 펄쩍 뛰었다.

"도회지의 악당들이 가브리엘 천사상을 빼앗아 가려고 노리는 모양인데 어림도 없지."

돈 까밀로는 종탑 근처에서 보수 공사를 하고 있던 벽돌공에게 말했다.

"그럼요, 어림도 없는 수작입지요. 우리 천사상에 손끝 하나 대게 해서는 안 됩니다."

벽돌공이 맞장구를 쳤다.

며칠 뒤, 많은 사람이 찾아왔다. 도시의 고위직 인사들도 왔다. 교구청 대변인도 왔다. 모두가 천사상을 보려고 종탑으로 올라갔다. 그리고 내려와서는 이구동성으로 말했다.

"신부님, 이런 귀중한 문화재를 비와 눈바람 속에 방치해 두는 건 퍽이나 안타까운 일입니다."

"방수 처리를 할 생각이오!"

참다 못한 돈 까밀로가 소리쳤다. 하지만 그들은 이치에 맞는 처리 방법이 아니라고 반박했다. 돈 까밀로는 그들의 말에 이렇게 응수했다.

"세상의 모든 도시에는 저마다 훌륭한 조각상들이 있소. 모두 수세기에 걸쳐 눈과 비에 노출되어 광장 한가운데에 서 있다오. 하지만 조각상에 덮개를 씌워야 한다고 생각하는 멍청이는 아무도 없는 걸로 알고 있소. 그런데 왜 우리 천사상에만 보호막을 씌워야 합니까? 여러분들이 밀라노의 대성당에 있는 성모상이 부식될 염려가 있으니 성모상을 끌어내려 덮개를 씌워야 한다고 그들에게 말해 보시오? 만일 그런 제안을 한다면 당신들은 그곳 시민들의 발에 채여서 나자빠질 거요."

"밀라노의 성모상은 이것과 또 다른 문제지."

고위직 인사 중 한 사람이 말했다.

"천만에, 밀라노나 여기나 발길질은 매한가지요!"

돈 까밀로가 되받아쳤다. 그러자 돈 까밀로 옆에 모여 있던 사람들이 '옳소, 옳소!' 하면서 맞장구를 쳤으므로 그들은 더 이상 말을 꺼내지 못했다. 며칠이 지난 뒤 신문은 또다시 공격을 해왔다.

> 1200년도에 제작된 아름다운 가브리엘 천사상을 뽀 강기슭의 외딴 마을 종탑 꼭대기에 방치해 두는 건 죄악이다. 이는 마을로부터 천사상을 빼앗고 싶어서가 아니라 그것을 통해 많은 관광객을 유치할 수 있기 때문이다. 천사상이, 공개된 장소에 세워지기만 한다면 말이다. 아무리 예술을 사랑하는 애호가라 할지라도 종탑 꼭대기에 있는 조각상을 올려다보기 위해 그렇게 외진 시골까지 가지는 않을 것이다. 천사상을 성당 안으로 옮기고 모형을 떠서 도금한 완벽한 복제품을 종탑에 세워두어야 한다.

기사를 읽은 사람들은 차차 돈 까밀로의 고집에 불만을 털어놓기 시작했다. 사실 천사상이 종탑 꼭대기에 있는 한 아무도 그 아름다운 모습을 볼 수 없었기 때문이다. 그러나 성당 안에 둔다면 누구나 볼 수 있다. 종탑 위에는 실물과 똑같은 도금 천사상을 올려놓는다면 그 아름다움이 조금도 손상될 까닭은 없을 테니까.

교구청의 고위 성직자들도 이 문제로 돈 까밀로를 찾아와 논쟁을 벌였다. 마침내 돈 까밀로의 고집이 꺾이고 말았다.

종탑에서 천사상을 내릴 때 마을 사람들 모두 광장에 몰려들었다. 사람들이 마음껏 보고 만지도록 해달라고 사정하는 통에 천사상을 며칠 동안 성당 앞마당에 세워두기로 했다. 기적의 천사상에 대한 소문을 듣고 이웃 마을에서도 구경꾼들이 몰려왔다. 돈 까밀로는 복제품을 만드는 것은 받아들였지만, 그 방법에 대해서는 절대 양보하지 않았다.

"천사상을 절대 다른 곳으로 가져가게 할 수는 없소. 장비를 가져와 여기서 모형을 뜨시오."

밧시니 영감의 유산을 전부 정리하니 도금할 수 있는 비용은 충분했다. 한 개가 아니라 열 개라도 할 수 있는 큰돈이었다. 그러므로 청동 복제상까지 만들어 종탑에 세우는 것은 어렵지 않았다.

복제상은 순금으로 도금한 터라 번쩍번쩍 빛이 났다. 구경하러 온 사람들은 정말 훌륭하다고 칭찬을 아끼지 않았다. 아무리 자세히 보아도 진품과 조금도 차이가 나지 않았다.

"만일 진짜 천사상에도 도금을 한다면 어떤 것이 진품인지 구별할 수 없을 거야."

복제상을 본 사람들이 그렇게 말했다. 돈 까밀로는 진품도 도금해야겠다고 생각했다. 도시의 전문가들이 반대했다. 그들은 여러 가지 이유를 대면서 원본에는 절대로 손을 대지 말아야 한다고 했다. 그러나 돈 까밀로는 꿈쩍도 하지 않았다.

"이건 예술과는 상관없는 일이오. 밧시니 영감이 종탑의 천사상을 도금해달라며 내게 전 재산을 남겼소. 종탑에 있던 천사상에 말이오. 그러니 도금을 해야 하오. 그렇지 않으면 망자의 유언을 지키지 않는 일이 될 것이오."

복제된 천사상은 종탑에 올려졌다. 마침내 전문가들의 동의 아래 진품에도 도금하기 시작했다. 그 일도 금방 끝났다. 진품은 성당 입구의 한적한 장소에 안치되었다. 온몸에 순금을 입혀놓으니 그 모습은 입을 다물 수 없을 정도로 아름다웠다.

제막식이 있던 날 밤, 돈 까밀로는 잠을 이룰 수 없었다. 10시쯤 침대에서 일어난 그는 도금한 가브리엘 천사상을 보기 위해 성당 마당으로 내려갔다.

"13세기라?"

돈 까밀로는 혼자 중얼거렸다.

"이 성당은 지은 지가 고작해야 300년밖에 되지 않는다. 그런데 천사상은 이 성당보다 400살이나 더 먹었다. 도대체 누가 이 종탑 꼭대기로 모셔 왔을까?"

그는 가브리엘 대천사의 커다란 날개를 바라보았다.

천사상은 성당에 안치되어 있었는데 그 주위를 커다란 유리 상자로 싸서 보호하였다. 그 유리 상자는 뒤에서 열고 닫을 수 있게 문이 나 있었다. 돈 까밀로는 급히 열쇠를 꺼내 유리 상자를 열었다.

'종탑 높은 곳에서 자유롭게 지내던 천사가 이렇게 좁은 상자 속에 갇혀 지내다니…. 얼마나 숨이 막힐까?'

돈 까밀로는 그렇게 중얼거리면서 밧시니 노인의 유언을 생각해냈다.

'종탑의 천사상을 도금할 수 있도록 나의 전 재산을 신부님께 기증합니다. 그러면 천사상이 금빛 찬란하게 빛날 테고, 그렇게 되면 나도 천국에서 내 고향이 어디 있는가를 잘 알 수 있을 것입니다.'

하지만 밧시니 영감은 천국에서 저 금빛 나는 천사상을 보지 못하게 되었다. 가짜 천사상이 반짝거리는 것만 볼 게 아닌가. 그는 유리관 속에 갇혀버린 진짜 천사상이 반짝이는 걸 진정으로 보고 싶어 할 것이다. 돈 까밀로는 마음이 울적했다.

'왜 밧시니 영감을 속여야 한단 말인가!'

돈 까밀로는 제단의 예수님 앞으로 가서 무릎을 꿇었다.

"예수님, 제가 왜 밧시니 영감한테 거짓말을 했을까요? 어째서 그 도시의 멍청이 같은 자들에게 속아 넘어갔을까요?"

예수님은 아무런 대답도 없으셨다. 돈 까밀로는 다시 가브리엘 천사상 앞으로 가서 속삭였다.

"천사님, 당신은 300년 동안 우리 마을 사람들을 지켜 왔습니다. 어쩌면 그보다 400년 전부터 그렇게 해왔는지도 모르겠습니다. 이 성당은 아주 오래된 성당 위에 지은 것이니까요. 천사님은 전쟁과 기근, 흑사병으로부터 우리를 보호해 주셨습니다. 천둥과 번개 그리고 눈보라에서도 우리를 구해 주셨지요. 300년, 아니 700년 전부터 당신은 하늘로 올라가는 망자들의 영혼과 마지막 인사를 했을 겁니다. 슬픈 종이 울릴 때나 기쁜 종이 울릴 때나 당신은 언제나 그 현장을 지켜보셨겠지요. 기쁨과 고통, 이 모든 것에 천사님의 날개는 은혜를 내려주셨습니다. 그런데 이제 당신은 유리 상자 안에 갇혀 빛나는 태양도 푸른 하늘도 볼 수가 없게 되었습니다. 제철소에서 만들어진 가짜 천사가 당신의 자리를 차지해 버렸기 때문입니다. 온갖 세속적인 욕심에 물든 제련공들의 욕설만이 천사님의 날개 속에 자리 잡게 되었습니다. 저 가짜 천사가 감히 당신의 자리를 빼앗아 갔습니다. 천사님은 신앙심이 두터운 사람의 손으로 만들어졌습니다. 당신의 몸은 아주 세밀하게 망치질해서 만들어진 것입니다. 그런데 저 가짜는 신앙심도 없는 기계가 당신과 똑같이 만든 것입니다. 천사님의 몸에는 13세기에 살았던 이름 모를 예술가의 신앙심이 구석구석 배어 있지만, 가짜의 몸에는 차가운 기계의 불경스러움만이 스며 있습니다. 이렇게 차갑고 무심한 가짜 천사에게 어떻게 우리를 지켜달라고 말할 수가 있단 말입니까? 그런 가짜에 우리 마을과 우리 마을 사람들의 보호를 맡길 수가 있겠습니까?"

밤 11시였다. 안개가 자욱하게 낀 침묵의 밤이었다. 돈 까밀로는 성당을 나와 어둠 속으로 사라졌다.

빼뽀네는 밖으로 나와 짜증 나는 얼굴로 돈 까밀로를 쳐다보았다.

"자네 도움이 필요하네."

돈 까밀로가 말했다.

"외투를 입고 나를 따라오게."

성당에 도착하자 돈 까밀로는 순금으로 번쩍이는 천사상을 보여주었다.

"이 천사상은 자네와, 자네의 부모님과 자네의 조부모님을 보호해 주었네. 자네의 아들과 딸도 보호해 주실 것이네. 그러니 이 천사상을 자기 자리로 옮겨놓아야 할 것이네."

빼뽀네는 돈 까밀로를 쳐다보았다.

"신부님, 살짝 머리가 돈 거 아니오?"

"그래, 돌았네."

돈 까밀로가 말했다.

"자네 말대로 내 머리는 돌았지만 지금 내가 하려는 일은 나 혼자 할 수가 없네. 그러니 자네도 미친 사람이 되어 날 좀 도와주게."

종탑 언저리에는 나무 발판이 아직도 그대로 놓여 있었다. 돈 까밀로가 먼저 올라갔다. 빼뽀네도 도르래를 들고 뒤따라 올라갔다.

그들은 단 두 사람뿐이었지만 둘 다 반쯤 미쳐있었으므로 여섯 사람 몫의 놀라운 힘을 내었다. 두 사람은 천사상을 밧줄로 묶은 다음 주춧돌을 들어냈다. 그런 후에 천사상을 도르래에 연결해 위로 끌어올렸다. 종탑에 또 다른 조각상을 세우려면 적어도 다섯 사람은 필요했다. 그러나 겨우 둘이서 그 일을 해냈던 것이다.

두 사람은 일을 끝내고 사제관으로 달려갔다. 온몸은 땀으로 흠뻑 젖었고 손바닥이 완전히 벗겨져 있었다. 그때가 새벽 5시였다. 두 사람은 자기들이 한 짓을 생각하고는 적잖이 두려운 마음이 들었다.

"이, 이거 참 큰일났네."

뻬뽀네가 더듬거리며 말했다. 그는 갑자기 화가 치밀어오른 듯 몸을 돌려 돈 까밀로를 노려보았다.

"왜 나를 이런 짓에 끌어들였소? 왜 이런 저주받을 일에 나를 끌어들었느냔 말이오?"

"저주받을 일이라니, 말조심하게."

돈 까밀로가 무덤덤한 표정으로 말했다.

"이 세상에 가짜 천사상이 얼마나 많은가? 그리고 그런 것들은 우리에게 복을 주기는커녕 괴롭히기만 하네. 지금 우리에게는 우리를 지켜주는 진짜 천사상이 필요한 거야."

뻬뽀네는 얼굴을 찌푸리며 소리쳤다.

"또, 그 말도 되지 않는 종교 선전이시오!"

그는 화가 나서 작별 인사도 없이 사라져버렸다. 하지만 집 앞에 도착하자 자기도 모르게 몸을 돌려 종탑 꼭대기를 쳐다보았다. 어스름한 새벽빛을 받아 천사상이 반짝였다.

"안녕하시오, 동지!"

빼뽀네는 자기도 모르게 중얼대면서 흡족한 마음으로 모자를 벗어 인사했다. 한편 돈 까밀로는 제단 앞에 무릎을 꿇고 예수님에게 감사를 올렸다.

"일이 쉽게 끝나도록 도와주셔서 감사합니다, 예수님."

예수님은 대답 대신 미소만 지으셨다. 왜냐하면 돈 까밀로가 한 일을 잘 알고 계셨기 때문이다. 아마 그분도 기분이 좋으실 터였다.

초록 모자

밤이 깊었다. 돈 까밀로는 잠들지 못하고 눈을 말똥말똥 뜬 채 침대에 누워 있었다. 그는 잠을 자기 위해 무진 애를 썼다. 종소리가 들려오는 걸 보니 벌써 일요일이 된 모양이었다. 게다가 오늘은 보통 주일이 아니라 선거가 있는 일요일이었다.

마을에서 공산당들의 지지 기반은 무척 견고했다. 돈 까밀로는 이번 읍장 선거를 통해 그들을 쫓아낼 묘책을 궁리하고 있었다. 새벽 2시 종이 울리자 돈 까밀로는 침대에서 내려왔다. 옷을 입고 칠흑같이 캄캄한 성당 마당으로 나갔다.

성당으로 들어간 돈 까밀로는 예수님 앞에 무릎을 꿇고 기도

하기 시작했다. 제단 위에 있는 감실에만 불이 켜져 있었기 때문에 성당 안은 어둡고 정적이 감돌았다. 2시 30분을 알리는 종소리가 울렸다. 종소리는 마치 폭탄처럼 적막을 깨뜨리더니 이내 잦아들었다. 그런데 잠시 후 밖에서 또 무슨 소리가 들려왔다. 창문으로 살짝 내다보니 누군가 종탑 문 앞에 서 있는 게 아닌가. 돈 까밀로는 살그머니 고해소로 들어가 숨었다.

자물쇠가 열리는 소리, 다시 닫히는 소리 그리고 누군가 안으로 들어오는 발걸음 소리가 들려왔다. 돈 까밀로는 가만히 숨을 가다듬고 손가락으로 고해소 커튼을 살짝 들어 올렸다. 한 사내가 꼼짝도 않고 제단 앞에 우뚝 서 있었다. 한참 만에 그 사내는 깊은 한숨을 내쉬었다. 그가 뭐라고 중얼거렸지만 똑똑히 알아들을 수가 없었다. 꽤나 오랫동안 입속으로 무언가를 중얼거리더니 자리에 주저앉으며 머리를 감싸안았다.

돈 까밀로는 고해소에서 웅크리고 앉아 숨을 죽이고 있었다. 그러다 어느 틈엔가 자신도 모르게 깜빡 잠이 들고 말았다. 얼마나 지났을까? 돈 까밀로는 화들짝 놀라 잠을 깼다. 성당 안에는 아무도 없고 햇살이 가득 넘쳐 흐르고 있었다. 오랫동안 고해소 안에 쪼그리고 있었더니 팔과 다리가 저릿저릿했다. 그는 시계를 보았다.

"벌써 6시구나!"

돈 까밀로가 예수님에게 달려가 간밤의 일을 말씀드렸다.

"예수님, 정말 이상한 일도 다 있습니다. 어젯밤 2시 30분쯤 누군가가 성당에 들어와 기도하는 꿈을 꾸었습니다. 그자는 몰래 성당 문을 따고 들어왔습니다. 그렇게 이상한 꿈은 처음입니다. 정말 이상합니다."

예수님이 한숨을 내쉬며 말씀하셨다.

"정말 이상한 꿈을 꾸었는가 보구나. 그런데 그 친구는 깜박하고 모자를 두고 갔느니라."

돈 까밀로가 돌아보니 어젯밤 그 사내가 앉았던 자리에 초록색 모자가 놓여 있었다. 돈 까밀로는 모자를 들고 빙글빙글 돌려 보았다.

'도대체 무슨 일이 벌어졌단 말인가?'

예수님이 미소를 지으며 말씀하셨다.

"거기 그 자리에 놓아두거라, 돈 까밀로. 자리를 맡아두기 위해 모자를 두고 갔나 보구나. 언젠가 다시 돌아오겠지."

돈 까밀로가 고개를 끄덕였다.

"믿음을 가져라, 아들아!"

예수님은 계속 말씀하셨다.

"그가 한 달 뒤에 돌아올지, 또는 1년 뒤에 돌아올지, 아니면 더 많은 세월이 지난 뒤에 돌아올지 아무도 모른다. 하지만 그게 중요한 것은 아니다. 언젠가 다시 돌아온다는 게 중요하지. 그것도 종탑의 쪽문이 아니라 정문으로 말이다. 또 선거에 이기게 해달라는 기도를 하러 오지는 않겠지."

"그거야 예수님의 희망사항이시겠지요."

돈 까밀로는 뻬뽀네의 초록 모자를 의자 위에 놓으면서 말했다.

뻬뽀네는 토요일 오후, 마지막 선거 유세를 했다. 오전에는 상대 당의 거물급 후보자가 광장에서 연설회를 열었다. 그 거물은 도시에서 온 사람으로 유권자들이 원하는 게 뭔지 잘 알고 있었다.

"나는 이 마을을 공산당들로부터 해방시키겠습니다! 마르크스의 노예들로부터, 그리스도의 적들로부터 여러분을 구하겠습니다!"

유세장에 모인 사람들이 모두 손뼉을 쳤다. 이윽고 똑같은 연단에서 뻬뽀네가 연설을 시작했다. 사람들이 광장을 빼곡히 메웠다. 모두 뻬뽀네가 입에 게거품을 물고 그놈이 도대체 어디에서 온 작자냐며 고함을 지를 줄 알았다. 그러나 뻬뽀네는 고함을 지르기는커녕 아주 침착하고 간단하게 연설을 끝냈다.

"유권자 여러분, 안녕하십니까? 당에서는 제게 당의 방침을 연설하라고 명령했습니다. 하지만 저는 제가 하고 싶은 말만 하겠습니다. 제가 이 자리에서 선 것은 여러분에게 작별 인사를 드리기 위해서입니다. 그동안 저와 동지들은 많은 일을 했습니다. 무엇이 좋은 일이었고 무엇이 나쁜 일이었는지는 모르겠습니다. 그러나 만일 저희가 잘못을 했다면 그것은 저희가 나쁜 사람들이 아니라 경험이 부족하고 모르는 것이 많아서였을 겁니다. 저는 세상에서 가장 못난 읍장이었을지도 모릅니다. 하지만 그게 다 우리 마을을 위해서였다고 생각합니다."

삐뽀네는 이마에 맺힌 땀을 닦았다.

"읍민 여러분, 저는 이길 가망이 전혀 없습니다. 그런데도 또 다시 출마한 이유는 여러분이 저의 엉덩이를 발로 차 쫓아보내길 원하는지 아니면 조금이라도 감사하는 마음으로 보내길 원하는지를 알고 싶기 때문입니다. 마치 선생님께 리포트를 제출하는 학생이 된 심정입니다. 빵점인지 50점인지 100점인지 그걸 알고 싶습니다. 어떤 점수를 받건 정당한 평가일 겁니다. 제가 더 이상 읍장이 아니라고 모르는 척하지 마십시오. 그리고 여러분의 마음에 상처를 주었다면 용서해 주십시오. 결코 고의로 그런 것은 아니기 때문입니다. 인간은 누구나 불완전한 존재 아니겠습니까?"

삐뽀네는 주머니에서 뭔가를 꺼냈다.

"오늘로부터 5년 전, 제가 읍장에 당선되었을 때 제 주머니에는 담배 한 개비와 500리라가 있었습니다. 5년 동안 읍장을 지내고 난 지금 제 주머니에는 250리라와 담배 반 개비가 남았습니다. 이것이 제가 드리고 싶은 지난 5년간의 보고입니다."

사제관 창문을 반쯤 닫은 덧문 뒤에서 연설을 듣고 있던 돈 까밀로는 입을 딱 벌렸다. 삐뽀네는 연설을 계속했다.

"무슨 사고라도 생기면 저는 완전히 빈털터리가 됩니다. 세수할 물조차 없는 가난뱅이로 살아야 할 것입니다. 저는 사리 사욕을 채우지 않았습니다. 더 이상 드릴 말씀은 없습니다. 여기서 '이탈리아 만세' 라고 외치고 싶지만 그렇게 하지 않겠습니다. 당의 정책을 위해 조국을 이용한다는 말을 듣고 싶지 않기 때문입니다."

빼뽀네는 여유 있는 태도로 모자를 벗었다.

"안녕히 계십시오, 여러분."

그는 그렇게 연설을 끝냈다. 사람들은 어리둥절한 표정으로, 빼뽀네가 연단에서 내려와 사라지는 모습을 물끄러미 쳐다보았다. 그의 키가 전보다 더 커진 것 같았다. 그는 고함 한 번 지르지 않았던 것이다.

사람들은 천천히 광장을 떠났다. 광장이 텅 비고 나서야 돈 까밀로는 다시 생각에 잠겼다. 이런 일은 정말 예상 밖이었다. 빼뽀네가 항복을 하다니!

밤이 지나고, 마침내 일요일 새벽이 밝았다. 돈 까밀로는 10시 무렵 투표를 하러 갔다. 빼뽀네와 그 부하들도 차례로 투표를 했다. 모든 일이 순조롭게 진행되었다. 월요일에도 오후 2시까지 투표가 진행되었다. 화요일 정오에 바르키니 영감이 헐레벌떡 사제관으로 달려왔다.

"신부님, 우리가 졌습니다!"

돈 까밀로는 벌떡 일어나 주먹을 쥐더니 다시 자리에 앉았다. 그는 종에 매달려, 장례 미사를 알리는 조종을 마구 울리고 싶었다. 고래고래 고함을 지르고 탁자를 주먹으로 내리치고 싶었다. 그러나 꾹 참을 수밖에 없었다.

'공산당 놈들로부터 이 마을을 해방시키겠습니다. 마르크스의 노예들로부터, 그리스도의 적들로부터 여러분을 구하겠습니다.'

돈 까밀로는 도시에서 온 거물급 인사의 오만불손한 연설이 떠올랐다.

"바보 같은 놈!"

돈 까밀로가 소리쳤다.

"명문 대학 졸업장에다 교양을 쌓을 대로 쌓은 사람이 낫 놓고 기역도 모르는 뻬뽀네에게 당하다니!"

그날 밤에도 돈 까밀로는 잠을 이룰 수가 없었다. 속이 쓰려 새벽 3시경 침대에서 일어난 그는 옷을 갈아입고 성당으로 발걸음을 옮겼다.

"예수님."

그는 제단 앞에서 무릎을 꿇으며 말했다.

"제발 도와주십시오. 전 쓰러지기 일보 직전입니다."

돈 까밀로는 기도를 한 다음 지난번처럼 눈을 좀 붙일 요량으로 고해소에 들어갔다. 꾸벅꾸벅 졸다가 퍼뜩 잠에서 깨어났다. 초록 모자를 쓴 유령이 나타났던 며칠 전처럼 누군가 종탑의 쪽문을 따고 있었다. 돈 까밀로는 꼼짝도 하지 않았다. 사내는 성당으로 들어와 제단 앞으로 다가갔다. 검은색 외투를 입은 그는 주머니에서 뭔가를 꺼내더니 더 안쪽으로 다가갔다. 사내가 꺼낸 것은 커다란 양초였다. 그리고 제단 왼쪽에 있는 커다란 촛대 앞에 멈춰 서서 조금 전 꺼냈던 커다란 양초를 촛대에 꽂았다. 그러고 나서 딱성냥을 신발에 비벼 켜더니 촛불에 불을 붙였다. 돈 까밀로는 더 이상 참을 수 없어 고해소에서 뛰어 나갔다. 사내는 주먹을 불끈 쥐고 뒤돌아보았으나 곧 정중한 태도를 보였다.

"읍장 나리께서 한밤중인 새벽 3시 30분에, 그것도 남몰래 주님의 집에 들어오다니, 어찌 된 일인가?"

뻬뽀네는 조금도 당황하지 않았다. 오히려 그는 침착하게 제단의 예수님을 가리키며 입을 열었다.

"신부님과는 상관없는 일이오. 나와 예수님은 서로 약속을 했었소."

"무슨 약속?"

"내가 선거에서 이기면 촛불을 밝히기로 말이오."

돈 까밀로는 완전히 평상심을 잃어버리고 소리쳤다.

"썩 물러가거라! 이 나쁜 놈아, 감히 뻔뻔스럽게 하느님의 집에 들어와서 그런 모욕적인 말을 하다니…."

"누가 모욕적인 말을 한다는 거요?"

"하느님이 너희를 선거에서 이기게 도와주었다고 믿는 사실 자체가 모욕이다. 어떤 자가 교회에 와서 '어떤 선량한 사람을 죽일 수 있도록 도와주십시오.' 하고 기도를 드리고 나서 사람을 죽인다면, 그건 이중으로 죄를 짓는 것이다. 먼저 살인죄, 다음에는 살인, 즉 하느님의 신성한 율법을 깨뜨리는 것을 그분께서 도와주셨다고 생각하는 죄다."

뻬뽀네는 양팔을 벌렸다.

"난 아무도 죽이지 않았소. 난 하느님께 다시 읍장이 될 수 있는지 여쭤보았을 뿐이오. 그리고 하느님께서는 내 기도를 들어주신 것이오. 읍장이 되는 것이 죄악이 된다는 말은 아직까지 한 번도 하신 적이 없소."

돈 까밀로는 위협하듯 손가락을 쳐들었다.

"그리스도의 적을 위해 봉사하는 건 죄악이다! 하느님의 적을 위해 일하면서 감히 그분의 적이 이길 수 있도록 도와주실 거라고 믿고 있다니…."

뻬뽀네는 어깨를 으쓱했다.

"정치 문제로 끌고 가지 않았으면 좋겠소, 신부님."

뻬뽀네는 흥분하지 않고 차분하게 말했다.

"지금 이 자리에 반기독교주의자는 없소. 읍장이 될 수 있도록 도와주신 하느님께 촛불을 밝히러 온 사람만 있을 뿐이오."

돈 까밀로는 주먹을 불끈 쥐더니 커다란 양초가 있는 곳으로 성큼성큼 걸어갔다. 그러자 뻬뽀네가 커다란 촛대를 붙잡으며 부르짖었다.

"불을 끄면 머리통을 부숴버릴 테요!"

"예수님 제단 앞에서 싸움을 할 수는 없다. 촛불을 밝히고 싶다면 밝혀라. 하지만 그건 하느님을 모욕하는 불꽃일 뿐이니 하느님께서 신성을 모독한 자네를 벌하실 것이다."

빼뽀네는 제단을 지나 종탑의 쪽문으로 가면서 중얼거렸다.

"신부님, 그런 말을 아무리 해도 소용없소. 내 양초는 계속 탈 것이니 말이오. 나는 양심적인 사람이오. 하느님도 잘 아실 것이오. 그렇지 않다면 내가 선거에서 승리했을 턱이 없지 않소?"

"빨리 나가라!"

돈 까밀로가 소리치자 빼뽀네는 밖으로 나갔다. 돈 까밀로는 제단 앞을 서성거렸다. 이윽고 걸음을 멈추더니 예수님을 향해 양팔을 벌렸다.

"예수님, 당신도 보고 들으셨지요? 저자는 바로 예수님 눈앞에서도 당신을 모욕했단 말입니다."

예수님이 미소를 지으며 상냥하게 말씀하셨다.

"돈 까밀로, 중요한 건 하느님에 대한 믿음 아니더냐? 빼뽀네를 너무 심하게 핍박하지 마라. 하느님을 믿는 사람이 공산당에 투표하는 것보다 하느님을 믿지 않는 사람이 공산당에 투표하는 것이 훨씬 낫다. 가장 큰 신성모독은 하느님을 믿지 않는 것이니라. 신앙이 있다면 현재 마음이 혼란스러운 사람도 언젠가는 회개할 것이다. 눈에 붕대를 감은 사람은 앞을 볼 수가 없지만 붕대가 풀어지면 밝은 빛을 보게 될 것이다. 귀가 없는 사람은 들을 수가 없다. 밀랍으로 귀를 막은 사람도 마찬가지란다. 하지만 밀랍이 녹아버리는 날, 그는 하느님의 말씀을 듣게 될 것이다."

돈 까밀로는 양팔을 벌리며 애타게 말했다.

"예수님, 그 인간은 예수님의 적들을 도와준 것에 대해 감사하러 왔습니다. 당신을 부정하는 자들을 말입니다. 그게 하느님을 모독하는 일이 아니고 무어란 말입니까?"

"돈 까밀로, 그는 하느님께 감사하기 위하여 온 것이다. 자기 당의 당수에게 감사한 것이 아니다. 당 서기장에게, 이기게 해 달라고 기도한 것이 아니란 말이다. 그가 하느님께 기도했다는 건 하느님을 부정하지 않는다는 뜻이다. 오히려 그분의 권능을 알고 있다는 뜻이지. 현재는 진실을 모르기 때문에 이해할 수 없는 그 모든 것을 나중에는 이해할 수 있을 것이다. 진리에 이르는 길은 사람마다 다르단다."

돈 까밀로는 제단 한쪽에서 타고 있는 뻬뽀네의 양초를 우울한 눈으로 쳐다보았다.

"네가 싫다면 촛불을 끄려무나. 하지만 그가 내 제단 앞에 밝혔던 다른 불은 절대 끌 수가 없을 것이다."

돈 까밀로는 무슨 말인지 이해하지 못했다.

"제단 앞에 밝혔던 다른 불이라뇨? 그게 어디에 있습니까?"

"돈 까밀로, 뻬뽀네는 자기 당을 위해 투표하지 않았다. 네가 지지하는 당에다 십자가 표시를 했느니라."

돈 까밀로가 벌떡 일어서서 외쳤다.

"예수님, 그건 모두 사기입니다! 늑대가 양의 탈을 쓴 것과 똑같은 겁니다!"

"양이 늑대의 탈을 쓰고 온갖 못된 짓을 하고 다니는 것은 어떻고?"

"무슨 말씀이신지 모르겠군요. 제가 아는 건 그 인간이 또다시 읍장에 당선되었다는 것뿐입니다!"

"그럼 그가 당선되었다고 하지 말고 내가 당선되었다고 생각하려무나, 돈 까밀로."

어젯밤 뻬뽀네가 의자 위에 놓고 갔던 초록 모자가 아직 그대로 있었다. 돈 까밀로가 그 모자를 쳐다보았다.

"성급하게 굴면 안 되느니라, 돈 까밀로."

예수님이 미소를 지으며 말했다.

"내 말을 믿어라."

그러나 돈 까밀로는 마음의 평화를 찾을 수가 없었다.

"예수님…."

그는 고통스러운 목소리로 말했다.

"그놈은 비열합니다. 저도 속았고, 모두를 감쪽같이 속여 넘겼습니다."

"나를 속이지는 않았느니라."

"예수님."

돈 까밀로가 신음을 내며 말했다.

"지난번, 그자가 광장에서 연설했을 때 저는 그 인간이 가엾다는 생각이 들었습니다. 사람들에게 버림받고 풀이 죽어 쓸쓸하게 걸어가는 뒷모습이 어찌나 안쓰러워 보였던지…."

돈 까밀로는 손으로 이마의 땀을 닦았다.

"그래서… 저는 그자에게 투표했습니다. …저야말로 신성 모독죄를 지었습니다. 어떻게 해서 그런 무서운 죄를 지었는지 모르겠습니다."

"이미 나는 알고 있었노라."

예수님은 미소를 지으며 대답하셨다.

"이웃에 대한 너의 사랑이 너의 판단력을 흐리게 한 것이란다. 돈 까밀로, 하느님께서도 너의 죄를 용서하실 거다."

사냥개와 우정

사냥철이 시작되기 이틀 전 람보가 죽었다. 람보는 태어나면서부터 돈 까밀로의 날랜 사냥개였다. 그러던 녀석도 늙고 쇠약해져서 그 좋아하는 사냥 일도 힘겨워하더니 그만 죽고 말았다.

돈 까밀로는 울타리 옆 채소밭에 구덩이를 깊게 파서 람보를 묻어주고 그 위에 부드러운 흙을 덮었다. 돈 까밀로는 두 주일 정도를 꼼짝도 않고 성당 안에서만 지냈다. 그러던 어느 날 2연발총을 메고 들판으로 나갔다.

메추라기 한 마리가 풀숲에서 날아올랐다. 돈 까밀로는 지체 없이 총을 쏘았다. 메추라기가 유유히 날아올라 가자 돈 까밀로는 크게 고함을 질렀다.

"이 멍청이야!"

그러나 람보가 이미 죽고 없다는 것을 깨닫고는 이내 풀이 죽어버렸다. 돈 까밀로는 미친 사람처럼 들판과 강둑, 포도나무밭을 쏘다니며 2연발 총이 마치 기관총이라도 되는 양 마구 쏘아 댔다. 하지만 람보가 없었기 때문에 애초부터 사냥은 무리였다.

마지막으로 총알이 하나 남아 있었다. 그때 메추라기가 날아올라갔다. 돈 까밀로는 새가 울타리를 넘어가는 순간 재빨리 방아쇠를 당겼다. 정확히 맞힌 것 같았다. 아마 맞았다면 울타리 위 아니면 울타리 너머 풀밭에 떨어졌을 것이다. 하지만 무슨 수로 그것을 확인할 수 있단 말인가. 그건 건초를 가득 실은 수레 속에서 바늘을 찾는 격이었다. 차라리 단념하는 편이 훨씬 나았다.

돈 까밀로는 총구에 대고 '후' 하고 바람을 불어넣은 다음 주위를 한 번 둘러보고 마을 쪽으로 걷기 시작했다. 바로 그때 바스락대는 소리가 들려왔다. 사냥개 한 마리가 울타리를 뛰어넘어 돈 까밀로 앞으로 달려왔다. 그러더니 물고 있던 살진 토끼를 발치에 놓는 것이 아닌가.

"이게 무어냐?"

돈 까밀로가 소리쳤다.

"이거 수지맞았구나! 나는 메추라기를 쏘았는데 이렇게 좋은 토끼가 생기다니….”

돈 까밀로가 토끼를 살펴보니 몸이 젖어 있었다. 개도 젖어 있는 걸로 보아 강을 헤엄쳐 건너온 것이 틀림없었다. 그는 배낭에 토끼를 집어넣고 성당으로 향했다. 개도 뒤따라왔다. 돈 까밀로가 사제관으로 들어가자 개는 문 앞에 쭈그리고 앉아서 기다렸다.

돈 까밀로는 그런 사냥개를 난생처음 보았다. 몸집이 크고 잘생긴 개였는데 정말 힘이 넘쳐보였다. 적어도 백작이나 남작처럼 족보가 있는 사냥개가 틀림없었다. 그러나 그 개의 주인이 누구인지 알 수 있는 표시는 없었다. 목걸이를 하고 있긴 했지만 이름이나 주소가 적힌 것은 아니었다.

‘이 개가 딴 세상에서 온 게 아니라, 주인이 있는 개라면 지금쯤 개 주인은 펄펄 뛰고 난리가 났을 텐데.’

돈 까밀로는 이런 생각을 하면서 개를 사제관에 들여놓았다. 밤이 되자 잠자리에 누운 그는 개에 대해 이것저것 생각했다.

‘주일날 강론 시간에 말해야지.’

이튿날 아침, 새벽 미사를 드리러 갈 때까지 돈 까밀로는 개에 대해 까맣게 잊고 있었다. 성당으로 가기 위해 사제관을 나서다 문가에 엎드려 있는 개를 발견했다.

“너, 밤새 여기 있었느냐?”

돈 까밀로는 놀란 목소리로 외쳤다. 개는 돈 까밀로를 따라 성당으로 갔다. 하지만 성당 안까지 따라 들어오지는 않았다.

돈 까밀로가 미사를 하는 동안 성당 문 바깥에 앉아 있었다. 돈 까밀로가 미사를 마치고 성당을 나오자마자 개는 돈 까밀로를 보고 꼬리를 마구 흔들어댔다.

둘은 함께 아침밥을 먹었다. 밥을 먹고 난 돈 까밀로가 못질을 하기 위해 구석에 세워놓은 총을 집어들자 개가 짖기 시작했다. 개는 문으로 달려갔다가 돈 까밀로가 자기를 따라오는지 보기 위해 다시 안으로 들어왔다. 개가 이런 행동을 몇 번씩이나 계속하자 돈 까밀로는 마침내 총을 들고 밖으로 나가지 않을 수 없었다.

그 개는 평범한 개가 아니었다. 오로지 사냥을 위해 길들여진 그런 고급 사냥견이었다. 그 때문에 돈 까밀로는 이런 생각마저 들었다.

'허… 이거, 총을 잘못 쐈다가는 이 개한테 망신을 당하겠는걸.'

돈 까밀로는 자신의 솜씨를 개에게 시험당하는 것 같아서 신경이 쓰였다. 하지만 사실 돈 까밀로는 그 개한테 걸맞은 훌륭한 사냥꾼이었다. 배낭에 사냥한 것들을 가득 채우고 집으로 돌아오며 그는 혼자 중얼거렸다.

'개의 이름을 번개돌이라고 지어야지.'

하지만 가만 생각해 보니 번개돌이보다 더 쉽고 간단한 이름이 나을 것 같았다.

'번개라고 해야겠다.'

사냥에서 제 역할을 충분히 발휘한 번개는 넓은 풀밭에서 나비를 쫓아다니며 한가롭게 뛰어놀고 있었다.

"번개!"

돈 까밀로가 소리쳤다. 그러자 풀밭 저쪽에서 개가 돈 까밀로를 향해 쏜살처럼 빠르게 달려와 배를 땅에 깔고 엎드렸다. 번개는 돈 까밀로 앞에서 혓바닥을 내민 채 명령을 기다렸다. 정말 보기 드물게 훌륭한 사냥개였다.

"훌륭하다, 번개야!"

그러자 개는 기뻐 껑충껑충 뛰며 돈 까밀로의 주변을 맴돌았다. 그 바람에 돈 까밀로까지 함께 껑충껑충 뛰고 싶을 지경이었다.

이틀이 지났다. 번개가 발치에서 떨어지지 않는 바람에 돈 까밀로는 주일 미사 때 주인 잃은 개에 대해 말해야 한다는 사실을 까맣게 잊어버렸다.

사흘째 되는 날 오후였다. 사냥한 것들을 배낭에 가득 채우고 번개를 앞세우며 돌아오는 길에 돈 까밀로는 우연히 뻬뽀네를 만났다. 그 역시 사냥에서 돌아오는 길이었는데 우울한 표정을 짓고 있었기 때문이다. 그의 배낭은 텅텅 비어 있었다. 뻬뽀네는 번개를 보더니 주머니에서 신문을 꺼내 펴들었다.

"이상한데…. 이 신문 '분실물 신고란' 에 난 개와 똑같네."

돈 까밀로도 신문을 보았다. 신문에는 전혀 반갑지 않은 글이 실려져 있었다. 한 시민이 익명으로, 강가에서 행방불명된 사냥개를 찾고 있다는 내용이었다. 사례금도 두둑했다.

"잘됐어."

돈 까밀로가 중얼거렸다.

"일요일 미사 때 발표해야겠군그래. 그 신문 좀 빌려주게. 나중에 돌려줄 테니까."

"좋소. 그런데 이거 아까운데."

뻬뽀네가 말했다.

"사람들이 아주 영리한 개라고 모두 그렇게 말하던데, 신부님 배낭을 보니 그 소문이 사실인 것 같소. 그전에 람보를 데리고 다녔을 땐 늘 빈손이지 않았소? 정말 아까운 일이오. 내가 만약 신부님이라면…."

"내가 만약 자네라면…."

돈 까밀로가 빈정대며 말했다.

"하지만 나는 나야. 정직하게 의무를 다하는 신부인 나는 주인에게 개를 돌려주겠네."

마을에 도착한 돈 까밀로는 우체국으로 달려가 개 주인에게 전보를 쳤다. 당연히 해야 할 일을 했음에도 그는 기분이 울적했다. 그는 람보를 묻었을 때보다 한숨이 더 나왔다.

이튿날, 개 주인은 멋진 스포츠카를 몰고 찾아왔다. 하지만 그 사람은 멋진 자동차에 어울리지 않게 거만하고 인상이 좋지 않았다.

"여기, 제 사냥개가 있습니까?"

개 주인이 물었다.

"주인 잃은 개를 데리고 있긴 합니다. 당신이 주인이라면 개의 특징을 말해 보시오."

그 사내는 개의 특징을 자세히 말했다.

"이만하면 되겠지요? 더 자세히 설명할까요?"

"아니, 그 정도면 충분하오."

돈 까밀로는 뭔가 아쉬운 표정으로 개장 문을 열었다.

"번개!"

개 주인이 개를 불렀다.

"이 개 이름이 번개인가요?"

돈 까밀로는 깜짝 놀라면서 물었다.

"네."

"거참, 이상한 일이군."

돈 까밀로가 말했다.

개가 꼼짝도 하지 않자 개 주인이 또 불렀다.

"번개야."

개는 사나운 눈빛으로 으르렁거렸다. 돈 까밀로는 의심스러운 눈초리로 개 주인을 쏘아보았다.

"당신이 정말 저 개의 주인이 맞는 거요."

사내는 몸을 숙이고 개 목걸이를 잡더니 개를 밖으로 끌어냈다. 그리고 목걸이를 풀러 글자가 새겨진 명찰을 보여주었다.

"이걸 읽어 보십시오, 신부님. 여기 제 이름과 주소, 전화 번호가 있습니다. 제 개가 분명하지 않습니까?"

개 주인은 번개에게 자동차를 가리켰다.

"빨리 타라!"

그가 명령했다. 번개는 고개를 숙이고 꼬리를 축 늘어뜨린 채 천천히 올라가서 몸을 웅크렸다.

개 주인은 주머니에서 5천 리라를 꺼내 돈 까밀로에게 내밀었다.

"사례금입니다."

"사례금은 무슨, 주인 잃은 개를 찾아줬을 뿐인데…."

돈 까밀로는 돈을 사양하며 퉁명스럽게 말했다. 그러자 개 주인은 돈 까밀로에게 고맙다는 인사를 거듭했다.

"정말 감사합니다, 신부님. 이 개를 사는 데는 상당한 돈이 들었습니다. 순수 혈통으로 영국에서 온 종자지요. 국제 대회에서 세 차례나 상을 받았답니다. 제가 성격이 좀 급한 편이라서…. 어느 날, 토끼도 못 찾아오기에 발로 차버렸더니 아직도 화가 풀리지 않은 모양입니다."

돈 까밀로가 고개를 끄덕거렸다.

"아닌 게 아니라 훌륭한 사냥개더군요. 참 당신이 사냥했다던 그 토끼 말이오. 그걸 찾아서 내게 가져왔었소."

"아, 그렇군요."

개 주인은 웃으면서 자동차에 올라탔다.

그날 밤, 돈 까밀로는 한숨도 자지 못하고 뜬눈으로 밤을 새웠다.

다음 날 아침 미사를 마치고 성당 문을 나서는데 까닭 없이 마음이 울적했다. 게다가 비가 억수같이 쏟아지고 바람이 매섭게 부는 아침이라 기분이 더 엉망이었다. 그런데 번개가 성당 마당 한구석에 쪼그리고 앉아 있는 것이 아닌가! 온몸이 흙탕물로 범벅이 된 채 웅크리고 있었던 것이다.

번개는 돈 까밀로를 보더니 힘겹게 몸을 일으켰다. 돈 까밀로는 얼른 번개를 데리고 사제관으로 들어갔다. 하지만 마음이 편하지는 않았다.

"왜 나를 이렇게 괴롭히는 거냐…."

돈 까밀로는 한숨을 쉬면서 번개에게 말했다.

"네 주인이 곧 너를 데리러 올 텐데 말이야."

번개는 마치 그 말을 알아들은 것처럼 슬프게 짖었다. 돈 까밀로는 개를 깨끗이 씻긴 다음 난로에 불을 피워 젖은 몸을 말려주었다. 그날 오후 개 주인이 다시 찾아왔다. 그는 빗길에 자동차가 온통 진흙투성이가 돼버려 화가 머리끝까지 나 있었다.

"또다시 불편을 끼쳐서 죄송합니다."

개 주인이 말했다.

"다시는 이런 일이 없을 겁니다. 이놈을 깊은 산 속 별장으로 데려갈 작정입니다. 거기라면 녀석이 비둘기라고 해도 절대 도망치지 못할 겁니다."

주인이 부르자 번개는 무섭게 으르렁거렸다. 그리고 자동차에 타려고 하지도 않았다. 개 주인은 억지로 끌어내는 수밖에 없었다. 겨우겨우 자동차에 태우고 문을 닫자 번개는 펄쩍 뛰어오르며 맹렬하게 짖어댔다.

다음 날 아침, 돈 까밀로는 두근거리는 가슴으로 사제관을 나섰다. 그러나 번개는 없었다. 그다음 날에도 번개는 보이지 않았다. 그는 조금씩 체념하기 시작했다. 그렇게 보름이 지났다. 16일째 되는 날, 새벽 1시쯤 돈 까밀로는 성당 마당에서 뭔가 부스럭거리는 소리를 들었다. 번개였다.

돈 까밀로는 잠옷 바람으로 달려 내려갔다. 너무나 반가운 나머지 자신이 속옷 차림이라는 것도 잊어버렸다. 그런데 번개는 너무 비참한 모습을 하고 있었다. 진흙투성이에다 굶주리고 지쳐서 꼬리를 쳐들 힘조차 없는 것 같았다.

사흘이 지나서야 번개는 제 모습을 찾았다. 나흘째 되는 날 아침, 돈 까밀로가 미사를 드리고 사제관으로 돌아오자 번개는 돈 까밀로의 옷자락을 물고 사냥총이 있는 구석방으로 끌고갔다. 돈 까밀로는 하는 수 없이 총과 탄약통과 배낭을 짊어지고 들판으로 나갔다. 일주일이 즐겁게 지나갔다. 번개의 활약은 정말 눈부실 정도였다. 돈 까밀로의 터질 듯한 배낭을 보고 마을 사냥꾼들은 그저 부러워할 뿐이었다. 가끔 번개를 구경하러 오는 사람들도 있었다. 그럴 때마다 돈 까밀로는 이렇게 말하곤 했다.

"이 번개는 내 것이 아니오. 토끼 사냥에 익숙해질 때까지 도시 사람이 내게 맡겨둔 거지."

어느 날 아침, 뻬뽀네가 찾아왔다. 그는 한참 동안 말없이 번개를 지켜보았다.

"난 오늘 바빠 사냥을 가지 못하네."

돈 까밀로가 말했다.

"자네가 한번 데려가 볼 텐가?"

뻬뽀네가 깜짝 놀라 물었다.

"나를 따라올까요?"

"물론 따라갈 걸세. 설마하니 자네가 공산당이라는 것까지 이 개가 알 리는 없을 테니까. 자네가 나와 함께인 걸 보았으니 아마 자네도 나처럼 선량한 사람이라고 생각하겠지."

뻬뽀네는 아무 대꾸도 하지 않았다. 그렇게 멋진 개를 시험해 보고 싶은 마음이 간절하던 차였으므로 마음이 들떠 아무 생각도 나지 않았던 것이다. 돈 까밀로는 총과 탄약 그리고 배낭을 꺼내 뻬뽀네에게 주었다. 번개는 돈 까밀로가 총을 집어 들자 꼬리를 흔들며 반색을 했다. 그러더니 뻬뽀네에게 총을 건네주는 것을 보자 당황한 듯 우뚝 멈춰 섰다.

"번개야, 읍장님을 따라갔다 오너라. 나는 오늘 바쁘단다."

돈 까밀로가 번개의 머리를 쓰다듬으며 부드럽게 말했다.

뻬뽀네는 탄약통을 배낭에 묶은 다음 배낭과 총을 메고 밖으로 나갔다. 번개는 빼뽀네와 돈 까밀로를 번갈아 쳐다보았다.

"어서 가거라."

돈 까밀로가 재촉했다. 그러고는 번개를 향해 이렇게 말했다.

"얼굴이 사납게 생겼지만 널 물어뜯지는 않을 거야."

번개는 빼뽀네를 따라갔다. 하지만 어쩔 줄 모르겠다는 듯이 자꾸만 뒤로 물러섰다.

"괜찮아, 어서 가거라. 하지만 혹시 공산당에 입당하라고 꼬드길지도 모르니 그것만은 경계해라."

번개는 결국 빼뽀네를 따라갔다. 돈 까밀로가 총과 탄약, 배낭을 준 이상 그는 돈 까밀로의 친구가 틀림없다고 생각했기 때문이다.

번개는 두 시간 뒤에 돌아왔다. 입에 커다란 토끼를 물고 사제관으로 뛰어들어와 돈 까밀로 앞에 내려놓았다.

잠시 후, 빼뽀네가 기관차처럼 숨을 헐떡거리며 들어왔다.

"신부님, 이 개는 정말 보통이 아니오!"

빼뽀네가 흥분한 채 소리쳤다.

"우와, 나는 이런 개를 처음 보았소. 정말 아주 훌륭한 개요! 그런데 사냥한 토끼를 먹어치웠소. 메추라기와 자고새는 나한테 가져왔는데 토끼는 감쪽같이 사라졌소."

돈 까밀로는 토끼를 빼뽀네에게 건네주며 말했다.

"정말 영리한 개야. 내가 총과 탄약을 빌려주었으니, 그걸로 잡은 토끼는 마땅히 내 몫이라고 생각한 게지."

번개가 뻬뽀네를 위해 열심히 활약한 것은 사실이었다. 뻬뽀네를 보았을 때 달아나지 않고 오히려 꼬리를 친 것을 보면 알 수 있는 일이었다.

"정말 훌륭한 개요."

뻬뽀네가 말했다.

"만일 내가 신부님이라면 주인이 경찰을 데리고 온다 해도 이 개를 절대로 돌려주지 않을 거요."

그 말에 돈 까밀로는 한숨을 쉬었다.

일주일 후에 개 주인이 다시 나타났다. 그는 근사한 사냥복에 깃털처럼 가벼운 벨기에산 2연발총을 들고 있었다.

"그 험한 별장에서도 도망쳤습니다. 혹시 여기로 오지 않았나 해서 와본 겁니다."

"바로 어제 왔소."

돈 까밀로는 우울하게 말했다.

"어서 데려가시오."

번개는 주인을 보더니 으르렁거렸다.

"이번에는 가만두지 않을 테다!"

개 주인은 번개 옆으로 가면서 소리쳤다. 그러나 번개가 더욱 큰 소리로 으르렁대자 그는 더 이상 참지 못하고 발길질을 했다.

"이 망할 놈의 개야! 버릇을 단단히 가르쳐주마! 앉아라!"

번개는 계속 으르렁거리면서 바닥에 벌렁 누워버렸다. 그러자 돈 까밀로가 말했다.

"혈통이 좋은 개라 함부로 다루면 안 되오. 잠시 놔두면 조용해질 거요. 그동안 안으로 들어가 한잔합시다."

사내가 거실로 들어서자 돈 까밀로는 포도주를 가지러 아래층으로 내려갔다. 그런데 그는 창고로 내려가는 짧은 시간을 틈타 종이쪽지에 편지를 썼다. 그리고 그 쪽지를 종지기 아들에게 주었다.

"이것을 읍장님에게 전해다오."

종이쪽지의 내용은 다음과 같았다.

> 주인이 돌아왔네. 개를 사고 싶으니 2만 리라만 꿔주게. 아주 급하다네.

개 주인은 포도주를 몇 잔 마셨다. 그는 돈 까밀로와 잡담을 나누다가 시계를 보더니 벌떡 일어났다.

"이제 가야겠습니다. 친구들이 기다리고 있어서요. 사냥 시합을 하기로 했는데 약속 시각까지 가려면 빠듯합니다."

여전히 구석에 웅크리고 앉아 있던 번개는 주인을 보자 다시 으르렁거리기 시작했다. 주인이 가까이 다가오자 더욱 사납게 으르렁거렸다. 그때 밖에서 오토바이 소리가 들렸다. 돈 까밀로가 문을 열자 뻬뽀네가 나타났다.

돈 까밀로가 눈짓으로 묻는 시늉을 하자 뻬뽀네는 고개를 끄덕였다. 그리고 두 손을 완전히 펴서 보여준 다음 손바닥 하나와 손가락 한 개를 내보였다. 그다음엔 오른손 손바닥을 아래로 향하여 허공을 절반으로 자르는 시늉을 해 보였다. 1만 6천500리라가 있다는 신호였다. 돈 까밀로는 안도의 한숨을 쉬면서 개 주인에게 말했다.

"당신도 아시다시피 이 개는 당신을 따르지 않소. 번개는 한 번 빗나가면 절대 잊어버리지 않는 혈통 좋은 순종이오. 그러니 아무리 애를 써도 당신을 따를 것으로 보이지 않소. 차라리 내게 파는 게 어떻겠소?"

돈 까밀로는 속으로, 가지고 있는 돈을 계산해 보고 나서 이렇게 말했다.

"1만 8천800리라를 드릴 수가 있소. 내 전 재산이오."

그러자 개 주인이 코웃음을 쳤다.

"신부님, 농담도 잘하십니다. 이 개는 8만 리라를 주고 샀지만 10만 리라를 준다 해도 팔지 않을 겁니다. 아무리 저를 싫어해도 목을 끌고서라도 데려가겠습니다."

그는 사납게 으르렁거리는 번개의 목걸이를 움켜쥐고 자동차 쪽으로 잡아끌기 시작했다. 그리고 강제로 차 안으로 집어넣으려고 했다. 그러나 번개는 요란스럽게 짖어 대며 달아나려고 발버둥을 쳤다. 그 바람에 자동차의 문짝에 흠이 나고 말았다. 개 주인은 잔뜩 화가 나서 주먹으로 개의 등을 힘껏 내리쳤다. 그러자 번개는 미친 듯이 날뛰더니 그만 목걸이를 잡은 주인의 손을 물어버렸다. 주인은 비명을 지르며 목걸이를 놓았다.

번개는 사제관 벽에 등을 대고 웅크리고 앉아 으르렁거리며 주인을 노려보았다. 돈 까밀로와 뻬뽀네는 입을 쩍 벌리고 그 광경을 지켜볼 뿐이었다. 개 주인은 얼굴이 붉으락푸르락해지더니 갑자기 차에서 총을 꺼내 총구를 개에게 겨누었다.

“이 나쁜 개새끼!”

돈 까밀로와 뻬뽀네가 미쳐 제지할 틈도 없이 그는 이를 부드득 갈며 한 방을 쏘았다. 사제관 벽이 피로 물들었다. 번개는 외마디 비명을 지르고 쓰러진 뒤 움직이지 않았다. 개 주인은 자동차에 올라타더니 전속력으로 달아나기 시작했다. 뻬뽀네가 급하게 몸을 움직였다. 그러나 돈 까밀로는 그들에겐 전혀 관심을 기울이지 않았다. 그는 무릎을 꿇고 앉아 오로지 번개만 살피고 있었다.

돈 까밀로가 번개의 머리를 쓰다듬어주자 번개는 끙끙거리며 그를 쳐다보았다. 그러더니 돈 까밀로의 손을 핥았다. 그리고 다시 일어나 기쁜 듯이 짖어댔다.

20분쯤 지나자 뻬뽀네가 돌아왔다. 얼굴이 시뻘겋게 달아오른 채 주먹을 불끈 쥐고 흥분해 있었다.

“검문소까지 갔다 왔소. 바리케이드 앞이라 놈은 자동차를 세울 수밖에 없었지. 그놈을 끌어내려 얼굴이 수박처럼 벌게질 정도로 따귀를 때려주었소. 그놈이 총을 잡으려고 하길래 내가 달려들어 총을 분질러버렸소."

두 사람은 성당 입구에 서서 배꼽을 잡고 크게 웃었다. 그때 개 짖는 소리가 들려왔다.

"번개가 죽지 않은 거요?"

뻬뽀네가 물었다.

"엉덩이를 스쳐서 괜찮아. 일주일이면 옛날보다 더 팔팔해질 걸세."

돈 까밀로가 차분한 음성으로 덧붙였다.

"그자는 도의적으로 볼 때 번개를 죽인 것과 다름없네. 총을 쏜 건 개를 죽이겠다는 뜻이지 뭔가? 하느님께서 총알이 빗나가게 도와주신 게야. 만일 그렇지 않았다면 그자가 저지른 행위는 용서받지 못할걸. 자네가 그 사람의 따귀를 그렇게 때린 것은 잘못한 일이야. 폭력을 쓰면 안 되지. 암튼…."

"암튼!"

뻬뽀네가 말을 돌렸다.

"그놈은 다시는 이쪽에 얼씬도 못 할 거요. 그러니 신부님은 앉은 자리에서 개 한 마리를, 그것도 아주 훌륭한 사냥개 한 마리를 얻은 셈이오."

"반 마리라네."

돈 까밀로가 조용히 말했다.

"양심적으로 보면 난 자네에게 1만 6천500리라를 빚졌네. 물론 빌리진 않았어. 하지만 자네는 나에게 돈을 빌려줄 생각이었네. 그러니 나머지 반 마리는 자네 걸세."

빼뽀네는 머리를 긁적이며 중얼거렸다.

"거참 오래 살고 볼 일이네. 인민을 착취하지 않고 신사다운 행동을 하는 신부는 난생 처음인걸."

돈 까밀로는 두 눈을 치켜뜨고 빼뽀네를 노려보았다.

"이보게, 이야기를 정치적인 쪽으로 끌고 가면 나는 마음을 바꾸지 않을 수 없네. 나 혼자 그 개를 독차지할 수밖에 없어."

"천만에요. 신부님 말마따나 번개의 반은 제 것이라고요, 암"

빼뽀네가 단호하게 대답했다. 그 역시 사냥꾼이었다. 그래서 마르크스나 그의 동지들보다 번개에게 더 마음이 끌리는 건 어쩔 수 없는 일이었다.

엉덩이에 붕대를 감은 번개가 성당 앞에 나타났다. 번개는 두 사람 사이에서 기쁜 듯이 컹컹 짖었다. 그것은 돈 까밀로와 빼뽀네가 맺은 상호불가침 조약을 선포하는 것이나 마찬가지였다.

명창 만드는 법

라다메스는 대장장이 바딜레의 아들이었다. 바딜레는 본명이 그니파 에르나니였는데 그 집안은 대대로 목소리가 좋았다. 노랫소리만 들어도 마을 사람들은 음악을 사랑하는 바딜레 가족을 떠올리곤 했다.

그가 포도주를 서너 잔쯤 마시고 나서 굵고 낮은 톤으로 부르는 노랫소리는 참으로 힘이 있고 낭랑했다. 바딜레는 라다메스가 열여섯 살이 되자 돈 까밀로에게 데리고 가서 성가대에 넣어달라고 부탁했다. 돈 까밀로는 아이의 목소리를 시험해 보고 나서 말했다.

"애는 전자 오르간의 스위치를 켰다 껐다 하는 심부름밖에

할 수 없겠는걸."

라다메스의 목소리는 아주 거칠어서 아예 바위 깨지는 소리가 났다.

"이놈은 내 아들입니다. 그러니 목소리가 나쁠 리가 없어요. 오늘은 너무 긴장해서 그런 모양인데 긴장이 풀리면 괜찮을 겁니다."

바딜레는 그렇게 말했지만 무척 실망하는 눈치였다. 돈 까밀로는 안 된다고 말하면서도 바딜레가 평생 괴로워할 것 같아 한숨을 쉬며 말했다.

"우리 서로 최선의 노력을 기울여 보세…."

돈 까밀로는 최선을 다해 보았다. 그러나 2년이 지나자, 라다메스의 목소리는 도리어 더 거칠어졌다. 이제는 아예 돼지 멱따는 소리까지 나서 더 이상 참고 들어줄 수가 없을 지경이었다. 그래도 아이는 실망하지 않고 하루도 빠지지 않고 맹렬히 연습했다.

하지만 돈 까밀로는 더 이상 참지 못했다. 그는 오르간에서 벌떡 일어나 라다메스의 엉덩이를 발로 차버렸다. 라다메스는 그 억센 발길질에 개구리처럼 땅바닥에 쭉 뻗어버렸다. 그런데 희한하게도 그 발길질 한 번이 발성 공부를 3년 한 것보다 더 큰 효과가 있었다. 그 뒤부터 라다메스의 목소리는 스칼라 극장, 아니 파르마 왕립 극장의 일류 성악가만큼이나 우렁차고 낭랑해졌다.

라다메스의 노래를 들어 본 사람들은 그에게 성악 공부를 시키지 않는 것은 죄가 되는 일이라고 입을 모아 떠들었다. 이 마을 사람들은 항상 그런 식이었다. 자기들 마음에 들지 않거나 마음이 내키지 않으면 누가 옆에서 굶어 죽어도 눈썹 하나 까딱 하지 않았다. 그러나 만일 호감을 느끼기만 한다면 극성을 부리며 도움을 주는 사람들이었다.

라다메스의 경우가 그랬다. 그들은 라다메스를 공부시키기 위하여 발 벗고 모금 운동에 나섰다. 그러자 매달 후원금을 내는 사람들까지 생겼다. 마침내 마을 사람들은 라다메스를 도시로 보낼 수 있을 만큼의 돈을 모았다.

마을 사람들이 모아주는 성금은 라다메스가 왕자처럼 지낼 만큼 넉넉하지는 않았지만 적어도 수업료를 낼 정도는 되었다. 나머지 식비며 용돈은 스스로 벌어야 했다. 그는 나무를 톱질해 주거나 짐을 날라주는 아르바이트를 하며 성악 공부를 했다. 바딜레는 아들을 만나러 가끔 도시에 갔다 올 때마다 이렇게 소식을 전했다.

"아들놈이 공부를 열심히 하고 있다네. 점점 좋아지고 있어."

그러다 전쟁이 터지자 모든 것이 엉망진창이 되고 말았다. 라다메스의 소식도 끊겨버렸다.

전쟁이 끝난 뒤 어느 날, 라다메스가 마을에 나타났다. 그때 돈 까밀로는 읍장이 된 뻬뽀네에게 라다메스를 계속해서 공부시켜야 한다고 설득했다. 뻬뽀네는 필요한 돈을 주면서 그를 다시 도시로 돌려보냈다. 몇 년이 지난 뒤, 라다메스가 다시 마을로 돌아왔다.

"오페라 아이다에서 노래 부를 수 있게 되었어요."

그가 말했다. 마을은 그 당시의 정치 상황 때문에 분위기가 험악했고, 무겁게 가라앉아 있었다. 하지만 그 소식을 듣자 마을의 분위기가 달라졌다.

뻬뽀네는 읍사무소에서 회의를 열었는데 돈 까밀로도 참석했다. 가장 중요한 문제는 '어떻게 기금을 마련하느냐' 였다.

"정말로 마을의 영광이 아닐 수 없소."

뻬뽀네가 마을 사람들을 향해 말했다.

"그러니 우리는 라다메스가 도시의 부르주아 놈들 앞에서 초라하게 보이지 않도록 도와주어야 하오."

모두 고개를 끄덕이며 동의를 표시했다.

"누구든 인민을 착취하는 부자들의 돈을 빼내 올 수만 있다면, 노동자 계급에게 열렬한 환영을 받을 수 있을 텐데…."

돈 까밀로는 뻬뽀네의 꿍꿍이를 재빨리 간파하고 조용히 말했다.

"누군가 그 일을 할 걸세."

뻬뽀네는 돈 까밀로를 흘끔 쳐다본 다음 계속해서 열변을 토했다.

"여기에는 무슨 불순한 목적이 있다든가 개인적인 동정심 따위는 없소. 바로 인민의 진정한 승리를 위해 필요한 것이니까!"

빼뽀네가 라다메스를 바라보며 자랑스럽게 말했다. 돈 까밀로가 옆에 서 있는 라다메스에게 물었다.

"자넨 어떤 이름으로 나오나?"

"어떤 이름이라뇨?"

그때 빼뽀네가 끼어들면서 소리쳤다.

"왜, 신부님 이름으로 나왔으면 좋겠소?"

돈 까밀로는 빼뽀네의 비꼬는 말에 전혀 흥분하지 않았다.

"그니파 라다메스는 오페라 포스터에 올리기에 적당한 이름이 아니야. 아주 촌스러운 이름이네. 사람들이 웃을 거야."

그러자 바딜레가 끼어들었다.

"내 본명은 그니파 에르나니요. 65년을 살아오면서 이름 때문에 남에게 놀림을 받아 본 적은 한 번도 없었소!"

"그야 당연하지. 당신은 테너 가수가 아니라 대장장이니까."

돈 까밀로는 계속 이야기했다.

"우리 마을에서야 그런 이름 따위가 문제 될 게 없지. 하지만 예술을 하는 사람에게는 문제가 될 수도 있다는 말이야. 청중은 발음하기 좋고 부르기 쉬운, 누구나 좋아할 수 있는 그런 이름을 원하거든. 그래야 유명해질 수가 있다고."

"거짓말! 그야말로 타락한 부르주아적 발상이오."

빼뽀네가 고함을 빽 질렀다.

돈 까밀로가 엄한 눈으로 그를 바라보았다.

"만일, 주세페 베르디의 이름이 그니파 라다메스였다면 작곡가로서 그렇게 유명해질 수 있었을까?"

뻬뽀네는 돈 까밀로의 예리한 지적에 깜짝 놀랐다. 돈 까밀로는 또 다른 예를 들었다.

"요셉 스탈린 씨가…, 만일 요셉 스탈린의 이름이 에바시오 베르뇨클로니였다면 이렇게 역사에 남을 만큼 유명해졌을까?"

"그게 무슨 말씀이오?"

뻬뽀네가 투덜거리며 물었다.

"스탈린의 이름이 베르뇨클로니라니, 말도 안 되는 소리요!"

저녁 늦게까지 마라톤 회의가 계속되었다. 마침내 '프랑코 산탈바' 라는 이름이 만장일치로 채택되었다.

"멋진 이름인데!"

모두 그렇게 말했다.

라다메스는 어깨를 으쓱해 보이며 말했다.

"그게 여러분의 뜻이라면 할 수 없지요."

마침내 그날이 왔다. 그날 아침 위원회 사람들은 광장에 모여, 도시에서 막 도착한 신문의 오페라 소개 기사를 함께 읽었다. 거기에는 라다메스의 사진이 실려 있었고, 사진 밑에는 '테너 프랑코 산탈바' 라고 쓰여 있었다. 그들은 트럭을 타고 도시로 함께 출발하기로 했다.

"자리를 잡으려면 일찍 출발하는 것이 좋아, 그러니 4시에 이곳 광장에서 모이기로 하세."

뻬뽀네가 말했다.

"신부님께 연락해야 하지 않을까요?"

누군가 불쑥 말했다.

"가시진 못할 테지만 연락이라도 해야죠."

"나는 신부를 좋아하지 않아!"

뻬뽀네가 귀찮다는 듯 대답했다. 하지만 부하들은 힐끔힐끔 눈치를 보더니 사제관으로 달려갔다.

돈 까밀로가 몹시 애석해하며 말했다.

"자네들도 알다시피 난 갈 수가 없어. 신부는 오페라 구경을 가는 것이 금지되어 있다네. 그것도 개막 첫 회 공연에 간다는 건 더더욱 말도 안 돼. 갔다 와서 얘기나 해주게."

모두 돌아가자 돈 까밀로는 예수님에게 하소연하려고 성당으로 달려갔다.

"갈 수 없으니 정말 서운합니다, 예수님."

돈 까밀로가 한숨을 쉬었다.

"어찌 보면 그 애는 우리 모두의 자랑스러운 아들이 아닙니까? 그래도 지켜야 할 의무는 지키겠습니다. 제가 머물러야 할 곳은 이곳 성당이지 속세의 천박하고 화려한 극장 안이 아니니까요."

"그래 맞느니라, 돈 까밀로야. 하지만 그런 사소한 고통 따위는 기쁘게 참아내야 하지 않겠느냐?"

예수님이 말씀하셨다.

"뭘요. 물론 예수님의 괴로움에 비하면 이건 희생도 아닙니다."

돈 까밀로는 계속 이야기했다.

"하지만 인간인 저에게는 커다란 고통입니다. 물론 이보다 더 큰 고통도 기쁘게 받아들여야 하겠지요. 불평을 하면 고통의 가치는 줄어들 겁니다. 사실 불평을 하면서 고통을 참아낸다면 그건 올바른 것이라고 할 수 없겠지만요."

"물론이지."

예수님이 동의하셨다. 돈 까밀로는 텅 빈 성당 안을 어슬렁거렸다.

"목소리…."

돈 까밀로는 제단 앞에 서서 말했다.

"라다메스의 목소리를 끄집어낸 사람은 바로 저였습니다. 키만 멀쑥하게 큰 녀석이었는데 그때는 정말 노래를 못 불렀어요. 녹슨 쇠사슬 소리만 났지요. 그런데 오늘 그 녀석이 '레지오 왕립 극장'에서 노래를 부른단 말입니다. 라다메스가 '아이다'를 부른다, 이 말씀입니다. 그런데 저는 그 노래를 들을 수가 없습니다. 정말 큰 고통이 아닐 수 없지만 기쁜 마음으로 참고 있습니다."

"그래, 그래야 할 것 같구나. 돈 까밀로."

예수님이 미소를 지으며 말씀하셨다.

삼등석 맨 앞줄에 자리 잡은 뻬뽀네와 그의 부하들은 기다리기가 지루해 골이 쑤실 지경이었다. 그들은 한참을 기다렸다. 오페라 극장의 좌석은 다 차는 것을 넘어 사람들이 터져 나갈 정도로 만원을 이루었다.

오페라가 시작되기 바로 직전, 한 사내가 그 엄청난 인파를 뚫고 뻬뽀네 가까이 왔다. 그는 초록색 털외투를 입고 있었다. 뻬뽀네가 그 사내에게 자리를 비켜주는 걸로 보아 서로 잘 아는 사이 같았다.

"라다메스가 겁을 집어먹으면 안 될 텐데…."

뻬뽀네가 중얼거렸다.

"관객들은 냉혹한 법이라서…."

"그래도 희망을 가져야지…."

초록색 외투를 입은 사내가 말했다.

"휘파람을 불며 야유를 보내기만 해 봐라, 몇 놈쯤 죽여버릴 테니!"

뻬뽀네가 사내에게 말하자 사내는 조용히 하라는 뜻으로 입술 위에 검지를 갖다 댔다.

무대 위로 나온 라다메스가 아리아를 부르기 시작했다. 그는 몹시 긴장되었는지 좀처럼 자기 실력을 발휘하지 못하고 있었다. 하지만 관객들은 섣불리 휘파람을 불거나 야유를 보내지는 않았다. 다만 수군거리며 무대 위의 가수를 주시할 뿐이었다. 그러나 1막이 끝나갈 무렵 사태는 엉망진창이 되고 말았다.

라다메스가 당황한 나머지 계속 불안한 음정으로 정신없이 노래를 부르자 객석에서 결국 천둥 같은 야유 소리가 터져 나왔다. 관객들의 야유가 어찌나 심했던지 극장 측은 노래가 다 끝나기도 전에 막을 내릴 지경이었다.

뻬뽀네는 이를 악물었고 그의 충직한 부하들은 자리에서 일어나 돌격 명령이 떨어지기만을 기다리고 있었다.

그때 녹색 외투의 사내가 뻬뽀네의 목덜미를 움켜잡고 밖으로 끌어냈다. 극장 밖으로 나온 두 사람은 이리저리 왔다갔다 하며 마음을 가라앉혔다.

객석에서 아직도 웅성거리는 소리가 이어지는 걸로 봐서는 라다메스가 여전히 실수하고 있는 듯했다. 그러다가 개선 행진곡이 트럼펫으로 울려 퍼지자 관객들은 조용해지기 시작했다. 3막이 시작되기 바로 직전 그 덩치 큰 사내가 뻬뽀네에게 말했다.

"나를 따라오게."

두 사람은 극장 뒤로 해서 출연자 대기실로 들어갔다. 극장 관계자들이 두 사람을 막아섰지만 장갑차보다 더 거세게 밀어닥치는 그들을 어쩌지 못했다.

두 사람은 잔뜩 겁에 질린 채 3막과 4막을 기다리는 라다메스를 바라보았다.

라다메스는 대기실 안으로 들어온 두 사람을 보고 놀라 입이 딱 벌어졌다. 순간, 초록색 털외투를 걸친 사내가 라다메스의 엉덩이를 힘껏 걷어찼다. 프랑코 산탈바가 아니라 타마뇨* 가 될 수 있을 정도의 거센 발길질이었다.

라다메스는 사내의 세찬 발에 차여 날듯이 무대로 올라갔다. 그때부터 라다메스는 완전히 다른 사람으로 바뀌어 있었다. 그가 저 유명한 아리아 '나의 명예가 훼손되었다!'를 마치자 극장이 떠나갈 정도로 커다란 박수갈채가 터져 나왔다.

"자네도 이제는 명창 만드는 법을 알게 되었겠지?"

초록색 털외투의 사내는 기쁨에 들떠 환성을 지르는 뻬뽀네를 노려보며 의기양양하게 말했다.

"네, 신…."

뻬뽀네가 대답했다. 하지만 그는 사내가 노려보는 통에 그만 입을 다물어 버리고 말았다.

---

* 19세기 말 이탈리아 최고의 테너.

우울한 일요일

비아 글로리니가 사제관을 찾아와 돈 까밀로에게 전보를 내밀었다. 돈 까밀로는 번개와 함께 총에 넣을 탄약을 만드는 중이었다. 그는 전보를 받으며 '그게 뭔가?' 하는 눈빛으로 글로리니를 쳐다보았다.

"그놈이 또 사고를 쳤답니다!"

돈 까밀로는 전보를 읽었다. 기숙학교 이사회는 글로리니의 아들에 대해 무척 못마땅하게 생각하고 있었다. 그래서 가족이 와서 조치해 주기를 바란다는 내용의 전보를 보낸 것이다.

"신부님이 대신 좀 가 주세요."

비아가 말했다.

"만일 제가 학교를 찾아간다면 녀석의 머리통을 부숴놓을 것만 같아 그렇습니다. 신부님이 가셔서 녀석에게 분명히 말해주십시오. 제대로 공부하지 않으면 내쫓아버리겠다고 말이에요."

돈 까밀로는 머리를 흔들었다.

"그건 머리통을 부숴놓는 것보다 더 어리석은 짓이네."

돈 까밀로가 한숨을 쉬며 대답했다.

"겨우 열한 살 먹은 애를 어떻게 집에서 쫓아낸단 말인가?"

"소년 감화원에 보낼 작정입니다. 이제 그런 놈은 꼴도 보기 싫습니다."

비아가 몹시 화를 냈으므로 돈 까밀로는 그를 진정시키기 위해 이렇게 말했다.

"일요일에 내가 가서 말해 보겠네."

"신부님께, 운동장 한 바퀴를 돌면서 그놈의 엉덩이를 찰 수 있는 권한을 드리지요."

비아가 소리쳤다.

"많이 때리면 때릴수록 저는 더 기쁠 겁니다."

그가 돌아가자 돈 까밀로는 두 손으로 전보를 만지작거렸다. 정말 성가신 일이 아닐 수 없었다. 그렇지만 모른 척할 수도 없지 않은가. 기숙학교에 보내 공부시키라고 한 사람이 바로 자신이었기 때문이다.

비아는 돈이 많았다. 소작농이 아니라, 자기 땅에다 농사를 짓는 부농이었다. 땅이 비옥해서 농사가 잘되었고 외양간에는 가축들로 넘쳐났다. 그뿐만 아니라 트랙터와 온갖 종류의 농기구들도 갖추고 있었다. 막내아들 자코미노는 영리해서 학교에서 공부도 곧잘 하는 우등생이었다. 그래서 비아는 자코미노가 대학 졸업장을 가졌으면 좋겠다고 생각했다. 자존심이 넘쳤던 비아의 아내도 마찬가지였다. 그리하여 자코미노가 초등학교를 마치자마자 곧 짐을 싸서 도시에서 제일 좋은 기숙학교로 진학시켰던 것이다.

돈 까밀로가 실무를 도맡아 처리하고 아이를 학교까지 데려다 주었다. 자코미노는 돈 까밀로가 알고 있던 소년 중에서 가장 훌륭하고 착한 아이였다. 그래서 그는 아주 꼬마였을 무렵부터 녀석을 복사로 데리고 있었다. 그 애는 한 번도 돈 까밀로를 실망시킨 적이 없었다. 그래서 돈 까밀로는 자코미노가 왜 그렇게 불량소년이 되었는지 이해할 수가 없었다.

일요일이 되자 돈 까밀로는 면회 시간에 맞춰 학교로 갔다. 교장은 자코미노라는 이름을 듣자 두 손으로 머리를 감싸 안았다. 돈 까밀로가 양팔을 벌렸다.

"나도 놀랐습니다."

돈 까밀로는 몹시 난처한 표정을 지으며 말했다.

"늘 착하고 말 잘 듣던 아이였소. 그런 자코미노가 어떻게 문제아가 되었는지 저로서도 이해하기 어렵군요."

"문제아란 표현은 적당하지 않습니다."

교장이 말했다.

"오히려, 수업 태도는 조금도 흠잡을 게 없습니다. 하지만 그 어떤 문제아들보다 그 애가 더 걱정이랍니다."

교장은 책상 서랍에서 서류철을 꺼내 종이 한 장을 내려놓았다.

"국어 시간에 작문한 것입니다."

돈 까밀로는 깨끗한 종이를 집어들었다. 종이에는 예쁜 글씨로 이렇게 쓰여 있었다.

'자코미노 글로리니-1학년 B반-주제: 가장 좋아하는 과목-작문'

돈 까밀로는 종이를 뒤집어 보았지만, 그 밖에 다른 글씨는 없었다. 교장은 돈 까밀로에게 서류철 전체를 건네주면서 말했다.

"수업을 하면서 내주는 과제를 모두 그렇게 한답니다. 주제나 문제는 잘 씁니다. 그러고 나서 팔짱을 낀 채 멍하니 수업이 끝나기만을 기다립니다. 선생님이 질문을 해도 대답은 한 마디도 하지 않습니다. 처음에는 백치인 줄 알았습니다. 하지만 그 애를 관찰하고 친구들과의 대화를 들어 보면 백치가 아니었습니다. 오히려 그 반대죠."

"제가 대화를 해 보겠습니다."

돈 까밀로가 말했다.

"조용한 곳으로 데리고 가서, 필요하다면 야단도 쳐 보겠습니다."

교장은 돈 까밀로의 솥뚜껑 같은 두 손을 바라보았다.

"신부님이 설득해도 변화가 없다면 더 이상 다른 방법이 없을 겁니다."

교장이 한숨을 쉬었다.

"학교 규칙상 밖으로 나갈 수는 없지만 저녁 식사 전까지 외출을 허락해 드리죠."

잠시 후 자코미노가 나타났다. 돈 까밀로는 그를 전혀 알아보지 못했다. 빡빡 깎은 머리에 검은색 교복을 입은 탓도 있었지만 자코미노는 어딘가 모르게 변해 있었다.

"너무 걱정하지 마십시오."

돈 까밀로가 교장에게 인사를 하면서 말했다.

"제가 알아서 타일러 보겠습니다."

두 사람은 일요일 오후의 적막하고 쓸쓸한 도시 거리를 말없이 걸었다. 아이는 덩치 큰 신부 옆에 있으니 더 작고 홀쭉해 보였다. 그들은 교외로 나갔다. 돈 까밀로는 편하게 얘기할 수 있는 장소를 찾아 두리번거렸다. 그들은 시골로 통하는 작은 오솔길로 걸어갔다. 50미터 정도 걸으니 운하를 따라 좁은 길이 나왔다. 그곳은 햇빛도 웬만큼 비치고 나무들도 있어 경치가 좋았다.

돈 까밀로는 커다란 나무 그루터기에 걸터앉으면서 무슨 얘기를 하는 것이 좋을지 속으로 궁리했다. 공연히 긁어 부스럼을 내게 된다면 일이 더 어렵게 될지도 모를 터였기 때문이다. 자코미노는 돈 까밀로 앞에 서더니 갑자기 작은 소리로 물었다.

"달리기를 해도 될까요, 신부님?"

"달리기?"

돈 까밀로가 놀란 얼굴로 물었다.

"학교에서는 달리기를 하지 않는가 보구나?"

"아니요, 해요. 하지만 달리다 보면 금방 벽과 마주치게 되어 마음껏 달릴 수가 없어요."

돈 까밀로는 아이의 허약한 얼굴과 까까머리를 바라보았다.

"달리기를 한 다음 이리로 와서 얘기 좀 하자."

자코미노는 번개처럼 빠르게 뛰어갔다. 돈 까밀로는 들판을 가로지르는 아이를 보았다. 아이는 나무들 사이를 지나 이제는 가지만 앙상한 포도나무 밑을 기어서 갔다. 그러고 나서 숨을 헐떡이며 돌아왔는데 뺨이 발갛고 눈은 초롱초롱 빛났다.

"잠시 쉬었다가 얘기하자."

돈 까밀로가 중얼거렸다. 소년은 곁에 앉았다. 그런데 갑자기 벌떡 일어나서 바로 옆에 있는 느릅나무로 뛰어갔다. 자코미노가 느릅나무를 기어오르는 모습은 마치 고양이처럼 날랬다. 소년은 느릅나무 꼭대기까지 뻗어 나온 포도 덩굴을 잠시 뒤적이더니 곧바로 내려왔다.

"포도예요!"

소년은 포도 한 송이를 돈 까밀로에게 보여 주면서 소리쳤다. 나무 꼭대기에 달려 있어서 농부가 미처 수확하지 못한 모양이었다. 자코미노는 포도를 한 알씩 입에 넣고 오물거렸다. 그는 포도 한 송이를 다 먹더니 그루터기에 앉았다.

"신부님, 돌멩이를 던져도 될까요?"

자코미노가 물었다. 돈 까밀로는 잠시 기다리기로 했다.

'좋아, 지금은 마음껏 놀려무나. 얘기는 나중에 하지!'

돈 까밀로는 그렇게 생각했다. 자코미노는 일어나 돌멩이를 집더니 거기에 묻은 흙을 털고 힘껏 던졌다. 돈 까밀로가 보기에는, 돌멩이가 땅에 떨어지지 않고 구름 사이로 계속 날아갈 것만 같았다.

차가운 바람이 불기 시작하자 돈 까밀로는 조용한 카페에 들어가 얘기를 하는 편이 더 좋았을 걸로 생각했다. 아이를 설득하기 위해 고함을 지를 필요가 없었기 때문이다. 그들은 나란히 걸어갔다. 소년은 또 달리기를 했다. 가을에 수확하고 남은 포도송이도 찾았다.

"이런 포도가 얼마나 더 있을까?"

자코미노는 포도를 따면서 혼자 중얼거렸다.

"집 근처 밭에도 포도가 많이 열렸을 텐데…."

"그건 중요한 게 아니란다!"

돈 까밀로가 말했다.

교외 지역은 쓸쓸했다. 그들은 개암나무 열매와 말린 밤을 파는 키 작은 사내를 만났다. 자코미노는 두 눈을 동그랗게 떴다.

"지저분하다!"

돈 까밀로가 못마땅한 얼굴로 말했다.

"이따가 파스타를 사 주마!"

"싫어요."

싫다는 자코미노의 대답에 돈 까밀로는 화가 났다. 사내는 재빨리 멈추어 섰다. 장사에 닳고 닳은 사람이라 눈치가 여간 빠르지 않았다. 돈 까밀로는 마지못한 표정으로 다가가서 100리라를 던졌다.

"섞어드릴까요, 신부님?"

"그러시오."

사내는 지저분한 몇 가지 열매가 든 봉투를 소년의 손에 쥐어 주었다. 그들은 다시 한적한 순환로를 걷기 시작했다. 소년은 마른 밤과 개암 열매를 오물거리며 씹어먹었다. 돈 까밀로 역시 더 이상 참을 수가 없어 슬그머니 봉투 속에 손을 넣고 말았다. 개암 열매와 밤을 씹으니 어린 시절에 보냈던 우울한 일요일이 떠올라 마음이 몹시 괴로웠다. 멀리서 교회의 종소리가 울렸다. 돈 까밀로는 주머니에서 시계를 꺼내 보았다. 20분밖에 남지 않았다.

"서두르자, 얘야."

돈 까밀로는 자코미노에게 말했다.

"5시까지는 돌아가야 해!"

그들은 서둘러 걸었다. 해는 벌써 주택가 뒤로 기울었다. 그들은 정각에 도착했다. 학교로 들어가기 전 자코미노는 돈 까밀로에게 봉투를 내밀었다.

"학교에 들어가면 몸을 수색해요."

녀석은 힘없이 말했다.

"이런 걸 가져오면 모두 빼앗아버려요."

돈 까밀로는 봉투를 주머니에 넣었다.

"저는 저 위에서 자요."

자코미노는 두꺼운 창살로 막은 2층 창문을 가리키며 말했다. 창문 밑에는 널빤지가 있어 아래를 내려다보지 못하게 되어 있었다. 쳐다보기만 해도 갑갑해 보였다. 자코미노는 잠시 주저하더니 1층 창문을 가리켰다. 창문에는 창살이 쳐져 있었는데 적어도 밖을 볼 수는 있는 듯했다.

"저건 옷장을 두는 쪽의 복도 창문이에요. 저쪽 복도 말고 반대쪽 복도로 갈게요. 신부님과 작별 인사를 할 수 있게 말이에요."

돈 까밀로는 자코미노를 교문까지 데리고 갔다. 그리고 돌아와서 골목길로 난 창문 옆에서 기다리고 있었다. 그는 천천히 담배에 불을 붙였다. 자코미노가 작은 목소리로 돈 까밀로를 불렀을 때는 꽤 시간이 지난 뒤였다. 자코미노는 덧문을 열고 창살 뒤에서 손을 흔들었다. 돈 까밀로는 가까이 가서 밤과 개암 열매 봉지를 건넸다. 그리고 뒤돌아서서 걸어가기 시작했다. 몇 발자국 걷다가 뒤를 돌아보니 자코미노가 여전히 창살가에 서서 손을 흔들고 있는데 두 눈에 눈물이 가득 고여 있었다. 그 모습을 보자 돈 까밀로는 이마에 식은땀이 흐르면서 기분이 묘해졌다.

돈 까밀로는 갑자기 자신도 모르게 일을 저지르고 말았다. 자코미노가 서 있는 창문으로 다가가 억센 두 손으로 창문의 창살을 옆으로 밀어젖혔다. 적당한 크기의 구멍이 만들어지자 돈 까밀로는 창문 안으로 팔을 뻗어 자코미노의 목을 잡고 밖으로 꺼냈다. 날은 이미 어두워져 있었다.

"잠깐만 기다려라. 오토바이를 갖고 올 테니."

두 사람은 8시쯤 마을에 도착했다. 오는 동안 자코미노는 봉투에 든 마른 밤과 개암 열매를 몽땅 먹어치웠다. 멀리 성당이 보이자 돈 까밀로는 자코미노를 내려 주면서 말했다.

"너는 들판으로 돌아서 사제관에 가 있거라. 사람들 눈에 띄지 않도록 말이야."

9시, 자코미노는 1층 거실 소파에서 잠자고 있었다. 그 사이 돈 까밀로는 부엌에서 식사를 끝냈다. 9시 15분경, 비아 글로리니가 눈을 휘둥그레 뜨고 달려오더니 전보를 흔들며 소리쳤다.

"그 녀석이 학교에서 도망쳤답니다! 이놈의 자식, 찾기만 하면 가만두지 않을 겁니다!"

"그럴 거면 찾지 않는 게 더 나을 거요."

돈 까밀로가 말했다. 비아는 무슨 뜻인지 알아듣지 못하고 연신 씩씩거렸다.

"그나마 신부님께서 따끔하게 야단을 치신 다음이라 다행입니다!"

그가 소리쳤다.

돈 까밀로는 머리를 흔들었다.

"야단은 치지 않았소. 그녀석은 당신 뒤를 이어 농사꾼이 될 놈이오. 땅을 떠나서는 살 수가 없소…. 정말 착한 아이였는데…. 아마 지금쯤 자살했을지도 모르겠소!"

"자살하다니요?"

얼굴이 하얘진 비아가 소리쳤다.

돈 까밀로는 한숨을 쉬었다.

"녀석의 상태는 좋지 않았소. 우린 많은 이야기를 나누었는데, 녀석을 버린 건 당신이잖소…. 난 당신이 했던 말을 그대로 전해 주었소. 더 이상 보고 싶지 않으니 소년원에 보낼 거란 얘기 말이오."

비아는 의자에 털썩 주저앉았다. 잠시 후 그는 간신히 말했다.

"신부님, 예수님께서 아들 녀석을 무사히 집에 돌아오게만 해주신다면 종탑 수리비를 제가 대겠습니다."

"그럴 필요는 없소."

돈 까밀로가 대답했다.

"예수님께서 당신의 고통을 헤아리실 거요. 내 말을 믿고 집으로 돌아가 계시오. 내가 그 애를 찾아보겠소."

자코미노는 다음 날, 돈 까밀로와 함께 집으로 돌아갔다. 가족은 모두 마당에 있었지만 입을 여는 사람은 아무도 없었다. 누렁이 한 마리만, 자코미노를 보자 반가운 마음에 꼬리를 흔들며 펄쩍펄쩍 뛰었다. 자코미노가 학생 모자를 던지자 개는 훌쩍 뛰어올라 모자를 물고 들판을 달리기 시작했다. 자코미노가 그 뒤를 따라 달려갔다.

"오늘 아침 교장이 전화로 자세한 이야기를 해주었어요."

비아가 돈 까밀로에게 말했다.

"자코미노가 그 두꺼운 창살을 무슨 힘으로 구부렸는지 이해할 수가 없다고 하더군요."

"저 애는 자기가 할 일이 뭔지 아는 애요."

돈 까밀로가 말했다.

"장래에 아주 훌륭한 농부가 될 거요. 억지로 대학을 졸업시켜 사기꾼을 만들기보다는 착한 농부가 되는 편이 훨씬 나을 거요."

돈 까밀로는 그렇게 말하고 서둘러 사제관으로 돌아왔다. 주머니를 뒤지다 개암나무 열매가 하나 손에 잡혔는데 그것이 먹고 싶어 견딜 수가 없었기 때문이다.

등불과 빛

돈 까밀로는 제단 앞에서 예수님과 대화를 나누고 있었다.
"이 세상에는 너무나 많은 것들이 뒤죽박죽 엉클어져 있습니다, 예수님."

"천만에, 나는 그렇게 생각하지 않는다."

예수님이 말씀하셨다.

"인간이 뒤죽박죽 엉켜져 있는지는 모른다. 하지만 우주의 다른 모든 것들은 아주 질서 있게 잘 돌아가고 있지 않느냐?"

돈 까밀로는 성당 안을 이리저리 서성이더니 다시 제단 앞으로 돌아왔다.

"예수님, 만일 제가 하나부터 수를 세기 시작해서 100만 년 동안 수를 센다면 더 이상의 수가 존재하지 않는, 그런 경지에 도달할 수 있을까요?"

"아니다."

예수님이 잘라 대답하셨다.

"네 말을 들으니 어떤 사람의 얘기가 생각나는구나. 그 사람은 땅에 커다란 원을 그려놓고 그 원을 따라 걸으면서 '이 원의 끝까지 가는 데 얼마나 걸리나 봐야지' 하고 말했단다. 네가 꼭 그 사람 꼴이구나. 그런 생각을 하고 있다면 너는 결코 결론에 도달할 수 없을 것이다."

돈 까밀로는 마음속으로 커다란 원을 그린 다음 그 위를 걷기 시작했다. 그러다가 갑자기 무한대라는 것을 떠올리자 숨이 막혔다.

"저는 수가 유한한 것으로 생각합니다. 오직 하느님만이 무한하시고 영원합니다. 수 따위는 하느님과 같을 수가 없는 것입니다."

"돈 까밀로, 무엇 때문에 그렇게 수에 신경을 쓰는 거냐?"

"저 못돼먹은 인간들이 그놈의 수 때문에 제 할 일을 하지 못해서입니다. 수를 발견한 이후, 인간은 그걸 하느님처럼 숭배해 왔습니다."

돈 까밀로는 무언가 의문이 생기면 성당 밖으로 잘 나가지 않는다. 그는 성당의 큰 문을 걸어 잠그고 밤새 서성거리다가 제단 앞으로 돌아왔다.

"예수님, 인간이 수의 마력에 의지하는 건 자신의 사상을 정당화시키기 위한 필사적인 노력이라고 생각합니다."

돈 까밀로는 잠시 심각하게 생각에 잠겨 있다가 다시 입을 열었다.

"예수님, 사상이라는 것은 유한한 것일까요? 아니면 무한한 것일까요?"

"돈 까밀로, 너는 그것이 무엇이라고 생각하느냐?"

"사상이란, 저처럼 보잘것없는 촌구석 신부가 보기에는 등불 같은 것입니다. 어리석은 인간의 무지를 밝혀 주며, 창조주의 위대한 모습을 새롭게 비추어 주는 등불 말입니다."

예수님은 그 말을 듣고 감동하셨다.

"나의 아들아, 너는 진정 올바른 답을 말하였구나. 옛날에 백 명의 사람들이 크고 어두운 방에 갇혀 있었다. 그들이 들고 있던 등잔의 불은 모두 꺼져 있었단다. 한 사람이 겨우 등잔에 불을 붙이자 그들은 모두 서로의 얼굴을 알아볼 수 있게 되었지. 또 다른 사람이 불을 밝히자 옆에 있는 물건들도 보이게 되었다. 그렇게 차례로 등불이 켜지자 멀리 있는 새로운 것도 환히 비추게 되었다. 마침내 사람들은 모두 자기들의 등불을 밝혔고 그 방에 있는 것을 비추게 되었다. 모든 것이 아름답고 훌륭하고 경이로웠다. 내 말을 잘 들어라, 돈 까밀로. 그러나 등불이 백 개가 있었다고 해서 빛이 백 가지였던 것은 아니다. 오직 한 가지였느니라. 그 하나하나는 유일하게 큰 불빛의 한 부분이었을 뿐이다. 이것이 바로 존재에 대한 사상과 창조주의 위대한 사상이란다. 이것은 마치 어떤 사람이 작은 조각상을 백 개의 조각으로 나누어 백 사람에게 한 조각씩 나누어 주는 것과 같은 이치다. 그러니까 그 백 명이 모여서 그 조각들을 함께 맞추는데, 수천 번이나 잘못 맞추다가 마침내 제대로 맞춘 것과 같은 것이다. 내 말을 잘 들어라, 돈 까밀로. 사람들은 누구나 자기 등불을 가지고 있다. 그 등불이 하나로 합쳐져서 밝은 빛을 낼 때 그것이 곧 진리가 되고 계시가 되는 것이다. 그런데 인간들은 교만하게도 자기의 등불로 인해 주위의 사물들이 아름답게 보이는 것이라고 생각한다. 또 어떤 사람들은 자기의 등불을 경배하지 않는다. 그리하여 그들은 길을 잃고 헤매기도 한다. 그래서 또다시 빛은 백 개의 불꽃으로 나뉘고 말았다. 그렇다. 불꽃들은 진리의 한 부분만을 비출 뿐이다. 내 말을 잘 들어라, 돈 까밀로. 진리의 빛을 되찾기 위해서는 백 개의 등불이 하나로 합쳐져야 한다. 오늘날, 사람들은 사랑 없이 방황하고 있다. 자기의 주위가 어둡거나 말거나 오로지 자신의 등불이 비추는 곳에만 머물려고 한다. 그 등불이 아주 좁은 곳만 비출지라도 오로지 그것에만 매달려 살아가고 있다. 돈 까밀로야, 다시 말하거니와 서로 다른 진리가 수없이 많이 존재한다는 생각은 잘못된 것이다. 백 개의 조각이 하나의 등불로 합쳐질 때야 비로소 세상이 아름다워지는 것이란다. 이 우주에는 오직 하나의 영원한 진리만이 존재한다. 그러니 사람들은 그 커다란 방에서처럼 자기의 형제들과 힘을 모아 진리의 등불을 밝혀야 하느니라."

"정말 어려운 말씀이군요, 예수님."

돈 까밀로는 양팔을 벌리며 한숨지었다.

"요즘 사람들은 총이나 더러운 자동차를 닦는 데 등잔의 기름을 쓴답니다."

예수님이 미소를 지으며 대답하셨다.

"돈 까밀로, 천국에는 기름이 너무 많아 강을 이룰 정도란다. 기름 걱정은 하지 않아도 되느니라."

돈 까밀로가 사제관으로 돌아오니 브루스코가 기다리고 있었다. 그는 뻬뽀네의 오른팔이었는데, 중요한 일이 있을 때에만 입을 여는 덩치 큰 사내였다. 브루스코는 마을에서 입이 제일 무거운 사람으로 알려져 있었다.

"누군가 죽은 게 틀림없군. 그래, 누가 죽었는가?"

돈 까밀로가 물었다.

"누가 죽은 게 아니에요, 신부님. 고민거리가 생겨서 그렇습니다."

"자네, 누군가를 실수로 죽였는가?"

"아뇨, 내 아들에 관한 문제입니다."

"누구, 주세페?"

"아뇨, 집에 있는 자식들 얘기가 아닙니다. 시칠리아에 살고 있는 녀석 때문입니다."

돈 까밀로는 10여 년 전에 브루스코의 여동생이 브루스코를 찾아왔던 사실을 떠올렸다. 그녀는 시칠리아의 부자와 결혼해서 조용히 살고 있었다. 그런데 여동생이 시칠리아로 돌아가기 전에 조카 아홉 명을 모이게 했다.

"내가 한 명 데려가도 될까요?"

"그래, 마음에 드는 애를 골라라."

"제일 깨끗한 애를 데려가겠어요."

그녀는 세코토를 선택했다. 세코토는 우연하게도 막 세수를 하고 나온 참이었다. 그 애는 여덟 살이었는데 어딘지 남다른 데가 있는 아이였다.

여동생이 말했다.

"내가 세코토를 데리고 가서 키울 테니까 절대로 이 애를 만나러 오지 마세요."

브루스코는 아내가 얼마 전에 죽었기 때문에 입을 하나라도 덜게 된 것을 하느님께 감사드릴 지경이었다. 그는 고개를 끄덕였다. 그러고 나서 여동생이 현관문을 나서려고 할 때, 문득 생각이 난 듯 그녀의 소매를 끌어당기며 말했다.

"이 애 대신 주세페를 데려가지 않겠니?"

"거저 줘도 데려가지 않겠어요."

여동생은 마치 돈을 주고 세코토를 사 가는 사람이라도 되는 것처럼 브루스코의 제안을 단숨에 거절했다.

돈 까밀로는 그때의 일을 기억해 냈다.

"그래서?"

돈 까밀로가 물었다.

"저는 지난 12년 동안이나 그 애를 한 번도 보지 못했어요. 하지만 그 애는 항상 제게 편지를 보내왔습니다. 그런데 그 녀석이, 세코토가 갑자기 집에 다니러 온다는 거예요."

돈 까밀로는 그를 뚫어지게 바라보았다.

"브루스코, 아들을 만나는 것이 그렇게 고민된단 말인가? 자네 자식을 부끄럽게 생각하는가?"

"천만에요. 저는 주세페조차 부끄럽게 생각하지 않습니다. 그 녀석이 제가 이제까지 본 사람 중에서 제일 겁쟁이라고 해도 말입니다. 그렇지만 보통 시칠리아 사람들은 양반이니, 지주니, 신부니 하는 반동분자들이 아닙니까? 물론 세코토가 무얼 하든지 자식은 자식이지만요, 그 애가 집에 돌아온다면 저는 당에서 쫓겨나게 될 겁니다."

돈 까밀로는 더 이상 참지 못하고 소리쳤다.

"이봐, 비밀을 모두 털어놓게. 자네 아들이 무슨 잘못을 저질렀나?"

브루스코는 머리를 푹 떨어뜨리며 말했다.

"여동생이, 아들을 학교에 보냈어요."

"그래서…, 어쨌단 말인가?"

"그, 그놈이 신부 수업을 받고 있었지 뭐예요."

돈 까밀로는 웃지 않을 수 없었다.

"허허, 자네 아들이 신부가 된다, 허허 그거 잘 됐구먼…."

"그렇게 자꾸 웃지 마십시오!"

브루스코가 거칠게 소리쳤다. 돈 까밀로는 아직까지 브루스코가 그렇게 화를 내는 것을 본 적이 없었다. 그는 웃음을 멈추고 다음 말을 기다렸다.

"그 애가 여기에 오고, 뻬뽀네가 그 사실을 알게 된다면 아마 나를 죽이려 들 겁니다. 아들이 신부가 된다고 해서 나까지 한통속이 되었다는 말은 듣고 싶지 않습니다. 돈 까밀로, 당신네 신부들은 서로서로 통하는 바가 있을 테니 무언가 좋은 방법 좀 가르쳐 주십시오. 만일 신부님이 대책을 찾아 주지 못한다면, 나는 파멸이에요. 그 애는 내일 8시에 옵니다."

"알겠네, 내일까지 생각해 보자고…."

브루스코는 이제까지 누구에게도 감사해 본 적이 없는 사람이었다. 하지만 이번만큼은 상황이 다른지 정중하게 허리까지 굽히며 인사를 했다.

"신부님, 도와주십시오."

그는 중얼거렸다. 그리고 밖으로 나가기 전, 현관문 앞에서 잠깐 멈추어 서더니 한숨을 쉬며 말했다.

"휴, 무슨 놈의 팔자가 이렇게 더러운지. 주위엔 모두 반동분자들로 꽉 차있는데 자식놈까지 반동분자가 되어버리다니…."

돈 까밀로는 웃으며 대답했다.

"자네 아들 팔자도 퍽이나 더럽군그래. 공산주의자 아버지를 둔 탓에 쓸데없는 괴로움을 당해야 하니…."

브루스코가 한숨을 내쉬며 말했다.

"인생이 다 그렇고 그런 것 아니겠습니까, 신부님."

뚱뚱보와 홀쭉이

홀쭉이는 도시 출신이었다. 그는 이상한 사연으로 이 시골 마을까지 굴러들어오게 되었다. 물론 처음부터 그의 이름이 홀쭉이는 아니었다. 그 역시 다른 사람들처럼 훌륭한 이름이 있었다. 그는 잘생긴 미남자였다. 마을 사람들이 그를 홀쭉이로 부른 것은 그가 특별히 말랐기 때문이 아니었다. 그의 애인인 마리나가 토실토실 살이 찐 뚱뚱보 아가씨다 보니 사람들이 그를 홀쭉이라 부르게 됐던 것이었다.

그가 바싸 마을과 인연을 맺은 건 자전거 경주 때문이었다. 뽀 강 유역에서 벌어지는 이 마을의 자전거 경주는 꽤 인기가 높았다. 그래서 인근 마을의 내로라하는 실력자들이 많이 참가했다. 마을 사람들도 외지에서 온 실력 좋은 선수들과 자전거 경주를 하는 것을 무척 좋아했다. 홀쭉이가 이 경주에 처음으로 참여한 것은 그의 나이 스무 살 때였다. 얼굴색이 그야말로 장밋빛으로 빛나던 건강하고 멋진 청년시절이었다. 물론 그가 자전거 경주에 참가한 것은 순전히 상금을 타려는 목적에서였다.

그는 젊고 자전거를 잘 탔음에도 불구하고 줄곧 2등으로 경주를 펼쳤다. 마지막 골인 지점을 통과했을 때 1등과의 차이는 겨우 20미터밖에 나지 않았다. 골인 장면을 지켜보던 관중이 수군거렸다.

"만일 2킬로미터가 더 남았더라면 저 선수가 틀림없이 1등을 했을 거야. 아무도 그를 따를 자는 없었을 거야!"

골인 당시 1등은 많이 지쳐 있었지만 2등인 그는 멀쩡했기 때문이다.

아무튼 홀쭉이는 2등으로 골인했다. 사람들은 그 젊고 잘생긴 선수에게 큰 박수갈채를 보냈다. 그런데 그는 관중의 환호소리에 아랑곳하지 않고 골인 지점을 통과한 뒤에도 속력을 늦추지 않았다. 계속 자전거를 몰아 마을 밖으로 달려갔다. 사람들은 또다시 수군거렸다.

"자전거를 너무 오래 타서 정신이 이상해진 거 아닌가?"

그는 마을을 지나 200미터쯤 가다가 어느 외딴집 앞에서 멈추었다. 펑크가 났던 것이다.

타이어를 갈아 끼우고 있는데 외딴집에서 어떤 처녀가 나오더니 뭐 도와 줄 게 없느냐고 물었다. 홀쭉이는 그때 처음으로 마리나를 만나게 되었다. 그러나 그녀가 뚱뚱보라고 불리게 된 것은 한참 뒤의 일이다.

뚱뚱보 마리나는 무척이나 예쁘고 상냥했다. 홀쭉이는 타이어도, 자전거 경주도 다 잊어버리고 그 아가씨와 이야기를 나누기 시작했다. 그러는 동안, 저녁 무렵이 되었으므로 작별 인사를 하고 마을로 돌아간 그는 자전거를 팔아치웠다. 그리고 그 돈으로 바지 한 벌과 셔츠, 구두를 사더니 아예 이 마을에 눌러앉았다.

하루 종일 강둑을 어슬렁거리던 홀쭉이는 저녁때가 되면 뚱뚱보의 집으로 갔다. 어느 날 밤, 마리나는 웬일인지 홀쭉이가 기운이 하나도 없다는 것을 깨달았다. 자전거를 팔아치운 돈을 다 써버리고 난 홀쭉이는 아무것도 먹지 못하고 쫄쫄 굶고 있었던 것이다. 그녀는 홀쭉이에게 먹을 것을 주었다. 그리고 무료하게 시간을 죽이며 빈둥대는 그를 보며 다정한 목소리로 말을 건넸다.

"당신은 나이도 젊고, 재빠르고, 머리도 좋은 사람이에요. 여기는 작은 마을이지만 일거리는 얼마든지 있어요. 왜 일거리를 찾아 보지 않으시는 거예요?"

"네, 그렇게 해 볼게요."

홀쭉이는 얌전하게 대답했다. 실제로 일자리를 구하는 것은 어려운 일이 아니었다. 그런데 그는 2~3일 정도 해 보고는 싫증이 난다고 일을 그만두기를 되풀이했다.

"성격 탓이에요. 나는 정열적인 성격의 소유자라 평범한 일을 제대로 할 수가 없어요. 항상 모험심이 솟구치거든요."

홀쭉이는 마리나에게 그렇게 말했다. 그러면 그녀는 아무 말도 않고 조용히 고개만 끄덕일 뿐이었다. 홀쭉이는 도시 출신이라 아는 것이 많았다. 연극이나 영화, 오페라, 스포츠 경기도 많이 구경했을 뿐 아니라 책도 많이 읽었다. 마리나는 그런 홀쭉이의 얘기를 들을 때마다 한숨을 쉬며 말하곤 했다.

"인생은 참으로 아름다운 것이겠지요."

뚱뚱보는 재봉사였다. 부지런한 그녀는 하루 종일 재봉틀 앞에 붙어 살았다. 늙어빠진 할머니와 함께 살고 있었는데 부엌일은 그 할머니가 맡고 있었다. 마리나는 홀쭉이가 오는 저녁에는 일손을 멈추었다. 이런 상황이 계속되었으므로 일감이 밀리게 되었다. 그래서 나중에는 밤늦게까지 일에 매달려야 했다. 두 사람은 다리 위나 강둑에서 데이트를 할 수가 없었다. 대신 집안과 바깥에서 서로의 얼굴을 보는 걸로 만족했다. 마리나는 창문 앞에서 재봉틀을 돌리고 홀쭉이는 창문 밖 마당에서 그녀를 바라보는 식이었다.

가을이 되어 비가 내렸다. 그러자 마리나는 홀쭉이를 집 안으로 불러들였다. 그녀의 방으로 들어간 홀쭉이는 더 이상 밖으로 나오지 않았다. 두 사람이 결혼을 했던 것이다.

할머니가 돌아가신 뒤 단 둘이 남게 된 그들은 마을의 화젯거리였다.

결혼한 뒤에도 홀쭉이는 손가락 하나 까딱하지 않았다. 하지만 마리나는 그와 반대로 이른 아침부터 저녁 늦게까지 죽도록 일만 했다. 그래도 불평 한 마디 하지 않았다.

그녀는 여윳돈이 생기면 홀쭉이에게 돈을 주어 도시의 영화관으로 보냈다. 홀쭉이는 좋아라 하고 영화를 구경하러 갔다. 홀쭉이는 여전히 자전거 솜씨가 뛰어났으므로 돌아오는 속도가 무척 빨랐지만 마리나는 그가 돌아오기를 학수고대했다. 집에 돌아온 홀쭉이는 손짓 발짓을 해 가며 자기가 보았던 영화 내용을 자세히 이야기하였으므로, 그녀는 자기가 직접 영화를 본 것보다 더 재미있어 했다.

어느 날 마리나는 홀쭉이를 극장에 보내 오페라 구경을 시켰다. 그러나 음악을 빼고 이야기만 듣는 오페라는 싱겁기 짝이 없었다. 그래서 마리나는 '난 영화가 더 재미있다' 는 결론을 내렸다.

전쟁이 터졌다. 징집 영장을 받은 홀쭉이가 마리나 곁을 떠났다. 그녀는 마을에 남아서 홀쭉이가 돌아오기를 기다리며 부지런히 재봉틀을 돌렸다. 그러고는 가끔씩 '얼마나 재미있는 이야기를 가지고 돌아올까?' 자문하며 스스로를 위로했다. 실제로 전쟁터에서 돌아온 홀쭉이는 할 얘기가 무척 많았고 그 얘기를 모두 다 해 주었다. 마리나는 호기심 가득한 얼굴로 그의 이야기를 재미있게 들었다.

홀쭉이는 전쟁이 끝나 집에 돌아온 뒤에, 조금씩 일을 했다. 전쟁 중에 겪었던 무서운 일을 잊기 위해 무엇이라도 해야 했던 것이다. 그는 일을 한답시고 아침에 나가서, 저녁 늦게 들어오곤 했다.

어느 날 저녁, 한 아이가 마리나를 급하게 찾아왔다. 그녀는 일손을 놓고 일어나 아이의 뒤를 쫓아갔다. 홀쭉이는 술에 잔뜩 취해 몰리네토의 선술집 의자에 죽은 사람처럼 쓰러져 있었다. 마리나는 집으로 가서 문 앞에 있던 짐수레를 끌고 달려왔다. 홀쭉이는 말랐기 때문에 몸무게가 얼마 나가지 않았다. 그 덕택에 마리나는 큰 힘을 들이지 않고 그를 집으로 데려올 수 있었다.

며칠이 지난 뒤 마리나는 또다시 몰리네토의 선술집으로 가야 했다. 저녁 무렵 술집의 심부름꾼이 그녀를 찾아 왔던 것이다. 이번엔 아예 짐수레를 끌고 갔다. 홀쭉이는 먼저와 같은 상태였다. 마리나는 또 그를 짐수레에 싣고 집으로 데려와 침대에 눕혔다. 그렇게 3년이 흘렀다.

사람들은 모두 홀쭉이를 도와 주려고 애썼다. 아름답고 상냥한 마리나가 힘들게 사는 것이 안쓰러워 보였기 때문이다. 그녀는 하루 종일 재봉틀 앞에 앉아 있다가 술집 탁자 밑에서 엉망으로 취한 홀쭉이를 데리러 갈 때에만 겨우 자리에서 일어났다. 그런데도 홀쭉이는 결코 일을 하지 않았다. 일 하라는 이야기만 나오면 더욱 세차게 고개를 흔들었다.

"나를 죽여 보시오. 누가 일을 하는가."

평온 무사한 날이 지속되더니 마을에 갑자기 대소동이 일어났다. 늘 그렇듯이 정치적인 문제 때문이었다. 정치라는 더러운 것은 사람들의 피에 독기를 불어넣어, 아들이 아버지에게 반항하게 하고 형제 사이에 갈등을 일으킨다.

홀쭉이는 술에 절어 있지 않을 때도 세상 일과 무관하게 지내고 있었다. 그러므로 정치적인 일과는 아무 상관없이 지냈다. 그에게는 정치에 관여하는 것마저 일을 하는 것과 마찬가지였기 때문이다.

어느 날 아침, 닷새 동안 완전히 술을 끊고 지냈던 홀쭉이가 외출하러 나서자 마리나가 앞을 가로막았다.

"밖으로 나가면 안 돼요. 큰 소동이 일어나고 있으니까."

"그것도 하고 싶은 사람이나 소동을 피우는 거지. 난 그저 술이나 한잔 하고 싶단 말이야."

홀쭉이가 무덤덤하게 대꾸했다.

"당신이 말썽을 부리지 않아도 저편에서 시비를 걸어 올 거란 말이에요."

마리나가 애원했다.

"지금은 파업 중이라 감시대가 길에 쫙 깔렸어요. 밖으로 돌아다니면 쥐도 새도 모르게 잡혀갈 거예요."

공산당은 노동자들의 기본적인 권리인 파업을 전체 파업으로 확산하라는 지령을 내렸다. 그러고는 비밀리에 감시대를 파견하여 누가 감시하는지 서로 알지 못하도록 했다. 이번에야말로 모두 공포에 떨었다. 밀밭에도 사람의 그림자는 볼 수 없었다. 농장 주인들까지 매를 맞을까 겁이 나서 집 밖으로 나다니길 꺼릴 지경이었다.

"집에 계셔요!"

마리나가 홀쭉이에게 말했다.

"마을에서 얼쩡거리다가 일자리를 찾는 사람으로 오해받으면 맞아 죽고 말거예요."

그러나 홀쭉이는 싱긋 웃으며 밖으로 나갔다. 그로부터 20분 뒤, 피오파의 농장 주인은 자기 앞에 나타난 홀쭉이를 보고 미심쩍은 얼굴로 그를 쳐다보았다.

"자네, 여기는 웬일인가?"

"일을 하고 싶어 왔습니다!"

홀쭉이가 조용히 대답했다.

"다른 사람들이 일할 때엔 굳이 제가 일을 할 필요가 없었지요. 하지만 사람들이 일을 하지 않는 지금이야말로 제가 일할 때라는 생각이 드는군요."

농장 주인은 기가 막힌 듯 홀쭉이를 바라보았다. 그러고는 손가락으로 마구간을 가리켰다. 그곳에서는 젖이 퉁퉁 불어 오른 암소들이 젖을 짜달라며 울고 있었다.

저녁 무렵, 마리나의 집으로 아이가 달려왔다. 그녀는 늘 하던 대로 짐수레를 끌고 그 뒤를 따라갔다. 홀쭉이는 술집이 아니라 길가의 자갈밭에 버려져 있었다. 죽은 듯이 꼼짝도 하지 않았다. 그는 마구간에서 나오다 붙들려 무섭게 몰매를 맞아 온통 피투성이였다.

마리나는 그를 짐수레에 누이고 치마폭을 찢어 상처를 동여매 주었다. 흰 치마가 단번에 붉게 물들었다. 마리나는 웅덩이 물로 홀쭉이의 얼굴을 깨끗이 씻겼다. 갈림길에 접어들자, 마을 광장으로 통하는 큰길이 나타났다.

공산당원들은 모두 광장에 모여 있었다. 마을 사람들이 문틈으로 그들의 행동을 주시하고 있었다. 그때 마리나의 모습이 나타났다. 그녀는 피투성이가 된 의식 불명의 홀쭉이를 태운 수레를 끌며 천천히 마을 광장으로 들어왔다. 그녀의 처연한 모습은 마치 여왕처럼 의연했고 무척이나 기품있게 보였다.

공산당원들은 모두 말없이 비켜섰다. 그들은 자유 노동자 홀쭉이의 육신을 끌고 지나가는 마리나를 놀란 얼굴로 쳐다볼 뿐이었다. 모두 벙어리가 되기라도 한 것처럼 입을 다물고 서 있었다.

자리에 누워 있던 홀쭉이는 한 달이 지나서야 겨우 일어났다. 마리나는 그가 자리에서 일어나자 홀쭉이의 어깨를 꼭 붙잡으며 말했다.

“다시는 일을 하지 않겠다고 맹세해요!”

홀쭉이가 아무런 대답을 안 하자 그녀가 다시 소리쳤다.

“두 번 다시 일하지 않겠다고 맹세하란 말이에요!”

홀쭉이는 맹세하기 싫었다. 그러나 결국 그렇게 하겠다고 대답했다. 물론 그는, 결코 그 맹세를 깨뜨릴 사람이 아니었다. 사나이가 한 약속이었기 때문에….

한밤중의 질주

2월의 늦은 밤이었다. 폭우가 쏟아지자 바싸 마을 거리에는 흙탕물이 넘쳐흘러 매우 철벅거렸다. 돈 까밀로는 난로 앞에 앉아 지나간 신문철을 뒤적이고 있었다. 그때 한 아낙네가 허겁지겁 달려와 뻬뽀네의 아들한테 큰일이 생겼다고 말했다. 돈 까밀로는 신문을 집어던지고 검은 외투를 걸친 뒤 성당으로 달려갔다.

"예수님, 제가 또 그 빌어먹을 놈의 아들 때문에 속을 썩어야 합니까?"

"빌어먹을 놈의 아들이라니, 누구를 말하는 거냐?"

"뻬뽀네의 아들 말입니다. 하느님께서도 그 녀석을 마음에 들어하지 않으시겠지마는….”

“돈 까밀로, 네가 뭔데 하느님을 믿는 사람과 믿지 않는 사람이 있다는 말을 감히 입에 올릴 수 있느냐? 하느님 앞에서는 모든 사람이 평등하느니라.”

돈 까밀로는 제대 뒤의 성구실에서 무언가를 찾으면서 십자가의 예수님에게 말했다.

“예수님, 이번에는 아들녀석을 단념했나 봅니다. 성수를 뿌려 달라고 저를 불렀지 뭡니까. 지금쯤 숨이 넘어갔을지도 모르겠습니다.”

필요한 물건을 모두 챙긴 돈 까밀로는 헐레벌떡 제단 앞으로 달려가 꾸벅 절을 한 다음 서둘러 사라졌다. 그러다가 다시 되돌아가서 예수님에게 말했다.

“예수님, 말하자면 긴 이야기라, 설명을 드릴 시간이 없습니다. 가면서 말씀드리겠습니다. 성수는 여기 난간 앞에 두고 가겠습니다.”

돈까밀로는 비를 맞으며 급히 걸었다. 뻬뽀네 집 대문 앞에 도착해서야 그때까지 모자를 손에 들고 있었다는 걸 깨달았다. 그는 외투 자락으로 머리를 닦은 다음 문을 두드렸다. 돈 까밀로에게 소식을 전했던 아낙네가 문을 열어 주면서 귀에 대고 뭐라고 속삭였다. 그 순간 큰 소리가 들리며 뻬뽀네가 나타났다. 그는 돈 까밀로를 발견하더니 주먹을 휘두르며 고함을 쳤다. 뻬뽀네의 두 눈은 벌겋게 충혈되어 있었다.

"가시오! 썩 꺼지란 말이오!"

잔뜩 흥분한 빼뽀네가 고함을 질렀다. 돈 까밀로는 꼼짝도 하지 않았다. 빼뽀네의 아내와 어머니가 애타는 심정으로 돈 까밀로를 붙잡았다. 그러자 더욱 화가 치민 빼뽀네가 돈 까밀로에게 달려들어 멱살을 움켜잡았다.

"썩 꺼지란 말이야! 여긴 뭐 하러 왔나? 내 아들을 죽이려고 왔소? 안 가면 죽여버릴 테요!"

빼뽀네는 욕설을 퍼붓기 시작했다. 입에 담기도 힘든 험한 욕이어서 예수님이 직접 오셨다고 해도 얼굴이 새하얗게 질렸을 것이다. 그러나 돈 까밀로는 조금도 동요하지 않았다. 빼뽀네의 얼굴에 대고 천둥처럼 큰 소리를 지른 다음 아이의 방으로 들어갔다.

"안 돼!"

빼뽀네가 소리쳤다.

"안 돼. 성수는 어림도 없어. 아들 놈에게 성수를 뿌리면 그땐 끝장이야!"

"성수라니? 성수 따위는 가져오지도 않았네!"

"정말이오?"

"그래."

성수를 가져오지 않았다는 돈 까밀로의 말에 그는 갑자기 얌전해졌다.

"정말 성수를 가져오지 않았소?"

"그럼, 그걸 왜 가지고 오겠나?"

뻬뽀네는 의사와 돈 까밀로를 번갈아 쳐다보았다. 그리고 아들을 바라보았다.

"병세가 어떤가?"

돈 까밀로가 의사에게 물었다. 그는 고개를 좌우로 흔들며 말했다.

"신부님, 스트렙토마이신만이 아이를 살릴 수 있습니다."

돈 까밀로는 얼굴을 찌푸리면서 주먹을 불끈 쥐었다. 그러고는 따지듯이 의사에게 물었다.

"스트렙토마이신만이 살릴 수 있다고…? 그럼 하느님은 소용이 없단 말인가?"

돈 까밀로는 잠시 멍하니 뻬뽀네의 아들을 바라보았다. 그러다가 혼잣말로 중얼거렸다.

"그럼, 하느님은 아무것도 아니란 말이지…."

잠시 생각에 잠긴 돈 까밀로는 비장한 얼굴로 의사에게 물었다.

"그 스트렙토마이신은 어딜 가야 구할 수 있소?"

"도시의 병원에 있습니다."

"그럼 사람을 보내 빨리 가져오도록 하시오!"

"그래 가지고는 너무 늦습니다, 신부님. 이건 1분 1초를 다투는 일입니다. 그쪽과 연락할 방법이 없습니다. 폭풍우 때문에 전화도 전보도 모두 끊겼습니다. 어찌할 도리가 없습니다."

그러자 돈 까밀로는 황급히 아이를 일으켜 이불과 시트로 감싸안았다. 뻬뽀네와 의사가 놀란 얼굴로 돈 까밀로의 행동을 지켜보았다.

"어서 서두르게!"

돈 까밀로가 뻬뽀네에게 소리쳤다.

"행동대원들을 불러라!"

행동대원들은 작업장에서 대기하고 있었다. 스미르초를 비롯한 뻬뽀네의 충실한 부하들이었다. 돈 까밀로는 그들에게 큰 소리로 명령했다.

"우리 마을에는 모두 여섯 대의 오토바이가 있다. 나는 경주용 오토바이 '구치'를 빌리러 갈 테니 자네들은 다른 걸 빌려와. 만일 내주지 않으면 때려 눕혀라!"

대원들은 용수철처럼 날쌔게 뛰어나갔다.

돈 까밀로는 브레스키의 집으로 달려갔다.

"오토바이를 빌려 주게. 그렇지 않으면 이 아이는 죽고 말 거야. 아이가 죽는다면 나는 자네 목을 분질러 놓을 수밖에 없네."

브레스키는 돈 까밀로의 시퍼런 서슬에 입도 벙긋하지 못하고 '구치'를 내주었다. 다만 새로 구입한 '구치'가 한밤중에 진흙탕 길을 달려 엉망진창이 될 것을 생각하고, 속으로 눈물만 흘렸을 뿐이다. 10분 후, 행동대원들은 부르릉거리는 오토바이를 타고 뻬뽀네의 집에 모두 모였다.

"우린 모두 여섯 사람이다! 이 중에 한 사람이라도 좋으니까 반드시 도시에 도착해야 한다."

돈 까밀로가 설명했다. 그는 아이를 안은 채 번쩍번쩍 광이 나는 빨간 경주용 오토바이에 걸터앉았다. 돈 까밀로는 아이를 외투로 감싸고 줄로 묶어 맨 뒤, 가장 먼저 출발했다. 돈 까밀로가 탄 오토바이를 네 대의 다른 오토바이가 앞뒤에서 호위했다. 그리고 다른 오토바이에 올라탄 뻬뽀네가 맨 앞에서 길을 안내했다. '기동대'는 폭우가 쏟아지는 컴컴하고 인기척 없는 뽀 강 유역의 도로 위를 총알처럼 빠르게 달려나갔다.

도로는 진흙 구덩이였다. 게다가 커브 길이 여기저기서 갑자기 튀어나왔기 때문에 조금도 긴장을 늦출 수 없었다. 하지만 기동대는 단 1초도 멈추지 않고 번개처럼 어둠 속을 질주했다. 그때 돈 까밀로는 가슴에 메고 있던 포대기 속에서 괴롭게 우는 아이의 목소리를 들었다. 그는 더욱 속력을 내어 달렸다.

"예수님, 제발 기름이 떨어지지 않게 해 주십시오!"

돈 까밀로는 이를 악물며 기도했다. 그 순간 '구치'가 붕 하고 뛰어올랐다. 마치 오토바이 경주 선수가 경주를 벌이는 것처럼 미친 듯이 앞으로 달리기 시작했다.

"달려라, 달려라!"

돈 까밀로는 다른 오토바이를 추월하며 뻬뽀네 옆을 미끄러지듯 빠져나갔다. 그러자 뻬뽀네도 '구치'를 따라잡으려고 안간힘을 썼다. 하지만 뻬뽀네의 탱크 같은 오토바이는 기름이 떨어져 더 이상 쫓아갈 수 없었다. 그에게는 돈 까밀로처럼 기도를 바칠 예수님이 없었던 탓이다. 기동대는 그렇게 어둠 속을 질주했다. 그건 광란의 질주였다. 그날 밤 돈 까밀로는 말 그대로 하늘을 펄펄 날았다.

어떻게 해서 병원까지 도착했는지 돈 까밀로는 도무지 기억이 나지 않았다. 사람들의 말에 의하면, 그는 아이를 팔에 꼭 끌어안고 수위의 목덜미를 움켜잡은 다음 어깨로 문을 박차고 병원으로 뛰어들었다고 한다. 그리고 빨리 아이를 살려놓으라고 의사를 위협했다는 것이다.

아이를 병원에 남겨두고 기동대는 돌아왔다. 아이는 병실에서 편안히 휴식을 취하면 큰 문제가 없다고 했다. 임무를 완수한 기동대는 새벽이 되기도 전에 마을로 돌아왔다. 마치 폭주족처럼 유쾌하게 흙탕물을 튀기면서 말이다.

하느님과 말과 자동차

사람들은 그를 로마놀로*라고 불렀다. 그가 로마에서 왔기 때문이었다. 그는 오래전 이 마을로 이주해 왔다. 그러나 그는 지금도 철저한 로마 사람 행세를 하고 있었다.

로마놀로가 누구이며 그가 어떤 사람인가를 설명하려면, 우리는 먼저 그의 별명부터 알아야 한다. 그의 별명은 '밴드와 시민' 이었다. 그는 정치 집회 때에도 꼭 밴드를 동원했다. 밴드 없는 로마놀로는 상상할 수가 없었다. 그가 있으면 밴드가 있고 밴드가 있으면 그가 있었다. 더구나 그는 하느님을 부정하는 자유사상가로, 기독교식이라면 무엇이든 반대부터 하는 자

* 로마 토박이라는 뜻.

였다.

특히 로마뇰로는 나이가 들어갈수록 밴드가 동원되는 민간 장례식을 좋아하고 장려했다.

"장례식에 신부 따위는 필요없다. 나는 민간 장례식을 원한다. 밴드가 가리발디 찬미가를 장송곡처럼 구슬프게 불러 주는 그런 장례식을 말이야!"

또 로마뇰로는 대단한 달변가로 입을 열었다 하면 혁명에 필요한 모든 단어를 총동원했다. 그의 말을 들으면 마치 혁명 구호를 듣는 것 같았다. 그러다보니 지금의 이탈리아에서 프롤레타리아의 적인 국왕이 없어진 것이 그에게는 커다란 낭패거리였다. 두고두고 비꼬아 줄 대상이 사라졌기 때문에 로마뇰로의 공세는 항상 자본주의의 주구인 신부를 향하고 있었다.

어느 날 거리에서 로마뇰로는 신부를 만났다. 돈 까밀로 역시 로마뇰로를 잘 알고 있었던 터라, 그를 쳐다보지도 않았다. 그런데도 로마뇰로는 돈 까밀로를 그냥 두지 않았다.

"이보슈 신부 양반, 유감스럽게도 나는 당신이 필요 없구려. 내가 죽더라도 말씀이야. 살아서도 두 손 모아 기도한 적이 없으니 죽어서도 결코 그런 일은 없을 거요. 내 장례식에는 발도 들여놓지 마시오."

"아, 그러세요?"

화가 난 돈 까밀로가 목청을 낮춰 차분하게 반격했다.

"그런데 영감님은 번지수를 잘못 찾은 것 같습니다. 빨리 수의사한테나 가 보시지 그래요. 나는 기독교 신자만 상대하지 반동분자는 상대하지 않으니까요."

그러자 로마놀로가 몸을 꼿꼿이 하며 가냘픈 눈썹을 칼날처럼 세웠다.

"그때가 언제야, 그러니까 당신네 교황이…."

"멀리 있는 사람은 건드리지 맙시다!"

돈 까밀로는 이 말이 효과가 있어 보이자 재빨리 한 마디를 더 던졌다.

"이 자리에 있는 사람들 얘기만 합시다. 영감님을 위해 하느님께 용서해 주시라고 기도하리다. 또 영감님이 지금도 오래 살고 있지만 좀 더 오래 살 수 있도록 도와 주십사고 기도하리다."

로마놀로가 아흔 살이 되자 마을에서는 잔치가 벌어졌다. 돈 까밀로는 평소의 그답지 않게 밝은 미소를 지으며 축하 인사를 했다.

"영감님, 장수를 축하합니다!"

그러나 로마놀로는 오히려 분한 표정으로 소리쳤다.

"흥, 당신 하느님한테나 기도하시구려. 언젠가 내가 죽으면 말이오. 그땐 내가 한 번 혼내 줄 거라고 전해 주시오."

그런데 로마놀로를 당황케 한 사건이 그다음 해에 일어났다.

그것은 세칭 '말 사건' 이었다. 그 사건은 강 건넛마을에서 일어났다.

나이가 74세인 공산당원 로쏘*가 죽었다. 그의 장례식은 로마놀로의 생각대로 '민간 장례식' 으로 치러졌다. 붉은 깃발, 붉은 카네이션, 붉은 목도리 등 온통 붉은색 물건이 총동원되었다.

관이 장례 마차에 실리자 악단이 〈붉은 깃발〉을 연주했다. 물론 장송곡처럼 구슬프게 말이다. 그리고 말들은 고개를 푹 숙이고 묘지를 향해 걷기 시작했다. 그들의 뒤에는 붉은 깃발과 악단이 따랐다. 그런데 그들이 성당 앞에 도착하자 말들이 갑자기 멈춰 섰다. 그러고는 옴짝달싹하지 않았다.

몇몇 사람이 앞에서 고삐를 잡아끌고, 뒤에서 밀어붙였으나 말들은 그 자리에 못이 박힌 듯 움직이지 않았다. 로마놀로가 몽둥이로 말 등을 후려쳤다. 그러자 말들은 말굽을 세워 위로 치솟더니 덜커덩 말굽을 굽히고 주저앉아 버렸다. 한참이 지나서야 말들은 마지못해 마차를 끌기 시작했다. 하지만 그것도 잠시, 말들은 공동묘지에 도착하자 또다시 히이힝거리며 뒷걸음을 쳤다. 이 사건은 마을 사람들을 통째로 들쑤셔놓고 말았다. 신문은 이 이야기를 크게 기사화했다.

"로쏘는 성당에서 장례식을 치르는 걸 거부하지 않았다. 민간

---

* 이탈리아 말로 붉은색을 말함. 즉 지독한 공산주의자를 가리키는 말.

장례식을 고집한 건 그의 아들뿐이었다고 한다. 이 사건을 보고 사람들은 하느님의 노여움을 샀다고들 말했다."

이 이야기는 온 동네를 떠돌아다녔다. 그래서 어떤 사람들은 이 사실을 직접 확인하기 위해 강 건넛마을을 직접 찾아가기도 했다. 이제는 로마놀로가 나서야 할 상황이었다. 그는 확신을 가지고 말했다.

"헛된 망상에 사로잡히지 마시오. 이런 일은 중세에나 있을 법한 일이니까."

로마놀로는 그럴싸하게 설명했다. 장례 마차가 성당 앞에 멈춰서는 일은 전혀 이상할 게 없다는 것이었다. 그런 일은 오래전부터 있어온 말들의 습관이었다고 말이다. 그 말을 들은 사람들이 돈 까밀로에게 몰려갔다.

"신부님은 어떻게 생각하십니까?"

돈 까밀로는 관심이 없다는 듯 양팔을 벌리며 말했다.

"하느님의 섭리는 무한합니다. 아주 보잘것없는 거라도 말이오. 꽃이나 나무, 하찮은 돌멩이도 그분의 도구가 될 수 있는 법이지. 그분이 어떤 메시지를 보내기로 마음만 먹는다면 말이오. 그러니 당신들은 사소한 말이나 개 따위에 관심을 기울이지 말고 하느님의 말씀에 관심을 기울이시오."

사람들은 실망했다. 그들은 돈 까밀로가 뭔가 시원한 반격을 해줄 것이라고 기대했던 것이다. 특히 열성적인 신자들은 불평까지 늘어놓았다.

"신부님, 이번 일로 마을 전체가 깊은 감명을 받았습니다. 우리를 실망시키지 마시고 한 번 멋지게 저들에게 따끔한 가르침을 내리셔야 합니다."

"난 조금 전에 했던 말 이상은 할 게 없소!"

돈 까밀로가 대답했다.

"하느님께서 우리에게 십계명을 주실 때도 그렇게 했습니다. 그것도 말을 통해서가 아니라 사람을 통해서 말이오. 하느님이 하필이면 말을 통해 교훈을 내리시겠습니까? 이번 일을 통해 사람들은 커다란 깨우침을 갖게 될 거요. 그러니 쓸데없는 상상은 하지 마십시오. 만일 내 말이 틀린다면 주교님께 달려가 나를 쫓아버리라고 하시오!"

그러나 정작 로마놀로는 속이 찜찜한 모양이었다. 말 사건 따위는 아무것도 아니라고 떠벌리고 다녀도 사람들이 콧방귀도 안 뀌었기 때문이다. 결국, 그는 비밀리에 돈 까밀로를 찾아왔다.

"신부님, 당신의 마음 속 얘기를 듣고 싶소이다. 어디 속 시원하게 말 좀 해 보시오."

"이번에도 번지수를 잘못 짚었소이다."

돈 까밀로가 빙그레 웃었다.

"나는 말을 다루지 않아요. 그러니 수의사한테 가 보시지요."

"이보시오, 신부님. 내가 비록 저자세로 나왔다고 해서 당신이 그렇게까지 목에 힘줄 필요는 없지 않소? 흥, 그까짓 말 따위가 하느님과 무슨 상관 있겠소. 나는 절대로 그렇게 생각하지 않소."

로마놀로가 소리를 높였다. 조용히 듣고 있던 돈 까밀로가 양팔을 벌리며 대꾸했다.

"천만에, 내 솔직히 말씀드리겠소. 말은 하느님의 지시를 받고 움직인 게 아니오. 영감님은 잘못 생각하고 계시오. 그리고 당신도 그 사건에서 큰 감동을 받았다고 알고 있습니다. 앞으로 그런 일을 하지 않겠노라고 약속한다면, 내 하느님께 영감님을 위한 기도를 올려드리리다."

로마놀로는 펄쩍 뛰었다. 그는 돈 까밀로에게 손가락질을 하면서 협박하듯이 말했다.

"흥, 어림도 없는 소리 마슈. 신부 양반, 정신 차리시오. 맹세컨대, 내 영구차는 절대로 성당 앞에서 멈춰 서지 않을 거요. 알겠소?"

돈 까밀로는 예수님과 이야기를 하러 제단으로 갔다.

"예수님, 로마놀로 영감이 말한 어리석은 짓에 신경을 쓰지 마십시오. 그는 저한테 트집을 잡으러 왔을 뿐입니다. 심판 날, 그가 오거든 그가 로마 출신이란 걸 기억해 주십시오. 무려 아흔 살이나 된 노인네입니다. 그는 누가 손가락으로 톡 건드리기만 해도 푹 쓰러질 겁니다. 만일 그가 한창 나이라면 한 번 묵사발을 내주겠습니다마는…."

"돈 까밀로, 주님의 계명에는 주먹으로 사람을 치는 것은 없느니라."

예수님이 엄하게 꾸짖으시자 돈 까밀로는 고개를 숙이며 변명을 늘어놓았다.

"물론입지요. 제가 직접 때리겠다는 건 아닙니다. 하지만 그런 멍청이는 올바른 생각을 할 줄 모릅니다. 그래서 한 번씩 패주어야 번쩍 정신을 차리게 된답니다."

로마놀로는 뻬뽀네의 사무실을 찾아가 신속하게 일을 처리하라고 말했다.

"제가 서명한 이 종이를 받으시오. 그리고 부하 두 명을 불러 증인을 서게 해 주시오. 읍장님, 당신은 내가 하는 말을 받아 적으시고…."

로마놀로는 종이를 뻬뽀네의 책상 위에 던지더니 큰 소리로 말하기 시작했다.

"자, 시작하시오. 우선 날짜를 똑똑히 쓰시게. '이름/ 리베로 마르텔리 주세페, 나이/ 아흔한 살, 직업/ 자유사상가, 나는 자발적인 의지로 이렇게 말하노라. 내가 세상을 뜨게 되면 나의 전 재산을 모두 지부당에 기부한다. 지금까지 사용했던 장례식용 마차를 자동차로 바꾼다는 조건으로….'"

로마놀로가 말하는 대로 받아 적던 뻬뽀네가 갑자기 손을 멈췄다. 그가 펜을 멈추자 로마놀로는 의아한 듯 입을 쩍 벌리면서 물었다.

“읍장님, 당신은 내가 전 재산을 돈 까밀로한테 주는 걸 원치 않겠지요?”

“물론이죠, 하지만 무슨 수로 우리가 그 비싼 영구차를 살 수가 있겠습니까? 적어도 15만 리라는 들어갈 텐데요?”

뻬뽀네가 미심쩍은 듯이 더듬거리자 로마놀로는 킁킁 소리를 내며 말했다.

“내 재산은 20만 리라나 됩니다. 빨리 가서 차를 사십시오. 지금 지불해 드리리다.”

로마놀로는 의기양양한 얼굴로 지부당 사무소를 나왔다. 난생처음 맛보는 통쾌함 속에 그는 거들먹거리며 성당 앞으로 걸어가며 중얼거렸다.

“돈 까밀로, 이제 모든 게 다 끝장났네. 내가 죽어 관에 들어갈 땐, 말이 성당 앞에서 멈춰 서는 일은 없을 거야. 알았나, 이 당나귀 같은 신부야!”

로마놀로는 정말 기분이 무척 좋았다. 그는 너무나 흥분했던 탓에 일생 최대의 과음을 하고 말았다. 물론 술이 그의 건강을 해친 건 아니었다. 문제는 물이었다. 머리끝까지 술에 취해 집으로 돌아가던 로마놀로는 쏟아지는 잠을 주체하지 못하고 개울에 드러눕고 말았다. 아흔이 넘은 노인이 차가운 개울 속에서 하룻밤을 지냈으니 몸이 견뎌낼 리 없었다. 그는 폐렴에 걸려 이틀 만에 죽고 말았다. 눈을 감기 전, 그는 다행히 뻬뽀네를 다시 만날 수 있었다.

"읍장님, 모든 게 제 생각대로 됐겠지요?"

"네, 다 소원대로 했습니다. 영감님, 걱정하지 마십시오."

이리하여 로마놀로는 영구차의 첫 손님이 되었다. 마을 사람들이 모두 구경을 나왔다. 말이 끌지 않는 장례용 영구차는 보기 드문 구경거리였기 때문이다. 영구차는 밴드의 연주에 맞추어 서서히 그리고 엄숙하게 전진하기 시작했다. 사람들이 그 뒤를 따랐다. 모든 것이 로마놀로가 뜻했던 대로 진행되었다. 그런데 영구차가 막 성당 앞에 도착하자 갑자기 멈춰 서는 게 아닌가!

운전사는 미친 듯이 기어를 잡아당겼다. 그러나 차는 꿈쩍도 하지 않았다. 운전사는 차에서 내려 보닛을 열어 보았다. 엔진도 멀쩡했고 점화 장치며 카뷰레터 등도 정상이었다. 연료도 가득 차 있었다. 성당은 마침 문을 닫았으므로, 돈 까밀로는 문틈으로 이 모습을 지켜보고 있었다.

밴드가 연주를 중단했다. 사람들 모두 말없이 영구차만을 지켜보는 놀라운 침묵이 이어졌다. 이 침묵은 얼마 뒤, 돈 까밀로가 종을 치기 전까지 지속되었다. 돈 까밀로는 종탑으로 올라가 종 줄을 마구 잡아당기며 기도를 했다.

"하느님, 자비를 베푸소서! 저들을 용서하소서!"

종소리가 침묵에 잠긴 사람들을 넘어 멀리 퍼져 갔다. 사람들은 두려움에 몸을 떨었다. 운전사가 시동을 걸었다. 영구차는 그제야 움직이기 시작했다. 운전사는 정신없이 가속 페달을 밟았다. 그러자 영구차가 먼지를 일으키며 달려갔다. 사람들은 그것을 멍하니 바라보고만 있었다. 서둘러 사라져 간 영구차의 뒷모습을 향해 그렇게 멍하니 서 있을 뿐이었다.

회개와 보속

어느 날, 돈 까밀로는 강론 시간에 다음과 같은 짤막한 우화를 소개했다.

"굶주린 어느 포악한 늑대가 초원을 어슬렁거렸습니다. 늑대는 높디높은 철조망으로 울타리를 두른 풀밭을 발견했습니다. 그 울타리 안에서는 양떼들이 평화롭게 풀을 뜯어 먹고 있었습니다…."

늑대는 혹시라도 철조망에 느슨한 구석이 있는지 울타리 주위를 살펴보았다. 하지만 구멍은 어느 구석에도 없었다. 늑대는 발톱으로 땅을 파 보았다. 땅을 파서 철조망 밑으로 기어들어갈 심사였다. 그러나 그것도 뜻대로 되지 않자 늑대는 울타리를 뛰어넘으려고 시도했다. 하지만 반도 채 닿지 못했다. 늑대는 마지막이라 생각하고 문 앞으로 가서 소리쳤다.

"여러분 모두에게 평화를! 우리는 하느님의 똑같은 창조물이므로 그분의 계명에 따라 살아야 합니다!"

순진한 양들이 하나둘씩 그 외침을 듣고 다가왔다. 늑대는 감격한 듯 양떼를 보고 목소리를 높였다.

"만세, 합법주의 만세! 이제 폭력과 대립의 시대는 끝장났습니다! 우리 휴전합시다!"

"좋아요!"

양들이 대답했다. 그러나 양들은 늑대가 기대했던 것처럼 울타리 밖으로 나오거나 문을 열지 않고 조용히 풀을 뜯어 먹을 뿐이었다. 늑대는 진정 착한 얼굴을 하고 울타리 문 앞에 웅크리고 앉았다. 그리고 그 자리에서 명랑한 노래를 부르면서 시간을 보냈다. 그러다 틈만 나면 철조망 아래로 가서 풀을 뜯어 먹곤 했다. 한편 그 모습을 지켜보던 양들은 눈이 휘둥그레져 소리를 질렀다. 정말 기절초풍할 노릇이었다.

"우와! 저걸 좀 봐, 저걸 좀 보라고…. 늑대가 우리처럼 풀을 뜯어 먹다니! 늑대가 풀을 먹는다는 소리는 여태껏 들어 보질 못했는데…."

"저는 늑대가 아니랍니다!"

늑대가 우렁찬 목소리로 대답했다.

"나도 당신들과 똑같은 양이오. 품종만 다른 양이란 말이오!"

속이 시커먼 늑대는 순진하고 착한 양들을 향해 입을 열기 시작했다. 서로 다른 모든 품종의 양이 힘을 합쳐야 한다고, 같은 입장에서 행동해야 한다고 양들을 설득했다.

"왜?"

양들이 어리둥절한 표정을 지으며 물었다.

늑대는 힘차게 대답했다.

"우리는 우리의 권리를 되찾아야 합니다. 우리 모두 일치 단결하여 대항합시다. 형제들이여, 나는 혼자라도 투쟁할 것입니다. 그렇다고 내가 대장이 되겠다는 건 아닙니다. 우리의 적을 향해, 공동의 이익을 위해 뭉칩시다. 적은 우리의 털을 깎고, 우유를 빼앗고 그것도 모자라 나중에는 우리를 잡아먹을 것입니다!"

"훌륭한 생각이야!"

늑대가 토해내는 열변을 나이 든 양들이 관심 있게 지켜보면서 고개를 끄덕였다.

"그래, 공동의 입장을 취하자!"

그리하여 양 민주주의 전선이 결성되었다. 어느 화창한 날, 철조망의 문이 열리고 늑대가 우리 안으로 들어왔다. 늑대는 울타리 안으로 들어서자마자 작은 무리의 대장이 되었다. 드디어 대장 늑대는 '이념'이라는 이름으로 반대 세력의 양들을 모두 숙청하기 시작했다. 맨 처음 늑대의 송곳니에 물려 쓰러진 양들은 누구였을까? 그 첫 번째 희생자는 늑대에게 문을 열어 주었던 양들이었다. 드디어 숙청 작업이 끝났다.

"모든 민중이 한 마음으로 뭉쳤다! 이제 다른 양떼들을 해방시키러 가자!"

단 한 마리의 양도 남지 않게 되자 늑대는 의기양양하게 소리쳤다.

빼뽀네는 돈 까밀로가 강론 시간에 들려준 우화가 자신의 명예를 실추시켰으며 악질적인 선전이라고 반박했다. 그리고 인민의 착취자들, 전 세계의 착취자들과 입장을 같이하는 성직자에 대한 강력한 흑색 선전을 시작했다.

그러자 돈 까밀로는 공산당에게 투표하는 자는 고해성사를 받을 자격이 없다고 응수했다. 신문은 돈 까밀로의 이 말을 큼직하게 보도하였다. 폭풍우가 몰아치듯 분위기가 험악해졌다. 빼뽀네는 신속하게 부하들을 불러모아 토론회를 열었다. 화가 머리끝까지 치밀어오른 그는 손이 퉁퉁 부을 정도로 책상을 수없이 내리쳤다.

빼뽀네는 부하들을 이끌고 사제관으로 달려갔다. 돈 까밀로는 창문을 통해 이 광경을 물끄러미 바라보고 있었다.

"인민의 이름으로 경고하노라!"

빼뽀네가 외쳤다.

"당신이 죄지은 공산주의자에게 고해성사를 주지 않음으로써, 선거할 때 강제권을 행사하는 불법적인 행위를 한다면, 우린 종교 파업을 선포할 것이다! 아무도 성당에 가지 않을 것이란 말이오!"

돈 까밀로는 무표정한 얼굴로 빼뽀네를 바라보았다.

"신부는 대답하라!"

돈 까밀로가 아무런 대꾸도 하지 않자 빼뽀네가 다시 소리쳤다.

"대체 어떻게 할 작정이오?"

"자네가 주교라면 대답하겠네."

돈 까밀로는 조용히 반박했다.

"인민은 교황이나 주교보다 더 소중하다!"

빼뽀네의 고함소리가 점점 더 커졌다.

"우리는 당신이 인민의 물음에 답할 것을 요구한다! 어떻게 할 것이오?"

"마땅히 신부의 의무에 맞게 처신할 것이네."

"그걸로 충분하지 않다!"

빼뽀네가 고함을 질렀다. 돈 까밀로는 창문을 닫아버렸다. 빼뽀네는 주먹을 들어올렸다.

"어디 두고 보자!"

인민의 집에서 중요한 회합이 있었다. 토론은 격렬했다. 마침내 빼뽀네가 말했다.

"여기서 잡담이나 할 수는 없다. 곧장 행동으로 옮겨야 한다.

즉시 행동을 개시하라!"

"누가 할 것이오?"

누군가 비꼬듯 말했다.

"내가 하겠다!"

그것은 뻬뽀네의 비장한 목소리였다. 그는 계속해서 말했다.

"나는 인민의 이익과 우리의 승리를 위해 병자성사라도 받을 각오가 돼 있다."

잠시 후, 돈 까밀로에게 급히 고해성사를 해야 할 사람이 있다는 연락이 갔다. 성당으로 들어간 돈 까밀로는 고해소에서 무릎을 꿇고 있는 뻬뽀네를 발견했다. 그는 지은 죄를 털어놓았다. 고백이 끝나자 돈 까밀로가 물었다.

"깜박 잊고 하지 않은 말이 있나?"

"있소."

뻬뽀네가 퉁명스럽게 대답했다.

"난 공산주의자요. 그래서 공산당에 투표할 거요. 또한 더 많은 사람을 설득해서 공산당에 투표하도록 할 것이오. 오직 공산당만이 인민에게 복지와 사회 정의와 평화를 줄 수가 있기 때문이오!"

어느새 고해소 밖에는 뻬뽀네의 부하들과 노동자 대표들, 그리고 호기심 많은 사람이 몰려와 주위를 에워싸고 있었다.

돈 까밀로가 조용히 물었다.

"죄의 사함을 거부한다면?"

그러자 고해소 밖에 있던 브루스코가 소리쳤다.

"우리는 즉시 항의 파업을 선포할 것이오. 여기에는 이유 따위가 있을 수 없소!"

사람들 사이에서 웅성거리는 소리가 들렸다. 한편, 뻬뽀네는 고해소 창살에 얼굴을 들이민 채 무릎을 꿇고 기다렸다. 그는 구멍이 뚫린 작은 창문을 통해 돈 까밀로의 얼굴을 보려고 애를 썼다.

"내가 지은 죄를 빨리 사하여 주시오!"

뻬뽀네가 재촉했다.

"물론이지."

돈 까밀로가 명랑한 목소리로 대답했다.

"자신의 죄를 뉘우치고 회개한다면…. 회개의 뜻으로 성모송을 네 번 외우고 성가 세 곡을 부르게. 그리고 주기도문을 1만5천 번 암송하고."

돈 까밀로의 말에 뻬뽀네는 입을 쩍 벌린 채 한동안 닫지 못했다.

"1만5천 번씩이나 외우란 말이오?"

뻬뽀네가 소리쳤다.

"이건 미친 짓이오!"

"그렇지 않다네. 형제여, 신부의 양심을 걸고 말하겠네. 나는 자네가 지은 죄를 들었어. 자네가 회개한다면 마땅히 죄를 사해 주지. 내가 인정하는 한도 내에서 말이야. 성모송을 순서대로 암송하고, 성가를 세 번 부르게. 주기도문을 1만5천 번 암송한다면 자네의 죄는 씻은 듯이 사라질 것이네. 하느님께서도 칭찬하실 걸세!"

돈 까밀로는 고해소에서 나와 제의실로 발걸음을 옮겼다. 뻬뽀네가 고해소에서 뛰어 나와 돈 까밀로에게 다가갔다.

"나를 우롱하지 마시오, 돈 까밀로!"

뻬뽀네가 씩씩거리며 소리쳤다.

"주기도문을 1만5천 번이나 외우라니, 말도 안 되는 소리요!"

"나는 자네에게 강요하지 않겠네. 속죄를 하고 싶다면 그렇게 하고, 속죄하고 싶지 않다면 하지 말게나. 난 자네의 자유를 침범하는 게 아니야. 그렇게 하든 하지 않든 그건 자네 마음일세. 난 하느님의 계명에 따를 뿐이네. 사실 자네에게 준 보속은 불가능한 게 아니야. 1분에 다섯 번의 주기도문을 바칠 수 있네. 한 시간이면 300번이고, 24시간이면 7천200번이지. 중간에 숨쉬는 몇 분을 감안한다면 이틀하고 반나절이면 끝날 걸세! 사람들은 회개하기 위해 몇 주일이나 밥을 굶지. 자네는 이틀하고 반나절만 투자하면 돼. 불가능한 것을 요구하는 게 아니야. 물론 내가 정신적으로 도움을 주겠네. 틈만 나면 성당에 가서 자네와 함께하겠네. 자네가 졸지 않도록 말이야."

뻬뽀네가 이를 부드득 갈며 소리쳤다.

"내가 공산당에 투표하지 못하게 이러는 거요?"

"절대로 그렇지 않네. 그동안 읍장이 지은 죄를 듣다 보니 그런 생각이 들었어. 자네가 진정으로 회개하고 싶다면 2~3일 동안은 세속의 유혹에서 벗어나 주님과 함께 있어야 한다는 생각이 들었지."

"이런 심술쟁이 신부 같으니…, 차라리 용서를 안 받고 말겠소…."

빼뽀네가 고함을 질렀다.

"그렇게 욕을 했으니 속죄 받으려면 주기도문을 3만 번은 암송해야 할 걸."

돈 까밀로가 싱글거리며 말했다.

빼뽀네는 씩씩거리며 고해소를 나와 성당 밖으로 나갔다.

작가 후기

《회개와 보속》을 마지막으로 29편의 에피소드는 여기서 끝났다. 그렇다고 돈 까밀로와 뻬뽀네의 삶이 여기에서 모두 끝난 것은 아니다.

돈 까밀로와 뻬뽀네, 스미르초, 브루스코 등이 살고 있던 작은 세상에는 지금도 바람이 불고 비가 내리고 강물이 유유히 흐르고 있을 것이다. 그들은 그곳에서 여전히 고함을 지르고 주먹을 휘두르며 당장에라도 서로 잡아먹을 듯이 날뛰며 으르렁거리고 있을 것이다.

그렇지만 비가 너무 많이 쏟아져서 홍수가 나거나, 암소가 죽어가는 일이 벌어지면 둘은 또다시 힘을 모아 구조작업을 벌일 것이다. 서로 눈을 흘기고 싸움박질을 하면서도 말이다.

예수님은 그런 그들의 모습을 보면서 미소를 띠실 게 틀림없다. 그분은 그 미소를 돈 까밀로에게만 보내는 것이 아니라 뻬뽀네나 스미르초에게도 아낌없이 보내신다. 그래서 그들의 어두운 마음에 한 줄기 빛이 되어 주실 것이다.

내가 본 듯 들은 듯 써 놓은 에피소드들은 물론 실재 이야기는 아니다. 돈 까밀로도 뻬뽀네도, 또 이 소설에 등장하는 어느 누구의 이야기도 마찬가지이다.

그렇다고 오로지 상상력으로만 이런 이야기들을 지어낸 것은 아니다.

나는 기자로서 기삿거리를 찾기 위해 하루 종일 이곳저곳을 돌아다녀야 했다. 그러다가 뽀 강의 둑에 앉아 해가 저물 때까지 유유히 흐르는 강물을 바라보기도 했고, 아침 안개가 들녘을 덮을 때 들판을 이리저리 쏘다니면서 생각에 잠기기도 했다. 또 트랙터를 운전하는 농부들과 어울리며 이야기를 나누기도 했고, 나이 많으신 할머니들에게 초콜릿을 사 드리며 시시콜콜한 이야기를 듣기도 했다. 그러는 동안에 나와 이야기를 나눈 사람들의 표정, 말투, 걸음걸이 같은 것에서 큰 감동을 받았다. 나는 그들의 모습에서 그들이 들려준 이야기에 나오는 사람들과 만날 수 있었다. 또 옛이야기에 나오는 사람들이 바로 내 눈앞에 나타나서 내 어깨를 툭 치기도 하고 껄껄 웃기도 했다.

돈 까밀로와 뻬뽀네를 중심으로 한 스미르초 같은 수많은 빛나는 조연들은 이렇게 해서 만들어진 것이다. 그들은 아직도 내 마음속에 자리 잡고 온갖 사건을 일으키고 무시무시한 싸움박질도 마다하지 않는다.

나는 앞으로도 계속해서 그들의 이야기를 쏟아낼 생각이다. '작은 세상' 한가운데를 흐르는 저 강물처럼 끝이 없는 이야기를…. 그야말로 아무리 읽어도 싫증 나지 않고 즐겁기만 한 그런 이야기들을….

이 책은 기발한 발상과 상상력 넘치는 해학으로 전 세계 7,000만 독자를 웃긴 연작소설이다. 근엄한 교황님들도 이 책을 읽고 파안대소했다고 한다. 그냥 단순한 웃음이 아니라 사랑과 감동이 담긴 영혼의 메시지가 담겨 있기 때문이다.

*

이 책은 출간되자마자 이탈리아의 독서계를 휩쓸었고 프랑스, 미국, 영국 등 전 세계에서 큰 반향을 불러일으켰다.

그뿐만 아니라 여기에 담긴 에피소드는 영화와 연극, 만화로도 만들어지기도 했고, 유수의 수상 경력도 안게 되었다. 영국 '왕립 독서상' 프랑스 '매스컴상' 이탈리아 '황금바구니상' 일

본 '최고 어린이 소설상'을 수상을 비롯하여 2006년 한국에서도 '가톨릭매스컴상 출판부문상'을 수상하기도 했다. 2008년도에는 이탈리아 '외무성 번역상'까지 받았다.

이승수 | 옮긴이

서울에서 태어나 한국 외국어대학교 이탈리아어과와 동 대학원을 졸업하고, 비교문학 박사 학위를 취득했다. 현재 이탈리아어 전문 번역가로 활동하며 한국 외대, 서울대 등에 출강하고 있다. 옮긴 책으로 《순수한 삶》, 《신부님 우리들의 신부님》, 《잭프루시안테가 그룹을 탈퇴하다》, 《하늘을 나는 케이크》, 《천사의 간지럼》, 《나는 살인한다》, 《시티》, 《눈은 진실을 알고 있다》 등이 있다.

*신부님 우리들의 신부님 2
돈 까밀로와 못생긴 마돈나

1판 15쇄 발행 | 2012년 01월 20일
개정 2쇄 발행 | 2019년 11월 15일

지은이 | 조반니노 과레스키
옮긴이 | 이승수
펴낸이 | 김정동
펴낸곳 | 서교출판사

주소 | 서울시 마포구 성지길 25-20 덕준빌딩 2층
전화 | 3142-1471(대) 팩스 | 6499-1471
등록번호 | 제10-1534호
등록일 | 1991. 09. 25

Email | seokyodong1@naver.com
Blog | https://blog.naver.com/seokyobooks

ISBN 979-11-89729-11-0 04860

잘못된 책은 구입하신 곳에서 바꾸어 드립니다.
책값은 뒤표지에 있습니다.

서교출판사는 독자 여러분의 투고를 기다리고 있습니다. 원고나 아이디어가 있으신 분은 seokyobooks@naver.com으로 간략한 개요와 취지 등을 보내주세요. 출판의 길이 열립니다.

MEMO

MEMO